古代日本漢詩文と中国文学

胡　志昂
Hu Zhiang

埼玉学園大学研究叢書第12巻
笠間書院刊

前書

古代アジアで諸国間の異文化交流が最も活発に行われたのは、数隻からなる大規模な遣唐使船団が海原を渡っていた時代だ。その頃、東からは海路、西からはシルクロードを通って使節団、留学生やキャラバン隊の商人たちが長安に辿り着き、西東両市で東西南北からやってきた諸民族の人々が出逢い、持ち寄った様々な異国の物産や文化で賑わった。正に百花繚乱の盛況を呈していた。そして長安を通り越して人々は多様な異文化を自国に持ち帰り、奈良の都でも唐、新羅、渤海さらには天竺（インド）や波斯（ペルシヤ）からくる人達を迎えて国際色豊かな文化を開花させた。石田幹之助著『長安の春』（講談社学術文庫、一九七九）に描いてくれた光景である。

東アジア諸国間の文化交流は更に歴史が長い。わけても中日間の人文交流は史書に明記された記載によるだけでも漢・魏に遡り、南朝の宋書に倭王武の上表文が見える。しかし、漢字文化圏といわれる共通の学習典籍と近似する文物制度を有し、共に漢詩文を吟作する文化圏の形成はやはり異文化交流が盛況を極めた遣隋・唐使の時代を待たねばならない。そこに律令国家の建設をはじめ文物制度の整備に伴う漢字文化の交流が盛んに行われた背景があったことはいうまでもない。

『懐風藻』または『万葉集』に詩文作品が収められた文人・詩人たちのほとんどが律令制度の整備に深く関わった官人であった。律令制度の施行に従い、漢字文化圏に共通する経史の知識や文章の嗜みが令制官人にとって必須の教養となり、漢詩文を作る文化人として、彼らは日本国内の各分野で活躍していたばかりでなく、世界に向かって日本の情報を発信し、高い評価を得ていたことが中日両国の正史に明記されている。また、詩文は作者の内面の心情や思想の表現であり、古代日本の時代社会で活躍した文人・詩人たちの作品は日本史のみならず、世界史を豊かに肉付ける貴重な史料でもあった。現代社会の諸分野でグローバル化が進み、異文化に対する関心が益々高まる昨今、古代日本漢詩文の魅力は正にその豊かな国際性にあるといってよい。これらの作品の考察を通して、古代日本の文化ひいては中日交流が緊密で頻繁であった古代東アジア文化圏の一端を明らかにすることができるに違いない。

本書に収められた論文は、三十年前に書いた日本古典文学に関わる最初の論考「古今集両序と中国文論」一篇を除くほか、ほとんどが平成十三年以降、埼玉学園大学に勤務してから発表した日本漢詩文に関するか関わりあるものである。総論「古代漢詩文の思想理念とその展開」では、懐風藻序と中国詩文集序との類似表現を確認しつつ、近江朝における漢詩文興隆の思想理念は律令制度建設の拠り所とする儒学思想がその基底にあり、制度整備の段階性が理念選択の独自性を保証する一因であったと思われる。

第一部は『懐風藻』の詩人論を目指すもので、大友皇子・大津皇子・釈智藏・大神高市麻呂・釈弁正・藤原宇合など六名の詩人を取り上げた。個々の伝記史料と詩文の解読を通してそれぞれの個性と個性を形作る社会背景を考察するとともに、全体として史的見通しが立てられるよう務めた。近江朝の漢詩文で現存する作品は僅かに大友・大津両皇子の三首しかない。とはいえ、大友皇子の詩に用いられた典拠により伝に記された皇子の博学多才が立証され、日本最初の太政大臣、そして皇太子として近江朝における律令建設の推進にその才能が大いに期待され発揮されたことが伺い知られる。近江遷都の時大津皇子はまだ六、七歳であったが、幼時の習作と見られる「述志」一首が書紀に「詩賦の興り大津に始れり」との記載の信憑性を裏付ける。青空白雲の下満山紅葉の美景を見事に描き切ったこの一首はまた連句とされ、多数の連作を誘発し、額田王の春秋競憐歌と題材上通底しつつ近江風流の高揚を華やかに盛り挙げた。が、皇子大津は基本的に天武朝の代表詩人であり、わけても文武両道に秀でた青年に成長し「聴政」した後の活躍ぶりをその詩文が物語っている。釈智藏は天武朝以降の上代漢詩文に大きな影響を与えた詩人の一人。日本三論宗第二伝祖師であった彼の詩風に老荘思想を発明した竹林七賢への傾斜が著しい。三論宗の高僧に老荘の造詣が深い由来は始祖・僧肇に遡るが、聖徳太子に追随した南朝の高僧がみな三論宗の碩学といわれるから、懐風藻詩に見られる竹林七賢への傾倒ぶりに智藏詩による影響のほか三論教学に伴う魏晋玄学または老荘思想の浸透もあったように思われる。

下って、持統・文武朝に漢詩文の創作がますます盛り、詩人も増えた中、持統天皇の伊勢行幸を諌止した事件が影を投じた大神高市麻呂の従駕応詔詩の異色が際立つ。その作品の語句表現から遥か崇神朝より大王家と親密な関係にあった大和地方豪族三輪氏の伝承と矜持が看取され、新しい儀礼制度に抵抗しながらも漢籍教養を蓄積した旧豪族出身の令制下官人の生き方が写し出されている。そして大宝元年に拝命した第七回遣唐使に従って唐に渡った釈弁正の詩・伝の解読により、李隆基の知遇を得た彼が中宗を毒殺した皇后韋氏一味を排除した唐隆（七一〇）政変に関わり、その後玄宗皇帝の側近にあって唐に留まり、日本への望郷の情に苦しみながら奈良朝遣唐使の最盛期を支えた委細が推察される。藤原宇合は奈良朝の「墨翰之宗」と称される当代最大の詩人であったが、遣唐副使を務めた彼が唐の最新知識と詩風を自らの作品に取り入れたばかりでなく、時勢を主導する藤氏四子の一人として朝廷政治の内外で様々な出来事に絡んで作品に吐露した思考や心情が歴史の記載を内面から照射する意味で大変興味深いものがあることは疑いない。

本書の第二部は日本漢詩文に関わり深い主題をめぐって通時的に考察を試みたものである。第一章では藤原不比等親子二代四人の饗宴詩文に見られる自然描写を分析し、その自然観照に儒学と老荘思想とが融合した玄学への傾斜が見出され、時代の推移にともないその色を濃くしていった様相を考察した。第二章は暮春三月水辺で行われた上巳の禊の由来を先秦時代に遡り、魏晋以降三月三日に固定した宮廷行事として曲水流觴の宴が流行したが、唐に至って太陽暦に基づく寒食・清明節に習合されていく過程を追跡した。日本古代の曲水宴詩には唐もさりながら魏晋六朝わけても王羲之・蘭亭集序の影響が強いように見受けられる。第三章は『万葉集』に見える漢文混合歌群で同一対象に対して遊士と風流士とを交互に用いたことに注目し、中国では先秦の遊士が両漢から魏晋六朝を経て隋唐へと時代とともに移り変り、風流士と役割交替したりと交差したりする過程を巡って文化史的アプローチを試みた。

第三部は国際学会に発表した日本漢文学に関わりある論文で、原文をそのまま収載した。第一章では遣唐大使多治比広成の述懐詩に見る文学の才能への強い指向に焦点を絞り、石上乙麻呂伝に記された遣唐大使選抜経緯と読み合わせれば、第九回以降遣唐使の任務が次第に律令制度の建設から文芸の吸収へ移行していく形跡が史料のみならず詩文からも見て取れるものと考える。第二章は『万葉集』の漢文混合作歌に見る少女入水伝説歌群に絡み、わけても高橋虫麻呂らの伝説歌に漢楽府の投影が明らかに看取され、古代の婚姻習俗に由来するこの種の伝説歌に儒教の説く倫理観と文学に歌われる愛情観との二重の受容関係が絡んでいると捉えた。第三章では古今集両序に展開された文学理論と中国文論とを比較し、古今集序に文論を吸収しながら独自の特色を構築した経路を辿ってみた。

してみれば、大規模な遣唐使船団が海原を行き来していた時代の異文化交流の様相は、当時の史料が豊富に現存しているため、すでに相当に確実に解明されてはいる。しかし、時代の先端を行く異文化交流を担い新しい時代文化の創造に直接関わってきた人々の学識や人となり、彼らの遭遇した紆余曲折及びその心中の喜怒哀楽といった感情の起伏と色彩が歴史学的研究から伝わってこない。これは文学研究の領域であり、文学作品を実際に読む楽しみでもある。言い換えれば、つまり詩賦や和歌の生まれる時代社会背景を視野に入れつつ文学の作品を読めば、その時代社会の様相を人々の感情の色彩も含めてもっと生動的に読み解くことができるのである。その意味で文学は歴史に肉付け、感情を添える花とも言えるであろう。

古代日本漢詩文と中国文学——目次

第二部　主題論

第三部　国際学会論文

総論

古代漢詩文の思想理念とその展開

一　はじめに

日本漢文学が勃興したのは近江朝においてであった。その理由について国際関係史の見地から論じられることが当を得ていることはいうまでもない。[注1]漢詩文興隆の契機が確かに対外関係にあったことを立証する資料は多い。では、近江朝に漢詩文が発生する内在の根拠ないしそれを支える思想背景は奈辺にあったのか。このことは当時の文献史料によって別途検証する必要があるように思われる。完整な形で今日に伝わる近江朝の漢詩文は『懐風藻』に存する大友皇子の絶句二首のみである。従って、近江朝における漢詩文興隆の理由および思想理念を考察するには結果的に奈良朝に成立した諸文献わけても『懐風藻』の漢詩文および序に負うところ大きいというのが実情である。両者の間に時代差が存するが、撰者の見聞した資料・作品は現在より遥かに多く且つ直接であったので、ほぼ同時代のものと考えて差し支えあるまい。

「懐風藻序」がその資料価値から古くから多くの研究者の注目を引いたことは周知の通りである。[注2]従来の論考は文学の見地からほとんどが序文の構成や表現をめぐって「文選序」をはじめ中国文学における同じ文体の作品との比較に主軸を置いたように見受けられる。[注3]それは当然のことながら文学研究として有効な方法論ではあった。だが、語句表現や文章構成上の類似を指摘することはいきおい、近江朝における漢詩文興隆の内在する理由その必然性を看過する恐れがあることも否めない。そのため、「文選序」などとの比較をしつつも文献捜査の範囲を広げ、むしろ「懐風藻序」の独自な指向性を検討する研究も見られる。[注4]その場合、表現の類似がどうしてどこまで時代社会の内実に関わるのか、という問題を巡ってなお検討の余地が残るであろう。

本論は文学とその時代の思想文化との関わりに考察の焦点を当てる。『懐風藻』漢詩文および序と中国文学に見る同文体あるいは他文体の作品との類似関係をあくまで表現ないし構文など文章方法の借用として本質論の外に置き、「懐風藻序」および集中の詩文を対象としてその表現の内容から近江朝における漢詩文勃興の内在理由について検討を加えてみたいと思う。

二　斉魯之学――二つの側面

『懐風藻』の撰者は序文においてまず日本文化の発展段階を神功皇后の半島進出を一つの境にし、それ以前の天孫が日向の襲の高千穂の峰に天下りなさったときや、神武天皇が大和の橿原に都を造られたころを、天地の運行により万物が草創され、人世の文字文化や社会制度はいまだ出来ていなかったとした。

　逖聴前修。遐観載籍。襲山降蹕之世。橿原建邦之時。天造草創。人文未作。至於神后征坎。品帝乗乾。百済入朝。啓龍編於馬厩。高麗上表。図烏冊於鳥文。王仁始導蒙於軽島。辰爾終敷教於訳田。遂使俗漸洙泗之風。人趨斉魯之学。

（逖く前修に聴き、遐かに載籍を観るに、襲山に蹕を降す世、橿原に邦を建つる時に、天造草創にして、人文未だ作らず。神后坎を征し、品帝乾に乗ずるに至りて、百済入朝して、龍編を馬厩に啓き、高麗上表して、烏冊を鳥文に図す。王仁始めて蒙きを軽島に導き、辰爾終に教へを訳田に敷く。遂に俗をして洙泗の風に漸め、人を斉魯の学に趨かしむ。）

神功皇后が朝鮮半島の三韓との交渉を進めて以降、応神天皇が即位されると、百済王に遣わされ、貢品として良馬二匹を持って来朝した阿直伎が能く経典に通じるので、師として太子菟道稚郎子に書物の教授をした。そして彼を介して、同じく応神天皇の代に、漢の高祖の子孫と称して百済に移住した王氏一族の王仁が『論語』と『千字文』を日本に伝え（『古事記』）、王仁も太子の菟道稚郎子に諸の経籍を伝授したと共に、始めて都の軽島で文字を知らない者に文字文化の啓蒙をしたとされる。[注5] また、敏達天皇の代に高麗から上表文を奉げられ、鳥の羽に墨で書かれた文章を誰も読むすべを知らないなか、王辰爾の教えを得てようやく読み解けた。[注6] よって王辰爾が勅命により都の訳田で学問の教育を広めたのである。それから世に孔子の教えが広まり、人々が儒教の学問を学ぶようになったと序に記す。

右の叙述に注目される点は二つある。一つは序に挙げられた人文発達の契機となるのはいずれも対外交流の事例であること。これは記・紀の記載に拠って立ち、「文選序」などと比べる時に明らかに認められる「懐風藻序」の独自の展開といえるが、その基底に日本の文字文化の発達に国際化を伴う飛躍があったことは重要な特質になろう。それと関連して、もう一つは「人文」や「斉魯之学」といわれるものの持つ二つの側面が未分化の状態にあることである。

『文心彫龍・原道第一』にこう記す。

人文之元、肇自太極、幽讃神明、易象惟先。庖犠画其始、仲尼翼其終、而乾坤両位、独制文言。言之文也、天地之心哉。

（人文の元は太極より肇まる、神明を幽讃するに、易象惟れ先だつ。庖犠その始めを画き、仲尼その終りを翼く、而して乾坤の両位に、独り文言を制す。言の文なるは、天地の心かな。）

庖犠こと伏羲氏により始めて刻み書かれた「人文」とは書契といわれる易の象に由来する文字を指す。物事の推移変化の法則を記録し予測する記号集録の『易』は、後に周の文王や孔子の発明によって天地万物、社会政治等々の体系的な変化の法則を包摂する内容を持ち、儒学経典の一つとなるが、他方、『易経』は記述内容の特定を拒否する一面をもつ。つまり「人文」や「斉魯之学」は記録手段としての文字体系と、内容としての政治社会文化という二つの側面を複層的に持つ。このことは「文選序」によって一層明確に述べられている。

式観元始、眇覿玄風、冬穴夏巣之時、茹毛飲血之世、世質民淳、斯文未作。逮乎伏羲氏之王天下也、始画八卦、造書契、以代結縄之政、由是文籍生焉。易曰、観乎天文以察時変、観乎人文以化成天下、文之時義遠矣哉。

（式て元始を観て、眇かに玄風を覿れば、冬穴すみ夏巣にすめる時、毛を茹い血を飲める世、世質にして民淳たり、斯文未だ作らず。伏羲氏の天下に王たるに逮んで、始めて八卦を画き、書契を造り、以て結縄の政に代えたり。是に由りて文籍生ぜり。易に曰く、天文を観て以って時の変を察し、人文を観て以て天下を化成すといへり。文の時義遠かなるかな。)

ここに伏羲が始めて八卦を書くのは、天下に王たる時であって、書契を造るのは「以て結縄の政に代る」とされる。従って人文はその発生当初から「天文を観て以て時の変りを察し、人文を観て以て天下を化成す」る意味を有するが、文籍が蓄積し、学問の対象となると、そこに記録手段としての文字体系と、意味内容として社会政治文化との二つの側面が遊離するようになりがちである。この点に関しては後にまた述べる。

さて王仁が初めて『論語』と『千字文』を日本に伝え、啓蒙教育を始めたということは、漢字文化受容の初め人文の性格上儒学の内容に無論触れることには触れるが、それよりも主に記録・伝達手段としての漢字文化が中心であったと見られる。これは敏達朝に王辰爾が高麗の上表を解読した事例によっても知られる。人文の展開が王朝の制度建設に初めて及んだのは、推古朝における聖徳太子の摂政においてであった。

逮乎聖徳太子。設爵分官。肇制礼義。然而専崇釈教。未遑篇章。

(聖徳太子に逮びて、爵を設け官を分かち、肇めて礼義を制す。然れども専らに釈教を崇め、未だ篇章に遑あらず。)

聖徳太子の時に、官位十二階を定められ、はじめて礼義を制定されたという。この礼義に「憲法十七条」が含まれるか議論はあるが、[注7]主に冠位十二階を「徳・仁・礼・信・義・智」の大小で表すことを意味することは間違いない。[注8]そして序に太子が世間の道徳規範として専ら仏教を崇め、詩文を作る暇がなかったと述べるところに一つの飛躍がそこにあった。つまり初期の官位制定も仏教尊崇も直接に「篇章」に結び付かず、その間にもう一つ儀礼制度の整備と成功という大きな階段があった。それは次の時代を待たなければならない。

三　皇猷――文学と憲章法則

『懐風藻』の撰者が天智天皇の開かれた近江朝廷の賞揚に最大の賛辞を注いだことは、研究者の一致して認めるところである。それは次の文章に示される。

及至淡海先帝之受命也。恢開帝業。弘闡皇猷。道格乾坤。功光宇宙。既而以爲。調風化俗。莫尚於文。潤徳光身。孰先於学。爰則建庠序。徴茂才。定五礼。興百度。憲章法則。規模弘遠。夐古以來。未之有也。於是三階平煥。四海殷昌。旒纊無爲。巖廊多暇。旋招文学之士。時開置醴之遊。当此之際。宸翰垂文。賢臣献頌。雕章麗筆。非唯百篇。

（淡海先帝の命を受くるに及びて、帝業を恢開し、皇猷を弘闡す。道は乾坤に格り、功は宇宙に光れり。既にして以爲へらく、風を調へ俗を化することは、文より尚きことは莫く、徳に潤ひ身を光らすことは、孰か学より先ならむと。爰に則ち庠序を建て、茂才を徴し、五礼を定め、百度を興す。憲章法則、規模弘遠なること、夐古より以來、未だ有らず。是に於いて、三階平煥、四海殷昌、旒纊無爲にして、巖廊暇多し。旋ち文学の士を招き、時に置醴の遊を開く。此の際に当りて、宸翰文を垂らし、賢臣頌を献ず。雕章麗筆、唯に百篇のみに非ず。)

右に述べられた天智天皇が天命を受けられた後の出来事を近江遷都以降に限定するのは適当ではなかろう。天智称制六年(六六八)近江に遷都した朝廷は足掛け僅かに五年しか経たなかったが、天皇が中大兄皇子と称せられた時、有名な蹴鞠の会で中臣(藤原)鎌足と知り合い、権勢を誇った蘇我氏を倒し、律令制国家の建設を目指す改新の機運を切り開かれたことは周知のとおりである。そもそも「受命」とは天命を受けて天下を経営する意味であるが、必ずしも即位に直結する必要はない。儒学の経典にしばしば「文王受命」をいうが、周の文王は仁徳政治を行い、天下の三分の二の国々を従えるまでになったが、終生殷の紂王に仕え、王位には就かなかった。大化元年(六四五)孝徳天皇に皇位を譲り、皇太子に立てられた皇子が改新政権の中枢となって諸政策を次々に打ち出し、それらが近江朝にかけて「近江令」と称される諸法令となって整備されていったことは正に「受命」された証明でもあったのである。

上記一段は内容上二つの部分からなる。先ず「帝業を恢開し、皇猷を弘闡す。道は乾坤に格り、功は宇宙に光れり」という総記に始まる。「皇猷」は天子の治世理念、それを「弘闡」広く示されたということは正に律令の明文化と法制に基づく制度化にほかならない。『日本書紀』に徴すれば、大化改新の詔令などがそれに当たるが、実際、孝徳・斉明・天智の三朝の中でも天智朝はその高潮期であったはずなのに、天智紀は壬申の乱に伴う典籍の散逸などによりその記述内容は特に不十分と考えられてしかるべきであろう。[注9] それはともかく、当時の政治理念は「道格乾坤」つまり天地を図り究めることにより政治を運営することにある。「ご功業は天下に輝いた」というそこに律令建設の第一段階の功を挙げたことを意味するのは疑いない。このことについて具体的には後に改めて述べる。

そこで序は天皇の御思慮に直に触れる。

既にして以爲へらく、風を調へ俗を化することは、文より尚きことは莫く、徳に潤ひ身を光らすことは、孰か学より先ならむと。

風俗を改善し人民を教化するのに最も重要な「文」とは、すなわち前節で触れた「人文」であり、とりわけ儒学の「文籍」であることはいうまでもない。そして徳を養い立身を立派にする「学」は儒学の経典を学び極める学問であることも一読して明白であろう。この「文」と「学」の二つを合わせたのが儒教文化圏にいう伝統の文学の第一義であったことは既に別稿で述べたことがある。注10

『論語・先進』に、

子曰、従我於陳蔡者、皆不及門也。徳行、顔淵・閔子騫・冉伯牛・仲弓。言語、宰我・子貢。政事、冉有・季路。文学、子游・子夏。

(子曰く、我に陳・蔡に従ひし者は、皆門に及ばざるなりと。徳行には顔淵・閔子騫・冉伯牛・仲弓。言語には宰我・子貢。政事には冉有・季路。文学には子游・子夏。)

と伝えられた孔門十哲が四科に分属されるなか、実際、儒学経典の釈義を後世に伝授したのは文学に長じる子游と子夏であった。

そのため、漢代で「文学」とはしばしば儒学と同義語のように使われた。悪名高い秦の始皇帝による焚書坑儒を「秦詩書を焚き、文学を誅戮す」(『史記・封禅書』)と記され、漢の武帝が儒術を好んで儒者の趙綰、王臧等を召し出したことを「文学を以て公卿と為す」(『史記・武帝紀』)と表した。さらに『史記・儒林伝』に武帝の世に「百家の言を絀けて、文学の儒者を延く」経緯を次のように記している。

及竇太后崩、武安侯田蚡為丞相、絀黄老刑名百家之言、延文学儒者数百人、而公孫弘以春秋白衣、為天子三公、封以平津侯。天下之学士、靡然郷風矣。

(竇太后の崩ぜしに及び、武安侯田蚡丞相と為る。黄老刑名百家の言を絀け、文学儒者数百人を延く。而して公孫弘、春秋白衣を以て、天子の三公と為り、以て平津侯に封ぜらる。天下の学士、靡然として風に郷ふ。)

『春秋経』を治める公孫弘がもとは白衣すなわち庶民でありながら天子を補佐する三公に重用され平津侯に封されてから、天下の学士がこぞって儒学に風靡したというのである。

天智天皇が御考えの「文」「学」もそうした儒教典籍の章句経義を治め広める「文学」であったに違いない。だからそれに伴う施策として、爰に則ち庠序を建て、茂才を徴し、五礼を定め、百度を興す。憲章法則、規模弘遠なること、夐古より以來、未だ有らず。

大学が設置され、秀才の養成が図られたと共に、律令制を敷くための庚午年籍が作成され、新しい儀礼制度が制定されたのである。その制度規模の大きさや広さといったら遠い昔から現代にいたるまで見たことがない、というのも単なる虚飾ではないことはすでに先学の指摘するところである。注11

日本漢詩文は正にそうした制度建設の完成に伴う泰平の盛業の結実として勃興されたのである。

是に於いて、三階平煥、四海殷昌、旒纊無爲にして、巖廊暇多し。旋ち文学の士を招き、時に置醴の遊を開く。此の際に当りて、宸翰文を垂らし、賢臣頌を献ず。雕章麗筆、唯に百篇のみに非ず。

「三階」は紫微星を囲んで守る三台星、この星座が明るく輝くのは天下太平の瑞兆とされる。だから国家は繁栄し、政治は無為にしてよく治まり、朝廷に大事無く暇が多くできた。そこでしばしば文学愛好の士を招いて、時折り酒宴の遊びを開かれた。この時にあたり天子みずから文を作られ、賢士たちは讃美の詞をたてまつった。美しく飾った文章はたんに百篇を数えるのに止まらなかった。

このような儀礼制度の整備に伴う詩賦興隆の経緯は漢代にも先例を見ることができる。班固「両都賦序」に次のように述べている。

大漢初定、日不暇給。至於武宣之世、乃崇礼官、考文章、内設金馬石渠之署、外興楽府協律之事、以興廃継絶、潤色鴻業。故言語侍従之臣、若司馬相如、虞丘寿王、東方朔、枚皐、王褒、劉向之属、朝夕論思、日月献納。而公卿大臣、御史大夫倪寛、太常孔臧、太中夫夫董仲舒、宗正劉徳、太子太傅蕭望之等、時時間作。或以抒下情而通諷諭、或以宣上徳而尽忠孝、雍容揄揚著於後嗣、抑亦雅頌之亞也。故孝成之世論而録之、盖奏御者千有余篇、而後大漢之文章炳焉、与三代同風。

（大漢初めて定めて日給するに暇なし。武・宣の世に至りて、乃ち礼官を崇ひ、文章を考ふ、内に金馬石渠の署を設け、外に楽府協律の事を興す。以て廃れたるを興し絶えたるを継かしめ、鴻業を潤色す。故に言語侍従の臣には、司馬相如、虞丘寿王、東方朔、枚皐、王褒、劉向の属の若きは、朝夕に論思し、日月に献納す。而して公卿大臣には、御史大夫倪寛、太常孔臧、太中夫夫董仲舒、宗正劉徳、太子太傅蕭望之等は、時時間作す。或は下情を抒べて以て諷諭を通じ、或は上徳を宣べて以て忠孝を尽す。雍容揄揚して、後嗣に著はす。抑そもまた雅頌の亞ならん。故に孝成の世、論じてこれを録す。盖し奏御せしもの千有余篇なり。しかる後大漢の文章炳焉として、三代と風を同うす。）

三段に分けた長い引用であるが、右の文章は近江朝における漢詩文の勃興を記述する段落と照らし合せられるところが多いこと一目瞭然であろう。漢代の文物制度は、漢の武帝、宣帝の時に至って始めて礼楽祭祀や学問思想の振興・整備が図られ、司馬相如ら文学の従臣と董仲舒ら公卿大臣の詩賦、論文が盛んに作られた。班固はこれら漢代の文章を『詩経』の「雅頌」に次ぐ、夏・殷・周「三代」の伝統に通ずるものと讃えた。ここで注目されるのはこれらの文章の目的はあくまで「或は下情を抒べて以て諷諭を通じ、或は上徳を宣べて以て忠孝を尽す」ところにあることである。

振り返ってみれば、近江朝における漢詩文の興隆も儀礼制度の整備の一環であり、その成功を粉飾し顕彰するものにほかならない。詩文の美辞麗句や表現技巧の追求が目的ではなかったように思われる。従い、聖徳太子の時「未だ篇章に遑あらず」とあるのも儀礼制度の未完を意味するし、近江朝文物制度の盛況を謳歌するのは詩賦発生の強調と頌揚でもあった。ここに近江朝漢詩文の思想理念の特質を見ることができるであろう。

四　雕章麗筆――文学の自立

詩賦をはじめ文章の語句詞藻や表現技巧が発達するにつれ、儀礼政治から遊離し美辞麗句を事とする傾向が顕著に表れてくる。『漢書・芸文志』に枚乗、司馬相如らの作品を取り挙げ、「競ひて侈麗閎衍の詞を為し、その風諭の義を没す」と謂い、早くもその内容に義理の欠落を指摘している。一方、詩賦の華麗な表現特徴を積極的に肯定する見解も見られる。「詩賦欲麗」を主張する魏の文帝・曹丕の『典論・論文』に見る議論がその代表である。

蓋文章経国之大業、不朽之盛事。年寿有時而尽、栄楽止乎其身、二者必至之常期、未若文章之無窮。是以古之作者、寄身於翰墨、見意於篇籍、不假良史之辞、不託飛馳之勢、而声名自伝於後。

（盖し文章は経国の大業にして、不朽の盛事なり。年寿は時有りて尽き、栄楽はその身に止まる。二者は必至の常期あり、未だ文章の窮り無きに若かず。是を以て古の作者は、身を翰墨に寄せ、意を篇籍に見はし、良史の辞を假りず、飛馳の勢を託さず、而して声名自ずから後に伝はる。）

「文章は経国の大業なり」と歌うこの文言は、平安初期の勅撰詩集『経国集』の命名にも用いられたほど有名であったが、詩賦文章が経史から独立して作者の名声を後世に遺すというその議論に、作品の意義内容を問わず表現技巧に偏る恐れがあることは否めない。

下って南朝・宋の元嘉年間、儒、玄、史、文の四学が官学に並び立てられ、文学がついに儒学と袂を分かち、華麗な詞藻表現を追求する傾向をますます強める。南朝詩文のそうした過度の詞藻追求の弊害を論述する批評は古来少なしとしない。『隋書・文学伝論』に南朝・梁の大同年間より流行する繊細新奇な詞藻表現を衒う軽艶淫靡な宮体詩風を「亡国之音」と批判している。

雅道淪缺、漸乖典則、爭馳新巧。簡文・湘東、啓其淫放、徐陵・庾信、分路揚鑣。其意淺而繁、其文匿而彩、詞尚輕險、情多哀思、格以延陵之聽、蓋亦亡国之音乎。

（雅道淪缺し、漸く典則を乖り、争ひて新巧に馳る。簡文・湘東、その淫放を啓き、徐陵・庾信、路を分け鑣を揚ぐ。その意淺かにして繁く、その文匿れて彩る。詞は軽険を尚び、情は哀思多かり。延陵の聴を以て格せば、蓋し亦亡国の音ならんや。）

しかし他方、『隋書』の著者である魏徴は、南朝斉・梁の永明、天監年間の詩文を北朝の太和・天保年間の詩人作品に並べ挙げ「文雅尤も盛なり」と褒め称え、南北詩人の短所を取り払い長所を取り合わせれば「善を尽くし美を尽くす」とも述べている。

自漢魏以來、迄乎晋宋、其体屢変、前哲論之詳矣。曁永明天監之際、太和天保之間、洛陽江左、文雅尤盛。于時作者、済陽江淹、呉郡沈約、楽安任昉、済陰溫子昇、河間邢子才、鉅鹿魏伯起等、並学窮書圃、思極人文、縟綵鬱於雲霞、逸響振於金石、英華秀発、波瀾浩蕩、筆有余力、詞無竭源。方諸張蔡曹王、亦各一時之選也。聞其風者声馳景慕、然彼此好尚互有異同、江左宮商発越、貴於清綺、河朔詞義貞剛、重乎気質。気質則理勝其詞、清綺則文過其意、理深者便於時用、文華者宜於詠歌、此其南北詞人得失之大較也。若能擷彼清音、簡兹累句、各去所短、合其両長、則文質斌斌、尽善尽美矣。

（漢魏より以來、晋宋に至るまで、その体屢ば変る、前哲これを論ずること詳らかなり。永明・天監の際、太和・天保の間に及び、洛陽江左、文雅尤も盛ゆ。時の作者、済陽の江淹、呉郡の沈約、楽安の任昉、済陰の溫子昇、河間の邢子才、鉅鹿の魏伯起等は、並びに学を書圃に窮め、思を人文に極む。縟綵は雲霞より鬱り、逸響を金石に振う。英華秀発して、波瀾浩蕩たり。筆に余力有るも、詞に竭源無し。張・蔡・曹・王に方ぶるも、また各々一時の選なり。その風を聞く者は声馳景慕す。然れども彼此の好尚互に異同有り。江左は宮商発越して、清綺を貴び、河朔は詞義貞剛にして、気質を重ず。気質なれば則ち理その詞に勝り、清綺なれば則ち文その意を過ぐ。理深きものは時用に便あり、文華やぐものは詠歌に宜し、此はその南北詞人得失の大較なり。もし能くかの清音を擷り、この累句を簡て、各々所短を去らしめ、その両長を合すれば、則ち文質斌斌たち、善を尽くし美を尽くすならん。)

ここに魏徴は南北朝の詩人達を漢魏の詩賦作家「張・蔡・曹・王」に並べ挙げ、「各々一時の選」といい、相当に高い評価を与えたこと、また「理その詞に勝る」北朝詩を「時用に便あり」と肯定しながら、南朝詩を「文華やぐものは詠歌に宜し」と評して否定的に捉えていないところも注目に値する。

魏徴は初唐の名臣として誉高く、右に見た彼の議論は当時の知識人の代表的な見解でもあったに違いあるまい。太宗皇帝勅撰の『晋書・文苑伝』などの史伝にも似たような論説が見られる。そこから文学の独自性を自覚した魏晋六朝を経た初唐の宮廷詩壇では、梁の簡文帝や徐陵らの淫靡華麗な宮体詩を否定するが、全体的には六朝詩文をむしろ評価し、その影響を積極的に受け入れたことは明らかであり重要であろう。

一方、郝経・『続後漢書・文芸列伝』にいう。

故六経無虚文、三代無文人、戦国之末、屈宋始為文章。漢興、孝武雖為歌詩、然亦未以為学也。至丕纂代、専以文章為務、一時学士大夫公卿大臣、専門名家、流風波蕩、不復可遏。至宋斉梁陳、如簡文、元帝、長城公輩、益為浮艶、君臣宣淫、自謂風流天子、卒僨社沉宗。浸淫及於隋唐、明智之君皆喜辞章、遂以篇題取士、挙世事虚文而為文人、不復知二漢之経術、況唐虞之学乎。皆操丕父子、建安諸人啓之也。

(故に六経に虚文無く、三代に文人無し。戦国の末、屈宋始めて文章を為る。漢興りて、孝武、歌詩を為ると雖も、然れどもまた未だ以て学と為ざるなり。丕、纂代せしに至りて、専ら文章を以て務と為す。一時の学士大夫、公卿大臣、専門名家となり、流風波蕩、また遏む可からず。宋斉梁陳に至りて、簡文、元帝、長城公の輩如きは、益ます浮艶を為し、君臣宣淫して、自ら風流天子と謂ふ、卒に社僨り宗を沉む。浸淫して隋唐に及び、明智の君みな辞章を喜び、遂に篇題を以て士を取ぶ。世を挙げて虚文を事とし文人と為り、復び二漢の経術を知らず、況んや唐虞の学をや。みな操丕父子、建安諸人これを啓けるなり。）

郝経は儒学経術の立場から曹丕以降の文学の自立、ひいては初唐以降の科挙に詩賦を加えたことを含めて悉く否定し去ったが、漢武帝の頃の詩歌を否定していない。それはなぜか。漢の武帝の時は文物制度の整備が行われ、詩歌はその「鴻業を潤色」するものであり、「虚文」ではなかったからであろう。郝経の議論は儒学・文学の立場に拠って立つので過激に失するところが全くないとはいえないが、文章変遷の大筋は把握したといえよう。

五　近江風流

振り返って近江朝の漢詩文を見れば、詩文が儀礼制度整備から遊離する傾向は殆ど見られないといってよい。それはその頃の詩賦で現存しているものが少ないことにも関わるが、その時代性に負うところも大きい。まず『懐風藻』中に僅かに存する大友皇子の侍宴一首をみてみよう。

皇明光日月　　皇明　日月と光らひ、

帝徳載天地　　帝徳　天地に載つ。
三才並泰昌　　三才　並びに泰昌、
万国表臣義　　万国　臣義を表はす。

侍宴詩は御宴に侍する時の作で、恐らく皇子が太政大臣を拝命したのち、宮中の御宴に侍する時に作られた作品であろう。天子の恩徳を誉め讃え、治世の理念を謳歌するのが侍宴詩のお決まりの類型ではある。詩に見る「皇明」も「帝徳」も天子の英知、道徳を讃えるものに違いないが、『周易・乾伝』に聖人のことを「天地にその徳合ひ、日月にその明合ふ」と表現するから、冒頭二句はこれらを踏まえて天皇治世の道徳を天地の法則に法る聖天子のそれとして讃えたことが知られる。また「三才」も『周易・繋辞』に「易の書たるは、広大にして悉く備はる。天道有り、人道有り、地道有り」という「三才の道」に依っている。世の道は天地自然の法則に則り、それに叶うのが最高の治世だと考えられ、それを実現した世の中が安らかに栄え、この楽土を目指して遠方の国々から人々がやってきてその徳治に服従の礼を表すというのが経典に再三強調された儒学の治世思想なのである。また「万邦・万国」も『尚書』に多く用いられた天下国家思想を表す熟語であった。ここに詩人の文学才能さもさることながら、思考の厳密さと儒教的理想政治に対する認識の深さが伝わってくる。

同じことは集中にはもう一首見える皇子の述懐詩についてもいえる。

道徳承天訓　　道徳　天訓を承け、
塩梅寄真宰　　塩梅　真宰に寄る。

差無監撫術　　　差づらくは監撫の術無きことを、
安能臨四海　　　安んぞ能く四海に臨まむ。

詩人の抱負にある治世の道徳も政策も儒学の経典に依拠している。「天訓」は『尚書・康王之誥』、「塩梅」は『尚書・説命』をそれぞれ典拠に用いられた。そして「監撫」すなわち監国、撫軍は『春秋左伝』閔公二年に見える古来の制度にのっとった太子の職責であったが、「四海」と「万国」が『尚書』に見る同義語であることはいうまでもない。

詩人伝に皇子のことを「皇子博学にして多通なり、文武の材幹有り」、「天性明悟」と伝えると同時に、「未だ幾ばくならざるに、文藻日に新なり」という。つまり皇子の詩文は学び初めて未だ時が経っていなかったのに、日進月歩のように上達したが、その学問の中心はそこになく、重点はあくまで儒学を意味する「雅より博古を愛す」にあったのである。ここに近江朝漢詩文の思想理念の本質を窺い見ることができよう。

序に挙げられた近江朝以降に輩出した優れた詩人もそれぞれ鮮明な個性を有しながら、近江風流を受け継いだ点で同じである。

自茲以降。詞人間出。龍潛王子。翔雲鶴於風筆。鳳翥天皇。泛月舟於霧渚。神納言之悲白鬢。藤太政之詠玄造。騰茂実於前朝。飛英声於後代。
（これより以降、詞人間出す。龍潛の王子、雲鶴を風筆に翔らせ、鳳翥の天皇、月舟を霧渚に泛かべたまひ、神納言が白鬢を悲しび、藤太政が玄造を詠める、茂実を前朝に騰げ、英声を後代に飛ばす。）

ここに壬申の乱以降の作者、特に大津皇子、文武天皇、藤原不比等、大神高市麻呂の詩が挙げられた撰者の意図について議論が分かれる。[注12]作品の分析は別の機会に譲るとして、これらも大友皇子の詩と同じ性格のものであったと見てよいように思われる。つまり文学に志を立てた皇子、季節天象に意を注ぐ天子、朝廷の儀礼政治を謳歌する大臣、民衆の生業を重視する諫臣らの作品を挙げることで律令建設時代の詩風を語ったものと見られるのである。

六　平城の詩風

『懐風藻』の詩文を前期と後期とに分けるのは上代漢詩文を見通すのに有効な方法ではある。[注13]だがその境界線をどの辺に引くかが難しい。その困難は時代の区分と詩人の生卒とが必ずしも一致しないところにある。詩文制作の場や主要な作者の作品の題材と作風からすれば、時代的には平城遷都以降でも詩人でいえば藤原不比等没後から後期と見ることが出来る。

後期懐風藻漢詩文の特色を一言で言えば、その更なる国際性にあったといってよいように思われる。大宝二年第七回遣唐使に従って唐に渡った弁正「与朝主人」と題する詩一首は、皇子時代の李隆基に献上したものと見られ、[注14]そこに唐の最新詩風が反映されているのみならず、当時の政治文化諸状況とも密接に関わっている。

鐘鼓沸城闉、　　鐘鼓城闉に沸き、

戎蕃預国親。　戎蕃国親に預る。
神明今漢主、　神明たり今の漢主、
柔遠静胡塵。　柔遠して胡塵を静む。
琴歌馬上怨、　琴歌は馬上に怨み、
楊柳曲中春。　楊柳は曲中に春めく。
唯有関山月、　ただ関山の月有り、
偏迎北塞人。　偏へに北塞の人を迎ふ。

長屋王が政府首班であった時、王邸で時折開かれた詩壇が後期懐風藻の詩風を象徴するが、わけても外国使節を招待する宴会に詠まれた「秋日於長王宅宴新羅客」という同題の作品が『懐風藻』に十首も収められ、詩壇の国際色を際立たせる。かつて第八回遣唐使の副使を務めた式部卿の藤原宇合が当代漢詩文学の第一人者と称されるが、彼も王邸に出入りする詩人の一人。その七言詩「秋日、於左僕射長王宅宴」は、王邸の詩宴に加わって作られた一首である。

帝里煙雲乗季月、　帝里の煙雲季月に乗じ、
王家山水送秋光。　王家の山水秋光を送る。
霑蘭白露未催臭、　蘭を霑す白露未だ臭を催さず、
泛菊丹霞自有芳。　菊に泛ぶ丹霞自ら芳有り。

石壁蘿衣猶自短、　石壁の蘿衣猶ほ自ら短く、
山扉松蓋埋然長。　山扉の松蓋埋んで然も長し。
遨遊已得攀龍鳳、　遨遊已に龍鳳に攀ることを得たり、
大隠何用覓仙場。　大隠何ぞ用いん仙場を覓むるを。

この詩は首聯で宴会の場所と季節を述べ、中二聯で秋の景観を描き、尾聯で交遊の収穫を述べる構成になっている。小難しい典拠は殆ど用いておらず、詩句が平明流麗な上、前半四句は平仄も粘対もすべて律詩の作法に符合しながら、後半は法則を全て外して、唐でも流行の歌行体の流暢さを際立たせている。[注15]

後期の懐風藻詩人でわけても渡唐の経験をもつ作者のそうした傾向は、第九回遣唐大使の多治比広成にも見られる。その述懐詩に文学の才能への強い志向が歌われ、その頃から遣唐使の任務が次第に律令建設から文芸の吸収へ移行していった過程が窺われるばかりでなく、作品にも唐との同時代性を示している。例えば、彼の七言詩「吉野の作」

高嶺嵯峨多奇勢、　高嶺嵯峨奇勢多く、
長河渺漫作廻流。　長河渺漫廻流を作す。
鍾池超潭異凡類、　鍾池超潭凡類を異にし、
美稲逢仙同洛洲。　美稲が仙に逢しは洛洲に同じ。

右の一首は紀男人の七言詩「遊吉野川」と内容が類似しているばかりでなく、全く同じ韻字を用いている。

萬丈崇巖削成秀、　萬丈の崇巖削成して秀で、
千尋素涛逆折流。　千尋の素涛逆折して流る。
欲訪鍾池越潭跡、　鍾池越潭の跡を訪はまく欲り、
留連美稻逢槎洲。　留連す美稻が槎に逢ひし洲に。

二人は出世、任官の年次が前後はあるものの殆ど同列で、張合いの関係にあったことは明らかである。従って、上記二首の詩が追和に使われる和韻の手法を用いたとも思われるが、和韻は中唐以降始めて多く用いられた手法で、盛唐以前には殆ど例を見ないといわれる。[注16] しかし多治比広成が紀男人に追和する同韻字を用いた詩が現存しているし、彼が渡唐する前後、唐では限られた範囲であったかもしれないが、和韻は既に詩人の意識に昇った作詩技法であったこと疑いない。そこから当時の日本詩人が如何に唐詩の最新手法を熱心に取り入れたかが窺い知られる。

唐と同時代の作詩手法が将来されるとともに、後期懐風藻詩の制作の場と吟詠する題材も明らかに多様に拡がった。藤原宇合の「悲不遇」や麻呂の「釈典」、隠士民黒人の「幽棲」さらには石上乙麻呂の「飄寓南荒贈在京故友」、「秋夜閨情」など、詩人の心情に訴える様々な情景が詩の題材となっていった。そこに勅撰漢詩集時代の幕開けが既に用意されているといっても過言ではなかろう。

七　むすびに

近江朝漢詩文の思想理念は孔門四科の一つである文学に通じる儒教の礼楽思想にあった。その目指すところが儒教の儀礼思想に基づく律令制度の整備にあったことはいうまでもない。そして朝廷の制度整備の成功により、宮中殿前に並ぶ三階を象る三台星座が穏やかに輝き、陰陽が調和し風雨が時を違わず、五穀豊作する天下太平の瑞兆（『開元占経』）が現れる。海内四方の人民が平和で豊かに暮らすので、朝廷に事無く天子がただ手を拱いているだけで天下がよく治まるのである。そんな中で朝廷では時折宴会が振る舞われ、天子自ら御製詩を作られ、賢臣文士たちが治世を謳歌する美辞麗藻の詞章を献上した。ここで留意すべきなのは治世の謳歌はただ単に王朝を粉飾するだけではなく、朝廷政治の依って立つ思想理念の確認であり賢臣たちの述志の表現でもあったことである。その意味で饗宴こそが儀礼政治の重要な象徴であり、『詩経』の雅頌諸篇が歌われる主要な場でもあったのである。それが『懐風藻』撰者の意図するところでもあったことは固よりである。

序の結びにいう。

余以薄官余閒、遊心文囿、閲古人之遺跡、想風月之旧遊、雖音塵眇焉、而余翰斯在。撫芳題而遥憶、不覚涙之泫然。攀縟藻而遐尋、惜風声之空墜。遂乃收魯壁之余蠹、綜秦灰之逸文。

（余、薄官の余閒を以ちて、心を文囿に遊ばしむ。古人の遺跡を閲し、風月の旧遊を想ふ。音塵眇焉と雖も、しかして余翰ここに在り。芳題を撫でて遥かに憶ひ、涙の泫然たるを覚えず。縟藻を攀ぢて遐かに尋ね、風声の空しく墜ちなむことを惜しむ。遂に乃ち魯壁の余蠹を収め、秦灰の逸文を綜べたり。）

ここに「古人の遺跡を閲し」といい「余翰ここに在り」というのは当時まだ相当数量の詩文が撰者の手元にあったのではなかったか、中に近江朝の漢詩文も大友皇子の二篇のみではなかったであろう。そして序は次のように続けて結んだ。

余撰此文意者、爲將不忘先哲遺風、故以懐風名之云爾。

（余が此の文を撰する意は、將に先哲の遺風を忘れざらむが爲なり。故に懐風を以ちてこれに名づくる云爾ぞ。）

心を文学の庭園に遊ばせていた撰者が古の詩篇に付けて思いしのんだのは、風月に遊んだ古人の風雅な振る舞いであり、これらの詩篇に詠まれた偉業と過ぎ去りし紆余曲折を思い浮かべたからこそ涙がはらはらと流れ落ちるのであろう。つまり、ここに撰者の意図も単なる詩篇そのものにあるとは思われず、大化改新以降、近江朝を中心にして建設された律令制度の整備に取り組んだ先人の偉業を跡付けるのが目的であったに違いあるまい。ここに撰者の讃えた近江朝漢詩文の本質があったと考えてよいであろう。

そして、近江朝漢詩文の思想理念を実践した作品の創作は何時まで続いたのだろうか。序に挙げられた大津皇子から藤原不比等までが一つの目安になるであろう。それは政治史上においては正に律令国家制度の建設と整備期に当たることは今さら言うを待つまい。

不比等が亡くなった後、長屋王が政府首班であった時代に入るが、その頃から、宮廷のほか重要な詩壇が少なくとも二つあったと見られる。一つは長屋王邸で時折開かれた詩宴、もう一つは藤原北家の武智麻呂邸で催される詩会である。両者は時期的に連続するものの主催者の性格が異なるためそれぞれに特色をもつ。そのうえ、大宝律令の成立、施行に伴って遣唐使が再開されるにつれ、唐の新しい詩風が時を隔てずに伝来し、後期懐風藻の漢詩文に一層豊かな多様性と国際色を与えていった。

【注】

（1）中西進『万葉集の比較文学的研究』（講談社『中西進万葉論集』第一、二巻、一九九五年）、辰巳正明編『懐風藻漢字文化圏の中の日本古代漢詩』（笠間書院〈上代文学会研究叢書〉二〇〇〇年）

（2）山岸徳平「懐風藻の成立」「懐風藻と日本文学」（『日本漢文学研究』有精堂出版、一九七二年）

（3）吉田幸一「懐風藻と文選」（『国語と国文学』第九巻十二号）、小島憲之『上代日本文学と中国文学・下』（塙書房、一九六五年）、大野保『懐風藻の研究』（三省堂、一九五七年）

（4）波戸岡旭『上代漢詩文と中国文学』（笠間書院、一九八九年）

（5）応神紀に「十六年の春二月に、王仁來り。則ち太子菟道稚郎子、師としたまふ。諸の典籍を王仁に習ひたまふ。通り達らずといふこと莫し」とある。

（6）敏達紀に「高麗の上れる表疏、烏の羽に書けり。字、羽の黒き随に、既に識る者無し。辰爾、乃ち羽を飯の気に蒸して、帛を以て羽に印して、悉に其の字を写す。朝庭悉に異しがる」とある。

（7）岡田正之『近江奈良朝の漢文学』（養徳社、一九二九年）、杉本行夫『注釈懐風藻』（弘文堂書房、一九四三年）

（8）推古紀に「始めて冠位を行ふ。大徳・小徳・大仁・小仁・大礼・小礼・大信・小信・大義・小義・大智・小智、凡て十二階」とある。
（9）笠原英彦『歴代天皇総覧――皇位はどう継承されたか』（中公新書、二〇〇一年）
（10）胡志昂「遣唐大使多治比广成的述怀诗――透视遣唐使最盛期的政治与文学――」（王勇編『東亜視域与遣隋唐使・遣唐使遣隋使1400周年国際学術会議論集』（光明日版出版社、二〇一〇年）↓本書第三部第一章所収。
（11）岡田正之前掲書。
（12）川崎庸之「懐風藻について」（『文学』昭和二十六年十一月号、のち『記紀万葉の世界』御茶の水書房、昭和二十七年）
（13）小島憲之「解説　二　懐風藻」（『日本古典文学大系69　懐風藻　文華秀麗集　本朝文粋』岩波書店、昭和三十九年）
（14）胡志昂「遣唐使の最盛期を支えた詩僧――弁正」（『埼玉学園大学紀要　人間学部篇』第九号、平成二十一年十二月）↓本書第一部第五章所収。
（15）胡志昂「奈良王朝の「翰墨之宗」――藤原宇合」（池田利夫編『野鶴群芳―古代中世国文学論集』笠間書院、平成十四年十月）↓本書第一部第六章所収。
（16）宋・張表臣『珊瑚鈎詩話』巻一に拠れば和韻は白楽天と元微之の贈答に始まるというが、明・胡震亨『唐音癸籤』巻三に大歴年間、李端と盧綸の次韻贈答「野寺病居」を挙げている。『洛陽伽藍記』巻三に王肅の前後妻の応答詩に和韻の手法が用いられている。

本為箔上蚕、今為機上絲。得路遂騰去、莫憶纏綿時。
針自貫線物、目中恒任絲。得帛縫新去、何能衲故時。

和韻に類似した先例は魏晋南北朝に遡るが、広成が渡唐した開元年間より三十年後の大歴年間に士大夫の間に和韻の贈答が広く行われたことを考えれば、初唐、盛唐に和韻の詩が全くなかったとは思われない。初唐は宮廷詩壇が発達した時代である。詩人間の私的交友の贈答詩ではないが、同題の奉和詩に後の和韻に似たような作品がなかったわけではない。たとえば、景龍二年二月、中宗皇帝が太平公主の南荘に幸す時に群臣たちが作った奉和作に次の二首が同じ韻を用いられている。

奉和初春幸太平公主南莊應制　李嶠

主家山第接雲開、天子春遊動地來。羽騎参差花外転、霓旌揺曳日辺回。
還將石溜調琴曲、更取峰霞入酒杯。鸞輅已辞烏鵲渚、簫声猶繞鳳皇台。

奉和春初幸太平公主南莊應制　宋之問

青門路接鳳凰台、素滻宸遊龍騎来。澗草自迎香輦合、巖花應待御筵開。
文移北斗成天象、酒遞南山作寿杯。此日侍臣將石去、共歓明主賜金回。

時に李嶠は宰相であり文学の第一人者と目され、宋之問は韻律を整える近体詩の達人であった。この時は宋之問が李嶠詩と同じ韻を意図的に用いたものと思われる。後の「用韻」と同じ手法である。

第一部　詩人論

第一章　大友皇子の伝と詩——近江風流を今に伝える詩人——

一　はじめに

『日本書紀』における大友皇子の初見は天智七年（六六八）春正月の天皇即位紀においてであった。天皇の宮人に「伊賀采女宅子娘有り、伊賀皇子を生めり。後の字を大友皇子と曰す」とある。次いで十年（六七一）春正月に太政官制が整った記事である。

是日、以大友皇子、拝太政大臣。以蘇我赤兄臣、爲左大臣。以中臣金連、爲右大臣。以蘇我果安臣・巨勢人臣・紀大人臣、爲御史大夫。

（是の日（五日）に、大友皇子を以て、太政大臣に拝す。蘇我赤兄臣を以て、左大臣とす。中臣金連を以て、大臣とす。蘇我果安臣・巨勢人臣・紀大人臣を以て、御史大夫とす。[注1]）

そして六日に、東宮太皇弟が新しい律令に載せた冠位・法度の施行を奉宣する。『書紀』の或本の異伝にその時、新官位制度を宣命したのは大友皇子であったという。いずれにしても朝廷政務を総攬する太政大臣として新制度の施行を取り仕切ったことは間違いない。

そして同年冬十月十七日に、

天皇疾病彌留。勅喚東宮、引入臥内、詔曰、朕疾甚。以後事属汝、云々。於是、再拝称疾固辞、不受曰、請奉洪業、付属大后。令大友王、奉宣諸政。臣請願、奉爲天皇、出家修道。天皇許焉。

（庚辰、天皇、疾病彌留し。勅して東宮を喚して、臥内に引入れて、詔して曰はく、「朕、疾甚し。後事を以て汝に属く」と、云云。是に、再拝みたてまつりたまひて、疾を称して固辞びまうして、受けずして曰したまはく、「請ふ、洪業を奉げて、大后に付属けまつらむ。大友王をして、諸政を奉宣はしめむ。臣は請願ふ、天皇の奉爲に、出家して修道せむ」とまうしたまふ。天皇許す。）

この記事は天武紀即位前記に少し異なる表現で再録され、そこには「願はくは、陛下、天下を挙げて皇后に附せたまへ。仍、大友皇子を立てて、儲君としたまへ」とある。「儲君」とは皇太子の別名であり、これが紀に見える大友皇子の立太子の記事として注目される。

そして同年十一月二十三日に、大友皇子が内裏西殿の織の仏像の前で左大臣蘇我赤兄臣・右大臣中臣金連・蘇我果安・巨勢人・紀大人等五人の重臣と手に香炉を執って盟約し誓う。「六人心を同じくして、天皇の詔を奉る。若し違ふこと有らば、必ず天罰を被らむと」という。蘇我赤兄等も続いて泣血きて誓って盟約した。

於是、左大臣蘇我赤兄臣等、手執香炉、随次而起。泣血誓盟曰、臣等五人、随於殿下、奉天皇詔。若有違者、四天王打。天神地祇、亦復誅罰。卅三天、証知比事。子孫当絶、家門必亡、云々。

（ここに、左大臣蘇我赤兄臣等、手に香炉を執り、随次して起ち、泣血誓盟して曰く、臣等五人、殿下に随ひて、天皇の詔を奉る。若し違ふこと有らば、四天王打たむ。天神地祇、亦復誅罰せむ。三十三天、此の事を証め知しめせ。子孫当に絶え、家門必ず亡びむか、と云云。）

右の天皇詔は皇太子の即位に関わるものと考えられてしかるべきであろう。そして同二十九日に五人の大臣が大友皇子を奉りて天皇の前に重ねて盟った。

同年十二月三日、天智天皇が近江宮で崩御。『日本書紀』は続いて天武即位前記に移り、皇太子即位の記録はない。が、『扶桑略記』など平安時代の史書によれば、「五日に大友皇太子が帝位についた」と記す。[注2]唐でも弘道元年（六八三）十二月高宗が則天武后の横暴を心配して崩御の直前に遺詔をして皇太子を霊前で帝位に即かせた。五大臣が大友皇子を奉り天皇の前に盟いを立てた状況を考えれば、天智崩御の三日後に即位が行われたことの信憑性は高い。それを記す後世の史料が多く、江戸時代水戸藩で編纂された『大日本史』に大友天皇紀が立てられ、明治三年に大友皇子が弘文天皇と謚号されたことは周知のとおりである。

『懐風藻』開巻に大友皇子の伝記と詩二篇を収める。皇子は『懐風藻』に詩が収められた唯一の近江朝の作者であり、完全な作品が現存する日本最初の詩人である。ところで持統紀に「詩賦の興り、大津皇子より始れり」と記す。この記事は古来大友皇子の漢詩作品の存在により異論がある。[注3]筆者も「懐風藻序」に近江朝の漢詩文について、「美しい言語表現を尽くした詩文はただ百篇に止まらない」と伝える近江風流を具現する詩人として皇子の漢詩に言及したことがある。[注4]他方、別稿で大津皇子の漢詩わけても聯句を論証し持統紀の記述を確認した。[注5]そこで当時の風雅な宮廷文化の本質をめぐり大友皇子の伝と詩とをもう少し深く掘り下げて考察する必要を感じる。本稿の考察する対象はあくまで『懐風藻』を中心とする古代文献のテクストに関する解読であるが、その結果、古代史の記述に及ぶことを特に避けない。

二　伝記

懐風藻詩人伝は冒頭から大友皇子を皇太子と称し、皇太子の即位を記さなかった。それは『日本書紀』の記載立場と一致し、天武皇統時代に成書した『懐風藻』の時代性を示す。『書紀』に皇子の伝記史料が少ないので、この点、懐風藻詩人伝は史料の不足を補う所が多いといってよい。

伝はまず皇子の容姿・風格を記す。体格が立派で逞しく、容姿・風格とも優雅で奥ゆかしい。眼中の生き生きとした輝きが「顧盼」すなわち目を左右に動かすと、きらきら輝くという。皇子の並外れて優れた容姿と識見に接すると、唐の使者・劉徳高が驚嘆の声を挙げた。

皇太子者。淡海帝之長子也。魁岸奇偉。風範弘深。眼中精耀。顧盼煒燁。唐使劉徳高。見而異曰。此皇子、風骨不似世間人。実非此国之分。

（皇太子は、淡海帝の長子なり。魁岸奇偉にして風範弘深なり。眼中に精耀あり、顧盼するに煒燁たり。唐使劉徳高、見て異なりとして曰く。この皇子、風骨世間の人に似ず。実に此の国の分に非らずと。）

人の容姿・振舞い、そして談論・識見によって人物を評判するのは、後漢以来の人物評の慣わしであった。魏・晋以降、容姿・立居振舞いに対する注目が目立ったが、それでも人物の学問とくに識見が評価の不可欠要素であった。右の文中、「魁岸奇偉」「眼中精耀、顧盼煒燁」は骨相、容姿を描写するのに対して、「風範弘深」は皇子の学識、器量を評価するものであった。「風範」は学識に裏付けられる識見と風格をいう。

休、源少孤、立志操、風範強正、明練治体、持身倹約、学窮文芸、当官理務、不憚強御、常以天下為己任、高祖深委仗之。(『梁書・孔休源伝』)

洋、少有文学、以礼度自拘、与王湜倶以風範方正為当時所重。(『周書・柳洋伝』)

護法菩薩、年在幼稚、辯慧多聞、風範弘遠。(『大唐西域記』巻五)

右の中、「風範弘深」に尤も近似する表現は唐の玄奘法師の著作になる『大唐西域記』に見える。よって伝に記す「風範弘深」は皇子の学識によって裏打ちされることが知られる。

太子天性明悟。雅愛博古。下筆成章。出言爲論。時議者。歎其洪学。

(太子、天性明悟。雅に博古を愛す。筆を下せば章と成し、言に出せば論と爲る。時の議者、その洪学を歎ず。)

漢語「見」は「会う」意である。唐使の劉徳高が皇子と会い親しく談論を交した結果、その学識、風格に深く感じたところがあったに違いない。皇子に対する彼の評語は『隋書』に同じ記述を見る。

周太祖見（隋高祖）而歎曰、此兒風骨不似代間人。（『隋書・文帝紀』）

（周太祖（隋高祖）を見て歎きて曰く、此の兒、風骨は代間の人に似ず。）（『隋書・文帝紀』）

『隋書』は魏徴の著なので、太宗李世民の名を忌むため「世」を「代」に代えたが、隋代の原資料や後世の史料には「世間人」と記すものであった。

隋高祖為人龍頷、額有五柱入頂、目光外射。有文在手、曰、王。長上短下、沉深厳重。年十六遷驃騎、周太祖見而嘆曰、此兒風骨不似世間人。（『冊府元亀・帝王部』）

（隋の高祖、人と為り龍頷にして、額に五柱入頂有り、目光外射す。文の手に在る有り、曰く、王たり。長上短下にして、沉深厳重なり。年十六に驃騎に遷せらる。周太祖見て嘆きて曰く、此の兒風骨世間の人に似ず。）

劉徳高の皇子に対するもう一つの評語「実非此国之分」は皇子の治めた学問の性格に対する評価と思われる。その愛した古学は一言でいえば「天人の道」を究め「万国」「四海」を目指すものであった。この点、後で触れる皇子の詩がよく示している。

ちなみに劉徳高が来日したのは、天智称制四年のことである。七月に対馬を経て、九月に筑紫に到着し、そこで上表文を奉り、一行はすべて二百五十四人の大使節団であった。そして十一月に都で劉徳高等に饗宴を賜っている。時に大友皇子は十八歳、恐らく饗宴の席上劉徳高と初めて会い、親しく談論を交したのであろう。劉の評価が皇子の参政に影響したか否かは知らないが、その豊かな学識才能が世継ぎになる大きな理由の一つであったことは疑いない。

伝に記す皇子の経歴と年齢について『書紀』と食い違いがあり、議論を呼ぶことが多い。[注6]

年甫弱冠、拜太政大臣、総百揆以試之。皇子博学多通、有文武材幹。始親万機、群下畏服、莫不粛然。年二十三、立爲皇太子。(中略)会壬申年之乱。天命不遂。時年二十五。

(年甫めて弱冠、太政大臣を拝し、百揆を総べて以てこれを試む。皇子、博学にして多通なり、文武の材幹有り。始めて万機を親らす。群下畏服して、粛然たらざるは莫し。年二十三、立ちて皇太子と爲る。(中略)壬申の年の乱に会ひ、天命遂げず。時に年二十五。)

「弱冠」は『礼記・曲礼』に「二十曰弱、冠」とある。よって「二十歳」を「弱冠」と称するのが普通であるが、『礼記注疏』の孔穎達疏によれば、二十九歳までを通して「弱冠」と称してよいという。

二十曰弱冠者、二十成人初加冠、体猶未壮、故曰弱也。至二十九、通得名弱冠、以其血気未定故也。

(二十を弱冠と曰ふは、二十成人して初めて冠を加うるも、体猶ほ未だ壮ならず、故に弱と曰ふなり。二十九に至るまで、通じて弱冠を名づけう、その血気未だ定らざる故を以てするなり。）

されども「弱冠」は二十歳を称する例が文献上圧倒的に多かったことに変わりない。ちなみに皇子が二十歳戴冠の時は天智五年で、翌年近江遷都があり、天智天皇が即位の年とも伝えられている。新しい朝廷で皇子の学識才能が大いに発揮され政治に参画したことは想像に難くない。大友皇子以前に太政大臣の職位はなく、皇子が参政当初はおそらく天皇の長子として政治に参画していたに違いない。

そして、翌七年正月正式に即位式が行われたが、八年十月に内大臣の鎌足が亡くなった。この年の冬一時企画を中止した高安城の築城があり、そこに田租が集められ、翌九年の春に朝廷の儀礼や庚午年籍が造られたなど、むしろ鎌足が亡くなった後に新政の動きが多かったことは注目されてよいであろう。そして十年正月に大友皇子の太政大臣拝命及び蘇我赤兄以下政府重臣五人の任命があり、ここに新しい太政官府が形を整え、正式に発足を告げたことになる。が、伝に「拜太政大臣、総百揆以試之」という記述の中に「之を試む」とある表現は、むしろ制度機構の整備や人事構成についての正式な決定前の試行段階をいうに相応しい文言ではなかったかと思われる。

つまり、ここの太政大臣とは制度創設後の名称をもって制度化前の皇子の役割を追認して表現したのではなかったかと考えられる。その時、皇子は「年甫弱冠」の二十一歳であった。そこで皇子の参政時期を考えれば、第一段階は近江遷都と天皇即位の儀式制度の策定に関わり、「博学で諸芸に通じ、文武両道の才能に恵まれていた」その学識才能が大いに注目を集めた。第二段階は鎌足死後にできた政治空白がそれに当るであろう。皇子が「初めて政治を自ら執り行うとき、臣下達はみな畏服し、慎みかしこまらないものはなかった」というのは不比等が亡くなった後の朝廷政治状況を表すに相応しいこと明らかである。
それから二十三歳の立太子は壬申の年、二十五歳から逆算すれば、天智九年のことになる。これは『書紀』をはじめ古史料の立太子記載と異なる。そこで「伝」の記述を疑問視する見方も当然のことながらあったが、他方懐風藻伝の信憑性を論証する説もある。[注7]
そこで改めて思い出されるのは、元明天皇の即位宣命に語られた天智天皇が立てられた「天地と共に長く日月と共に遠くまで改ることのない常の典」である。そこに「皇位の継承は直系相続によるべきことを規定したもの」があろうことは夙に史学研究者によって指摘されている。[注8]では、宣命に荘重な修飾をもって宣られたこの法は何時定立されたのか。
『藤氏家伝』によれば、天智七年秋九月より前に、天皇が鎌足に礼義を撰述し、律令を策定し、天人の性に通じ、朝廷の訓を作るよう命じられた。鎌足が時の賢人と旧章を損益して略条例を為った。

先此、帝令大臣撰述礼儀、刊定律令。通天人之性、作朝廷之訓。大臣与時賢人、損益旧章、略為条例。一崇敬愛之道、同止奸邪之路。理慎折獄、徳洽好生。至於周之三典、漢之九篇、無以加焉。
(此より先、帝、大臣に令して礼儀を撰述し、律令を刊定せしめ、天人の性に通じ、朝廷の訓を作らしむ。大臣、時の賢人と旧章を損益し、略条例を為せり。一に敬愛の道を崇び、同に奸邪の路を止す。理は折獄を慎み、徳は洽く生を好む。周の三典、漢の九篇に至るも、以て加うる無し。)

これが「近江令」とされるが、その内容に関わる問題は二つある。一つは「旧章」とは何を指すか。いずれにしても近江遷都以前の「旧章」なら後の「不改常典」に結び付けるものがなかったことは自明である。しかし、鎌足が「条例」を選定したさい、「周の三典、漢の九篇」といった漢唐の律令を参考にしたら、継嗣の問題が視野に入ってくることは疑いない。ここに大友皇子伝に記す天人捧日の夢の背景があったのではなかったか。もう一つは「近江令」の選定が鎌足の病没までに完了したかである。答えは恐らく否定的であろう。「大織冠伝」は鎌足の病没で終結したが、『日本書紀』を見れば、天智九年には春正月から宮門内の大射礼をはじめ、朝廷儀礼の宣告と、誣妄・妖偽の禁断、二月には庚午年籍の造作と盗賊と浮浪者の禁止など律令整備の動きが多い。そうした中で天智天皇の立てられた皇位継承の法原則も含まれたのではなかろうか。従って、伝に見る大友皇子の立太子も太皇弟の出家ではなく、皇位継承法の定立に遡って記したのではなかったかと考えられる。

いずれにしても天智紀は壬申の乱による史料の焼失、また書紀編集者の立場のため記述の欠落や重複など乱れがあり、それと合わないからといって『懐風藻』の史料価値を疑うべきではないことはいえよう。また『懐風藻』撰者の立場が『書紀』のそれと異なるところがあることも確かであろうと思われる。

伝は最後に皇子の聡明と博学を讃える。

> 太子天性明悟。雅愛博古。下筆成章。出言爲論。時議者。歎其洪学。未幾文藻日新。
> (太子、天性明悟。雅に博古を愛す。筆を下せば章と成し、言に出せば論と爲る。時の議者、その洪学を歎ず。未だ幾ばくならざるに文藻日に新し。)

「章」は経史等に関する散文の文章、「論」は経典学問の義理とくに玄学に関わる談論をいう。そして「文藻」

は詩賦韻文を指す。皇子は漢詩制作を習うことまだ暫くしか経っていないのにもう日進月歩のように上達したというのである。ここに今一つ注目したいのは、皇子の詩文才能に触れるところである。「詩文の才能も日に日に磨かれていった」のは「時の論者はその博学を驚嘆した」のに続く文章だから、皇子が古学を博学した後に詩文を磨いたことが知られる。

実はこれは文武天皇にも見られるいわば皇位継承者の学識教養の修得順序とでもいうべきものであるが、『懐風藻』に収録された皇子の詩二首は「新たに磨かれて」作られた作品であったに違いない。むろん、それは詩文が皇子の学問体系において重要な才能でないことを意味するものでは決してない。むしろ、作品を通して作者の学識思想が発見される意味において、詩文は他と異なる性格の重要な史料であるというべきであろう。

三　侍宴詩

『懐風藻』に収められている大友皇子詩の第一首は五言の侍宴詩である。

五言、侍宴	五言　宴に侍す　一絶
皇明光日月。	皇明日月と光らひ、
帝徳載天地。	帝徳天地に載つ。
三才並泰昌。	三才並びに泰昌、
万国表臣義。	万国臣義を表はす。

（天子のご英明は日月のように照り輝き、帝の聖徳は天地の間に満ち溢れている。天・地・人ともにそれぞれの道が順調に行われ世の中が安らかに栄え、四方の国々も天子に対して臣下の礼を尽くすのである。）

既に諸注に指摘されたように、この詩の表現に多くの典拠が用いられている。「皇明」は父の天智天皇の英明を讃えるが、『文選』に用例が多い。

西都賦「天人合応、以発皇明。乃眷西顧、寔惟作京。」
東都賦「考声教之所被、散皇明以燭幽。」
七啓「采英奇於仄陋、宣皇明於岩穴。」

班固（字は孟堅）の西都賦に見る「皇明」は、漢の高祖が長安に都を定めた英断をいい、また東都賦では民情を省察する光武帝の英知をいう。さらに曹植・七啓は父・曹操が皇帝の賢明さを宣伝して山野から賢人を招致したことを表す。つまり「皇明」とは天子の英明を讃える熟語として既に定着したものである。「皇明」を「日月と光ふ」と讃える類似表現も詩文に多く見られる。同じく『文選』でも曹植・七啓に「同量乾坤、等曜日月」といい、劉越石・勧進表に「明竝日月、無幽不燭」という。先王の英明さを日月に譬えて讃える先例は『尚書・泰誓』に遡る。「惟我文考、若日月之照臨、光于四方、顕于西土」と周の文王の明を讃えた。

第二句「帝徳載天地」も「帝徳」は多く見られる熟語である。孔子が伝えた上古五人の帝王の事績を記した書に「五帝徳」があり、『尚書・大禹謨』に「帝徳広運」とあるのは尭舜の道徳を讃えるものである。対して「載天地」の訓読や出典について解釈が分かれる。一つは「載」を満ちる意味とし、出典を『毛詩・大雅』生民「厥声載路」に取る。[注9] しかし、毛伝に「路、大也」といい、「路」を「大」の意味とし、「載」を意味のない虚詞とした。鄭箋も孔疏も同じである。現存のテクストで「厥声載路」の「載」を満ちるの意と解したのは朱熹の『詩経集伝』である。従い、唐代通行の経典で「載」を「満つ」とするテクストはないといってよい。

もう一つは「載」を載せる意味とし、「覆載天地」から「覆」を省いたものと解し、『荘子・天道篇』（または大宗師）に典拠を取ったと説く。[注10]「覆載天地」は荘子以外あまり例を見ないが、「天覆地載」を更に縮めて「覆載」ともいって、『礼記・孔子閒居』に出典をもつ。中国古代文献に「天覆地載」「覆載」の用例が多く、日本漢文にも少なしとしない。

礼記・孔子閒居「孔子曰、天無私覆、地無私載、日月無私照。」
漢書・諸葛豊伝「今陛下天覆地載、物無不容。」
宋書・楽志・食挙歌「天覆地載、流沢汪濊、声教布濩。」
晋成公綏詩曰、天地不独立、造化由陰陽。乾坤垂覆載、日月耀重光。」
日本書紀・孝徳紀「天覆地載、帝道唯一。」
宋書・倭国伝「若以帝徳覆載、摧此強敵、克靖方難、無替前功。」

この二字または四字熟語の場合、「覆載」は天地それぞれの働きもしくはその恵みを表すので安定した組合せであり、一字を省略した用例を殆ど見ない。従い、結論を先に言えば、「載天地」の訓読はやはり「天地に載つ」

とするのに従いたい。確かに古文学派を尊ぶ唐代官学の経典訓読で「載」を「満つ」とするテクストは殆どないが、経典以外の文献で「載」を「満つ」と訓むものがないわけではない。たとえば『文選』に収める左太冲「魏都賦」の詩句「余糧栖畝而弗收、頌声載路而洋溢」について二通りの注釈が示されている。

淮南子曰、昔容成之時、置余糧於畝首。蔡雍胡広碑曰、余糧栖於畎畝。公羊伝曰、古者什一而籍、而頌声作矣。毛詩曰、厥声載路。毛萇曰、路、大也。（李善注）

年穀豊多盈於田畝、如鳥之栖宿、人不收紀。頌声言歌謡滿路洋洋乎盈耳。（五臣注）

李善注は語句の出典を挙げ連ね、「載路」の典拠として毛伝を挙げた。一方、五臣注は詩句の意味を重視して「載路」を「滿路」と解釈した。魏都賦の詩句を対偶表現として読めば、五臣注で意味が通じることは一読して明瞭であろう。そのため朱熹『詩経集伝』に「載、滿也。滿路、言其声之大也」という解釈の合理性も明らかであろう。

唐代以前の文献で「載」を「滿つ」の意味に使ったのは決して孤例ではない。

後漢書・西羌伝「降俘載路、牛羊滿山。」

宋書・楽志「歌肅祖明皇帝・英風夙発、清暉載路。」

後漢書・南匈奴伝「報命連属、金幣載道。」

右の三例はいずれも「載」が「満」を意味する。大雅・生民「厥声載路」も漢代官学に立てられた今文学派では「載」を「満」と解釈され、それが受け継がれたことをここに示しているものと考えられる。

そして、「帝徳載天地」に尤も類似する表現として晋・袁宏撰の『後漢紀・孝桓皇帝紀』に見ることができる。

（竇）武与太后定策禁中。太后詔曰、大行皇帝、徳載天地、光照上下。不獲胤嗣之祚、早棄万国。朕憂心摧傷。

（竇）（武と太后、策を禁中に定む。太后詔して曰く、大行皇帝、徳、天地に載ち、光、上下を照す。胤嗣の祚を獲ずして、早く万国を棄てり。朕、憂心摧傷す。）

袁宏『後漢紀』はその自序によれば当時世に伝わった多くの『後漢書』が「煩穢雑乱」なるを煩い撰集したものであるが、劉知幾『史通・正史篇』に「世に漢中興史を言うものはただ袁・范（范曄）二家を以て配蔚宗要とす」といい、後漢史を記す史書として『後漢書』に先立つ名著であったことが知られる。そして第二句の表現がこの「徳載天地」に尤も類似していることは一見して明白であろう。ちなみにここの「載」も「満」の意味であった。

また前半二句で「天地」と「日月」を対句に用いる例も夥しいが、ここに二例ばかり挙げておく。

楚辞・渉江「与天地兮比寿、与日月兮斉光。」

漢書・荊燕呉伝「徳配天地、明並日月。」

そして後半第三句、「三才」は諸注の指摘どおり、『周易・繋辞伝下』に典拠をもつ。天・地・人の道を指す「三才」は詩文にも用例が多い。

易之爲書也、広大悉備。有天道焉、有人道焉、有地道焉。兼三才而両之、故六。六者非他也、三才之道也。

易の書たるや、広大にして悉く備はる。天道有り、人道有り、地道有り。三才を兼ねてこれを両にす。故に六なり。六なるものは他に非ず、三才の道なり。

一方「泰昌」は地名にはあるが、詩語としての用例は殆どない。これは作者の創作にかかるものと見られる。「三才」が『周易』による関係上、「泰」は恐らく易の卦から取ったものと思われる。

泰、乾下坤上

泰、小往大來、吉、亨。

彖曰、泰、小往大來。吉、亨。則是天地交而万物通也。上下交而其志同也。内陽而外陰、内健而外順、内君子而外小人、君子道長、小人道消也。

（泰、下乾上坤

泰は、小往き大來る。吉にして亨る。

彖に曰く、「泰は、小往き大來る。吉にして亨る」とは、則ち是れ天地交はりて万物通ずるなり。上下交はりて其の志同じきなり。内は陽にして外は陰、内は健にして外は順、内は君子にして外は小人なり。君子の道は長じ、小人の道は消するなり。）

「泰」の卦は吉で、物事が順調に運び「亨る」ものである。天地の霊気が交通して万物を生養する。君臣が上下交流して志を同じくすれば万事順調に運び通る。そして君子を納れ小人を外すのは「小往大來」の一事例であった。天・地・人の「三才」において能動的な役割を果たすのは人事である。「泰」卦の説明がそれをよく示している。そしてこの文脈から「昌」の意味するところとして『尚書・洪範』皇極にある文言が適切であろう。

人之有能有為、使羞其行、而邦其昌。
（人もし能有り為す有りて、其の行を羞めしむれば、すなわち邦はそれ昌ならん。）
伝、功能有為之士、使進其所行、汝国其昌盛。
（伝にいふ、功あり能く為す有るの士、其の行ふところを進めしめれば、汝の国それ昌盛ならんと。）

つまり有能な人材が居てその人に進んで才能を発揮させれば、その国は昌盛するだろうというのである。ちなみに「洪範」は伝によれば「天地之大法」を伝え、「皇極」は王道の法則を伝えるものであったことから、この二つの典拠からくる「三才並びに泰昌」ならば、「万国」が「臣義」を表してくることは間違いなかろう。「万国」は現在でも熟語としてよく使われるように古文献でも用例が夥しい。だが徳治による天下万国の政治思想を尤も原初的系統的に記載された文献といえばやはり『尚書』である。『尚書・益稷』に記す。

禹曰、俞哉。帝、光天之下、至于海隅蒼生、万邦黎献、共惟帝臣。惟帝時挙、敷納以言、明庶以功、車服以庸、誰敢不譲、敢不敬應。

（禹曰く、俞るかな。帝、光天の下、海隅の蒼生。万邦の黎献に至るまで、共に帝の臣たり。惟れ帝これを挙げ、敷く納るるに言を以てし、明庶するに功を以てし、車服は庸を以てすれば、誰か敢て譲らざらんや、敢て敬ひ應ぜざらんやと。）

孔安国伝は右の経文を解釈して「献は賢なり。万国の衆賢、共に帝臣たり。帝、是れを挙げて之を用ゆ」という。「益稷」は帝舜時代の事績を記す虞書の一篇で、舜と群臣わけて後継者の禹との対話からなる。舜は古代社会の諸制度を作った古の聖天子とされる。「万邦」「万国」の熟語は様々な経史詩文に語られるが、禹が讃えた舜「帝の聖徳が四海の隅々の蒼生にまで及び、万国の庶民も賢人も共に帝臣となる」という天下国家思想の原点がここにあったといえる。大友皇子も当然そうした経典用語の源流を熟知していたはずである。

林古渓（『新註』）は陳後主の入隋侍宴応詔詩「日月天徳を光らし、山河帝居を壮んにす。太平にして以て報ゆる無く、願わくは万年寿を上る」を取り挙げて比較し、皇子の侍宴詩を「気風の堂堂たること、言葉遣ひ、その調子のいかにも立派であること、その内容の、手厚く手広く雄大である」と激賞する。この作品がそう評価されるに足りる基底に詩表現の用いた典拠の重厚さがあったに違いない。皇子は天皇の長子、日本最初の太政大臣として、王権の謳歌のみならず、自らの治世思想も詩に表出されているのである。

四　述懐詩

集中にはもう一首皇子の五言絶句「述懐（懐を述ぶ）」がある。

道徳承天訓、　　道徳天訓を承け、
塩梅寄真宰。　　塩梅真宰に寄す。
羞無監撫術、　　羞づらくは監撫の術無きことを、
安能臨四海。　　安ぞ能く四海に臨まむ。

（聖人の説く道理は天の教示を承り、治世の法則は自然の理りに従う。太子として天子を補佐する力不足が恥ずかしく、どのようにして善く天下を治めるものか。）

「道徳」は漢代以降熟語として多く用いられ出典を特定しがたい。そもそも「道」と「徳」は概念が一部重なり合う用語であった。儒教の語る治世の「道」と「徳」の関係をよく示すのは『尚書・尭典』の解説である。

堯典、伝、言堯可為百代常行之道。疏、正義曰、称典者、以道可百代常行。若堯舜禅譲聖賢、禹湯伝授子孫、即是堯舜之道不可常行、但惟徳是与、非賢不授。授賢之事、道可常行。但後王徳劣、不能及古耳。然経之与典、倶訓為常、名典不名経者、以経是総名、包殷周以上、皆可為後代常法、故以経為名。典者、経中之

別、特指堯舜之徳、於常行之内、道最為優、故名典不名経也。

『尚書』開巻の「尭典」について前漢・孔安国の伝にこれを「百代常行の道たるべし」と解した。対して唐・孔穎達の疏は「典と称するはその道、百代常に行はる可きを以てす」としながら、尭・舜が帝位を聖賢に禅譲したのに、禹・湯は子孫に世襲せしめたことに触れ、「後の王、徳劣る」ことを理由とした。また経典について、経は総称で、殷・周以前「後代の常法となるべき」をいい、典は経の中で特に「尭・舜の徳」を指し、「道の最も優たる」ものという。ここに道と徳の関係、道徳と経典、時代との関係が明白に解説されている。

従い、述懐の「道徳」の意味内容は「天訓」により確定されねばならない。「天訓」という用語の出典について、最近、高松寿夫が指摘する『冊府元亀・帝王部』文学にみえる二つの用例が注目される。[注11] 念のため、ここに再録しておく。

○高宗為太子時、貞観二十二年二月、引庶子少詹事司議舎人等入閤、乃従容而言曰、文章詞賦平生所愛、然未之為也。今日風景殊佳、当与公等賦詩言志、於是援筆以制序。翌日、太宗以皇太子詩序示王公、曰、朕観太子此文及筆迹進於常日。司徒長孫無忌対曰、皇太子稟承天訓、文章筆札群芸日新。是歳、太子制玊華宮山銘、又献玉華宮賦。

○顕慶二年六月、帝製元首、前星、維城、股肱等誡、以示侍臣。礼部尚書　文館学士許敬宗等表請班示天下、帝謙不許。敬宗又上表、請総名為天訓、并請注解。許之。及注畢、敬宗為之序。

いずれも唐の高宗に関わる記事であるが、前者は高宗が太子であった時、作った詩序が父の太宗皇帝に褒められた際、長孫無忌が皇太子を「天訓を稟承し、文章筆札なる群芸日に新し」ともちあげた。この「天訓」は紛れなく「天子の教訓」で、内容は「文章筆札の芸を磨く」など文学制作に関わるものであった。

一方、高宗が天子に即位した後、製作した「元首、前星、維城、股肱」などの訓誡集が名付けられた「天訓」は天子の訓戒と解するには躊躇される。なぜなら、これらの文章が高宗から侍臣に示されたとき、敬宗らが上表して帝の文章を天下に配布して公表したいと願うとき、帝は謙虚し許可しなかった。そこで許敬宗が再度上表し、諸篇を纏めて「天訓」と総称し、且つ注解を施すと重ねて請ったところ、初めて許されたのである。ということはこの「天訓」は既に「天子の訓戒」と意味が異なることを示したに違いない。

では、この「天訓」の意味するところは具体的に何なのであろうか。まず諸篇題名の出典を見てみよう。「元首」「股肱」は『尚書・虞書』益稷に見える帝舜と皐陶の唱和歌に出典を持ち、「元首」と「股肱」の相関関係を歌う徳治政治の基本とされる。

帝庸作歌曰、勅天之命、惟時惟幾。乃歌曰、股肱喜哉、元首起哉、百工熙哉。皐陶拜手稽首揚言曰、念哉。率作興事、慎乃憲欽哉。屢省乃成欽哉。乃賡載歌曰、元首明哉、股肱良哉、庶事康哉。又歌曰、元首叢脞哉、股肱惰哉、万事隳哉。帝拜曰、俞往欽哉。

（帝庸て作ちて歌ひて曰く、「天の命を勅む、惟れ時惟れ幾」。乃ち歌ひて曰く、「股肱喜ばん哉、元首起たん哉、百工熙かん哉」と。皐陶拜手稽首し揚言して曰く、「念はん哉。率いて作って事を興すを、乃の憲を慎み欽まん哉。屢ば乃の成を省み欽まん哉と」。乃ち賡いで載って歌ひて曰く、「元首は明なる哉、股肱は良き哉、庶事は康き哉。又歌ひて曰く、元首は叢脞ならん哉、股肱は惰らん哉、万事は墮れん哉」と。帝拜して曰く、「俞り、往いに欽まん哉」と。）

また「前星」は太子を象徴するが、出典は『尚書大伝・洪範五行伝』に認められる。『尚書』は尭典から星座観察に基づく暦法の制定が記録され、農耕社会の政治原点になるが、「洪範」は微子が周王に伝えた商王朝治世の法典であった。心座の大星の前星を太子とするのは、天人相応の思想を反映し、星象によって太子の位置を示すものであった。

心之大星、天王也。其前星、太子也。後星、庶子也。尚書大伝・巻二
（心の大星は、天王なり。其の前星は、太子なり。後星は、庶子なり。）

そして「維城」は『詩経・大雅』板に典拠をもつ。詩序によれば、「板」は周公の後裔の凡伯が厲王を刺るものであった。厲王が徳を失い悪政を行ったため国民によって国を追われ、厲王の太子もあわや殺されるところであった。太子を匿った召公が己の子を身代わりに差し出したので、太子が助かり後に宣王となった。詩中「宗子維城」の「宗子」は鄭箋によれば、王の嫡子を謂い、王朝の本拠「維城」に譬えられたものであるが、詩の趣旨は「懐徳」（徳を懐う）「敬天」（天を敬ふ）にあり、天意を怖れ敬い徳政を修め行うことこそ王朝の安寧と存続を保ち守るのだというものであった。

价人維藩、大師維垣、大邦維屏、大宗維翰。懐徳維寧、宗子維城。無俾城壊、無独斯畏。敬天之怒、無敢戯豫、敬天之渝、無敢馳驅。『詩経・大雅』板

（价人は維れ藩、大師は維れ垣、大邦は維れ屏、大宗は維れ翰。徳を懐へば維れ寧く、宗子は維れ城、城をして壊れしむること無かれ、独り斯に畏るること無かれ。天の怒を敬して、敢て戯豫すること無かれ、天の渝を敬して、敢て馳驅すること無かれ。）

つまり、高宗撰「天訓」に纏められた諸篇は経典に記し伝えられ、また父・太宗皇帝からも教誨された道徳政治の心得であったと見られる。だからこそ、それを自分の治世思想として天下に公表するには高宗がやはり躊躇せざるを得ず、自らの心得た先代伝来の「天訓」と総称し、且つその典拠を注釈して始めて公表できたと思われる。筆者はかつて皇子の述懐詩に用いられる「天訓」の典拠につき、『尚書・康王之誥』に触れたことがある。注12 それは父成王の崩御により即位した康王が群臣に宣命した一節である。

昔君文武、丕平富、不務咎、底至斉信、用昭明于天下。則亦有熊羆之士、不二心之臣、保乂王家、用端命于上帝。皇天用訓厥道、付畀四方。

（昔、君の文武は、丕いに平かに富み、咎むるに務めず。底して斉信なるに至り、用ちて天下に昭明す。則ち亦た熊羆の士、二心ならざる臣有り、保ちて王家を乂むれば、端命を上帝に用はる。皇天用ひてその道を訓え、四方を付畀せり。）

右の経文の大意は伝に拠れば、周の文王・武王の時は君に聖徳あり臣が賢良だから端正なる天命を受け、「皇天もってその道を訓へ、四方の国を付与し、天下に王たらしむ」というものである。つまり、天の訓えた道は文王・武王の治世の道徳でもあり、四方に君臨するその王権は天授だったのである。文王・武王の開いた周王朝では周公によって夏殷王朝の制度を取捨し、孔子の理想視する文物制度が整備された。それを受けて成王・康王の治世は王朝の最盛期であったとされる。唐・高宗の制作した諸篇を「天訓」と総称したのもそこに綴られた治世理念は天子・太宗皇帝の訓示であったとともに、「天が訓示した道」でもあったからではないだろうか。これが述懐の「天訓」の意味でもあったと思われる。

そして第二句、「塩梅」が『尚書・説命』に「もし羹を作り和へば、爾これ塩梅なり」とあるのに拠り治世の方策をいうことは諸注の指摘どおりである。が「真宰」の意味については二説ある。一つは『荘子・逍遥遊』に典拠をもち、「天という真に主宰たる者」（大系）「天の主宰者」（全注）と解釈する。[注13]もう一つは「よき宰相の意。荘子斉物論の字面」、「真の宰相」という解読である。[注14]

結論を先に言えば、私見は前記両方の解釈を一つに合わせて取りたいと思う。つまり「天という真に主宰たる者の遣わした真の宰相」と解読したいのである。理由は「塩梅」の典拠である『尚書・説命』にある。説命は、商の高宗（名は武丁）が賢人の傅説を夢に見、彼を野（民間）に求めて宰相に任命した結果、王朝の中興を果たした事績を記すものである。文中、高宗の夢を次のように記す。

王庸作書以誥曰、以台正于四方、惟恐徳弗類、茲故弗言、恭黙思道、夢帝賚予良弼、其代予言。乃審厥象、俾以形旁求于天下。説築傅岩之野、惟肖。爰立作相、置諸其左右。

（王庸て書を作りて以て誥げて曰く、台四方に正たるを以て、ただ徳の類せざるを恐る。この故に言はず、恭黙して道を思ふ。夢に帝予に良弼を賚ふ。其れ予に代りて言はん。乃ちその象を審らかにし、形を以て旁く天下に求めしむ。説傅岩の野に築き、惟れ肖たり。爰に立てて相と作し、これを其の左右に置く。）

亡くなった先王の喪が明けてからも沈黙を守り続けた高宗が群臣の諫言を受けて誥書を出した。天下に臨む自分が徳が足りないのを恐れて何も言わず、毎日謹んで治世の道を考えていると、天が私に良い補佐を与え、代わりに政教を行ってくれることを夢に見た。そこでその顔姿を描いて百官に八方を探させたら、傅岩の建築現場で傅説を発見し彼を宰相に取り立てた。つまり、傅説が「天という真の主宰者の遣わした真の宰相」であったのである。「真宰」は「帝・天」に言い換えられるうえ、語法上「真の宰相」の意味にも取れる一種の掛詞と思えば分かりやすい。また『尚書・説命』に「もし羹を作り和へば、爾これ塩梅なり」とあるのは、正に高宗が傅説に言いつけた言葉なのであった。いうならば、第二句はほぼ完全に『尚書・説命』を踏まえたものとも言えるが、それればかりではない。「真宰」は詩語として「天訓」と対偶表現となり、意味上「天啓の良相」という兼語表現になる。さらにもう少し深読みすれば、『荘子・斉物論』に「真宰」が見える文脈もそこに生かされているように思われる。

若有真宰而特不得其朕、可行已信而不見其形、有情而無形。

（もし万物を主宰する真宰が有ったとしてその形跡を尋ね求めることはできない。行うべき事が今既に行われたならば、その由来は形が見えず、物事が自ずから然るのみである。）

実際、高宗がなぜ夢で傅説の顔姿を克明に見たのか、その由縁は未だ知らない。経史に記されたのは高宗が傅説を山野から宰相に抜擢し王朝の中興を果たしたという事実のみであった。このような経史諸子の奥義も古学を愛好する作者の自家薬篭中にあったことは間違いあるまい。

そして第三句「監撫」は諸注の指摘どおり、監国撫軍の意。王が出征する時、太子が従軍する場合は撫軍、居残って国を守る場合は監国という古来の制度である(『左伝』閔公二年)。そして結句に「四海」という熟語は後世に多く用いられるが、初出はやはり『尚書・大禹謨』「敷于四海、祇承于帝」(文教を四海に陳べ敷いて、堯舜の道徳を継承する)に遡る。

してみれば、後半二句も荘重な典拠によりながら歌った慙愧の心情は謙遜であったに違いなく、表現を通り越して天下を自らの責務とする心構えが見て取れる点、正に侍宴詩と同じであったといってよい。

では、皇太子の立場を歌ったこの述懐詩の制作時期は何時なのか。史書の記載を考え合わせれば、天智十年十月を立太子時とするのはやはり『書紀』の論理であり、実際、天智帝の立てられた皇位継承法より遅いと言わざるを得ない。この述懐詩はやはり天智天皇が病に罹る以前、「不改常典」が定立した後の作と考えなければならないであろう。

五　むすびに

以上、大友皇子の詩二首の解読を通して、伝に記す「博学多通」も「太子天性明悟、雅愛博古、下筆成章、出言爲論、時議者、歎其洪学」も立証されたといってさしつかえあるまい。わけても皇子の漢詩はほとんど経典の表現を自家薬篭中のものとして制作された点、伝にいう「未幾、文藻日新」を裏付けるとともに、詩文を嗜む前、皇子が経典史書を熟読していたし老荘にも通じていたことを物語る。唐使の劉徳高が皇子と語り合って驚嘆の声を挙げたのも無理はない。

そして豊かな学識才能を持つ皇子が弱冠二十一歳の時、近江遷都が行われ、新しい制度建設の気風に満ちた朝廷でその才能が大いに発揮されたことは想像に難くない。わけて藤原鎌足が亡くなった後、皇子の役割が一層重く大きいものになったことも言うまでもない。このような新しい文物制度の構想・建設の途中において、人事の任命が遅れることは当然のことながら常にあったものである。なので、伝にいう皇子の年齢と役職が『書紀』と齟齬するのは立場の相違のほか、そうした通常と異なる状況も考慮に入れるべきであろう。

「懐風藻序」に近江朝において行われた諸事業に関して次のように記す。

> 帝業を恢開し、皇猷を弘闡したまふ。道は乾坤に格り、功は宇宙に光れり。既にして以爲へらく、風を調へ俗を化するは、文より尚きことは莫く、徳を潤し身を光らすは、孰か学より先ならむと。爰に則ち庠序を建て、茂才を徴し、五礼を定め、百度を興したまふ。憲章法則、規模弘遠なること、夐古より以來、未だ有らず。（中略）此の際に当りて、宸翰文を垂らし、賢臣頌を献る。雕章麗筆、唯に百篇のみに非ず。

右を大友皇子の詩二首と照らし合わせれば、皇子こそ近江風流の代表詩人であったことに一層感を深めるに違いあるまい。

【注】

（1）『日本書紀』の書き下しは、坂本太郎、家永三郎、井上光貞、大野晋『日本古典文学大系 日本書紀・上・下』（岩波書店、一九六七年）による。

（2）『西宮記』、『年中行事秘抄』、『立坊次第』、『紹運要略』、『水鏡』、『大鏡』などにも大友皇子の即位を記している。

（3）岡田正之『近江奈良朝の漢詩文』（養徳社、昭和二十一年、のち吉川弘文館、増訂版一九五四年）第四編 詩藻第一章 詩と詩集。

（4）胡志昂「近江朝漢詩文の思想理念」（『埼玉学園大学紀要・人間学部篇・第十一号』平成二十三年十二月）↓本書総論所収。

（5）胡志昂「大津皇子の詩と歌——詩賦の興り、大津より始れり——」（『埼玉学園大学紀要・人間学部篇・第十三号』平成二十五年十二月）↓本書第一部第二章所収。

（6）横田健一『白鳳天平の世界』（創元社、昭和四十八年）第二部「『懐風藻』記載大友皇子伝考」

（7）中山薫「『懐風藻』大友皇子伝の解釈」横田健一編『日本書紀研究　第21冊』（塙書房、平成九年）は、天智紀十年五月五日「皇太子」とだけ記す記述は大友皇子とし、中臣鎌足薨去により、皇太子の位は九年に大友皇子に移ったとされる。

（8）直木孝次郎「大兄制と皇位継承法」『日本古代国家の成立』（講談社学術文庫、二〇〇八年）

（9）「補注」（懐風藻）小島憲之校注『日本古典文学大系　懐風藻 文華秀麗集 本朝文粋』（岩波書店、昭和三十九年六月発行）、林古渓『懐風藻新註』（明治書院、昭和三十三年十一月）など。

（10）杉本行夫『懐風藻注釈』（弘文房書店、昭和十八年十月再版）、辰巳正明『懐風藻全注釈』（笠間書院、二〇一二年九月）など。

（11）高松寿夫「大友皇子『述懐』詩読解」（早稲田大学大学院文学研究科紀要.第3分冊、日本語日本文学 演劇映像

学 美術史学 表象・メディア論 現代文芸59、二〇一四年二月）

（12）前掲4拙稿。

（13）小島憲之前掲書、辰巳正明前掲書など。

（14）『校注日本文学大系・24 懐風藻 凌雲集 文華秀麗集 経国集 本朝続文粋』（国民図書、一九二七年）、高松寿夫前掲論文。

第二章　大津皇子の詩と歌――詩賦の興り、大津より始れり――

一　はじめに

日本上代文学を語るのに大津皇子を避けては通れない。皇子は初期懐風藻詩最大の詩人であったばかりでなく、初期万葉集歌の代表的な歌人の一人でもあったからである。

皇子大津に関わる記載は『日本書紀』に多い。その主なものを拾うと、壬申の乱（六七二）に際して皇子大津一行鈴鹿関を固めたのが初見。翌天武二年の天皇即位記に正妃、鵜野皇女（後の持統天皇）の立皇后に関連して「先に皇后の姉大田皇女を納して妃とす。大來皇女と大津皇子とを生れませり」とある。次いで天武八年五月に吉野宮で天皇と皇后及び草壁皇子・大津皇子・高市皇子・河嶋皇子・忍壁皇子・芝基皇子の六皇子が皇位継承を廻る盟約を行った。そして十年二月に浄御原律令編纂に伴い、草壁皇子が皇太子に立てられ、二年後の十二年二月に大津皇子「始めて朝政を聴しめす」ことを記す。これは後に聖武天皇が皇太子として初めて朝廷政治に預る時に用いられた表現と同じことが注目を引く。[注1]

ところが、朱鳥元年（六八六）九月九日、天武天皇が崩御、皇后の鵜野讃良皇女が朝政を総攬する体制を敷くと、十月二日皇子大津の謀反が発覚し皇子が逮捕され、同時に逮捕されたものは壹伎連博徳、巨勢朝臣多益須、新羅沙門行心など三十余人に及ぶ。翌日、皇子大津は訳語田の自宅で死を賜る。時に二十四歳。妃の山辺皇女が髪を振り乱し裸足で奔り赴きて殉死した。この光景を見聞したものはみな啜り泣いたという。持統紀冒頭は天皇即位記に続く最初の記事がこの大津皇子謀叛事件であった。紀は続いて皇子の薨伝を綴っている。

皇子大津、天渟中原瀛真人天皇第三子也。容止墻岸、音辞俊朗。爲天命開別天皇所愛。及長辨有才学。尤愛文筆。詩賦之興、自大津始也。
(皇子大津は、天渟中原瀛真人天皇の第三子なり。容止墻く岸しくして、音辞俊れ朗なり。天命開別天皇の爲に愛まれたてまつりたまふ。長に及りて辨しくして才学有す。尤も文筆を愛みたまふ。詩賦の興、大津より始れり。)

大津皇子は、容姿が立派で体格が逞しく、音声も言葉遣いも優れて爽やかであり、天智天皇に愛されていた。成長すると識見に秀で才学に富み、最も文筆を好んだ。詩賦の興りは大津皇子に始まるという。持統紀には皇太子・草壁皇子や太政大臣・高市皇子が薨去の時も全く薨伝を記していない。このことからも大津皇子の扱いは如何に格別であったかが知られる。

右に掲げた正史に記載された大津皇子の才学と経歴、及びその優れた学識才能に比例する余りにも痛ましい悲劇が皇子の作品に多大な影を落としたことはいうまでもない。それよりも皇子の命運落差の大きさと史載の紙背に滲む哀惜の情が後人に大きな想像・創造の空間を遺すこととなった。実際、大津皇子の作品に臨終の詩と歌が

『懐風藻』と『万葉集』にそれぞれ見えるが、作品の内容・表現等々をめぐって後人仮託の説があり、それが皇子の作品全般に及んでいる観がある。[注2]

日本漢文学史にとって更に重大なのは「詩賦の興り大津皇子より始れり」という記載である。日本漢詩文の勃興は周知の如く近江朝においてであり、『懐風藻』の巻頭に大友皇子の詩が現存している。大友皇子が大津より十五歳も年上でしかも学識・文才ともに優れるので、詩賦の興りが大津皇子に始まるという持統紀の記載は間違いではないか、という問題は早くから提起され、一つの定説となったように見受けられる。[注3]が、果たしてそう判断してよいだろうか。本稿は史料に見える皇子大津関連記事のテクストを基本にとし、主に『懐風藻』に収められた皇子の詩・伝に些か考察を加え、上記の問題をめぐって一つの私見を述べてみたい。その結果、皇子の和歌解読に資するところがあれば望外の喜びに思う。

二　古今集序の言質——大津皇子初めて詩賦を作った

日本漢詩文が近江朝において勃興したことは周知の通りである。だとすれば、持統紀に見る詩賦が大津皇子に始まるとの記事が史実に合わないのではないかという疑問が生じる。なぜなら壬申の乱で近江朝廷が敗れたとき、大津皇子はまだ十歳だったからである。筆者も別稿でこれを天武朝漢詩文の制作状況を反映するものと考えたが、[注4]果たして紀に取り立てて記されたこの一文はどういう事情を反映しているのか。近江朝廷で制作された美辞麗藻が百篇に止まらなかったからこそ、尚更この記事の重さを改めて考える必要があるであろう。

『日本書紀』は完成した翌年の養老五年（七二一）から宮中で博士が公卿王族に講義するという書紀講筵が開か

れ、『古今集』成立まで計五回行われた。
養老五年（七二一）博士は太安万侶。
弘仁四年（八一三）博士は多人長。
承和六年（八三九）博士は菅野高平（滋野貞主とも）。
元慶二年（八七八）博士は善淵愛成。
延喜四年（九〇四）博士は藤原春海。

その間、詩賦の興り大津より始まるという認識がますます浸透したと見られる。最初の勅撰和歌集・『古今集』の真名序（漢文序）に作者の紀淑望が漢詩と和歌の盛衰消長を語ってこう記している。

自大津皇子之初作詩賦、詞人才子慕風継塵。移彼漢家之字、化我日域之俗。民業一改、和歌漸衰。（大津皇子の初めて詩賦を作りしより、詞人・才子、風を慕ひ塵に継ぎ、かの漢家の字を移して、我が日域の俗を化す。民業一たび改りて、和歌漸く衰へぬ。）

ここに大津皇子が初めて詩賦を作ったと明言したばかりでなく、それに人々が慕い従って真似、漢詩文隆盛をもたらしたといい、そこに和歌の衰微した理由があったと主張している。実際、漢詩文が勃興した近江朝に遡ってみれば、和歌の創作が大変に盛んで先代より勝るとも劣ることはなかった。漢詩と和歌とは消長関係ではなく、常に映発関係にあり、『万葉集』に多くの詩人兼歌人が存在し、その首唱者が正しく大津皇子にほかならない。さらにいえば、漢詩の「化」すなわち刺激を受けて和歌の手法や表現領域が大きく広がり、栄えるとも衰えることがなかったことは、『万葉集』に収められた和歌と代表的な作者を見れば明らかである。[注5]紀淑望が嘆く和歌の衰微は恐らく平安初期に勅撰和歌集よりも先に『凌雲集』『文華秀麗集』『経国集』という三つの勅撰漢詩集が相次いで編集されたことを念頭に置いての発言と思われるが、たとえその時代でも和歌の制作が決して少なくはなく、漢詩の刺激を受けて次の飛躍を胎動せしめる時期だと考えたほうが真実に近いであろう。『新撰万葉集』や『句題和歌』がその辺りの事情を物語っている。

それはともかく、「古今集序」は詩歌創作の起源・源流・作用・手法等諸要素に触れた文学論であり、[注6]紀氏の議論から大津皇子が初めて詩賦を作ったという記述に二つの面を持つことが知られる。一つは大津皇子が最初に漢詩を作った起源論的意味と、もう一つは漢詩が和歌に影響を及ぼしたことである。後者については枚数の関係で今回は立ち入らない。前者は言い換えれば、つまり近江朝において大津皇子が最初に漢詩を作ったことに間違いないかどうかである。更に言うならば、つまり幼い学童が詩句が作れるかどうかの問題でもある。この問題に関して古人の答えは間違いなく肯定的であった。

天智称制二年に生誕された皇子大津は天智八年に六歳、九年に七歳となる。初唐では四傑の一人、王勃が「六歳にして属文を解し、構思すること滞り無く、詞情英邁なり」（『旧唐書・文苑伝』）といわれ、六歳で優れた詩文を作った。楊烱も幼くして「聡敏博学にして善く文を属す」（『旧唐書・文苑伝』）ばかりでなく、六歳で神童に挙げられ校書郎という文官の役職まで授かったのである。また駱賓王も七歳で能く詩を賦した（『唐才子伝』）。つまり古人にあって六、七歳で詩を作ったのは全く不思議ではないことであった。

日本でも平安・鎌倉時代の貴族子弟で六七歳から作詩を習い始める。いわゆる幼学四書の中で『李嶠百詠』は作詩の手引き書であるが、[注7]藤原誠信が七歳でこれを習い（『口遊』）。菅原為長が四歳にこれを誦し（『願文集』）、藤原孝道が七歳でこれを読み（『文机談』）、源光行は十歳の時これを教わった（『百詠和歌』）のである。よって日本でも古代では貴族子弟が唐人と同じく五、六歳から作詩を習い始めたことが知られる。従い、古代の文人墨客からすれば七、八歳で詩を作ったのはむしろ至極当然なことであったといっても過言ではなかろう。

三　伝記の吟味

実は大津皇子が幼年より学を好み能く詩文を作ったことは、懐風藻詩人伝に明白に記述されている。

皇子者、浄御原帝之長子也。状貌魁梧、器宇峻遠。幼年好学、博覧而能属文。及壮愛武、多力而能撃剣。性頗放蕩、不拘法度、降節礼士、由是人多附託。時有新羅僧行心、解天文卜筮。詔皇子曰、太子骨法、不是人臣之相。以此久在下位、恐不全身、因進逆謀。迷此詿誤、遂圖不軌。嗚呼惜哉、蘊彼良才、不以忠孝保身、近此姦豎、卒以戮辱自終。古人慎交遊之意、固以深哉。時年二十四。

（皇子は、浄御原帝の長子なり。状貌魁梧にして器宇峻遠なり。幼年より学を好み、博覧して能く文を属す。壮に及びて武を愛し、多力にして能く剣を撃つ。性頗る放蕩にして、法度に拘れず、節を降して士を礼す。是れに由りて、人多く附託す。時に新羅の僧行心といふもの有り、天文卜筮を解す。皇子に詔げて曰く、「太子の骨法、是れ人臣の相にあらず、此れを以ちて久しく下位に在らば、恐らくは身を全うせざらむ」といふ。因りて逆謀を進む。此の詿誤に迷ひ、遂に不軌を図る。ああ惜しきかな。かの良才を蘊みて、忠孝を以ちて身を保たず、此の姦豎に近づきて、卒に戮辱を以ちて自ら終る。古人の交遊を慎む意、固より以て深きかな。時に年二十四。)

ここに謀叛事件について詳しい経緯を記されているのみならず、皇子の才学に関する記述が注目される。「幼年から学問を好み、博学してよく詩文を作る」のは、「成長してから武芸を愛し、力強くて剣術に優れる」というのに対置されている。前者は天智朝、後者は天武朝の時代精神を反映しているといえよう。「懐風藻序」に天智天皇の治世思想に触れて次のように記している。

既而以爲、調風化俗、莫尚於文、潤徳光身、孰先於学。爰則建庠序、徴茂才、定五礼、興百度。憲章法則、規模弘遠、夐古以來、未之有也。

(既にして以爲へらく、風を調へ俗を化するは、文より尚きことはなく、徳潤ひ身を光らすことは、孰か学より先ならむと。ここに則ち庠序を建て、茂才を徴し、五礼を定め、百度を興す。憲章法則、規模弘遠なること、夐古より以來、未だ有らざるなり。)

風俗を改善し人民を教化するのに最も重要な「文」とは詩経をはじめ経典の文章教育、徳を養い身を立派にする「学」は儒学の典籍を学び極める学問であった。これが儒教文化圏でいう伝統の「文学」の第一義であり、律令文物制度の拠り立つ基本思想であったことは既に別稿で述べたことがある。[注8]幼い大津皇子が正にこの天智朝の時代精神を身をもって実践したからこそ殊に天智天皇の寵愛を受けられたのではなかったか。言わば、天皇が母親を失った孫を寵愛されたのはあくまで私事であったが、時代精神を実践した天才少年だからこそ天皇の寵愛が公的性格を帯びて正史に記載されたのであろう。なお持統紀に皇子幼年の好学ぶりを「音辞俊朗」と記しており、音声も言葉遣いも優れて朗らかなのは日常会話では無論なく、学問に臨む時の問答や文章を朗詠する「音辞」であったに違いない。

一方、持統紀に「成長すると弁論に秀で才学に富み、尤も文筆を好んだ」という記述は、詩人伝の伝える「年長になると、武芸を愛し、力勁く剣術に秀でる」というのと一見して齟齬するように見える。が仔細に吟味すると、詩人伝の記す「武を愛する」のは「武」を政治の要とする尚武精神の漲る天武朝に至って新たに成長した皇子大津の一面であって、武も儒学「六芸」（礼・楽・射・御・書・数）の一部だったのである。それと同時に皇子が文を好むことは相変らず、だからこそ文武両道に傑出した「良才」に成長され、律令制度整備にあたって「始めて朝政を聞く」ことが許されたのであろう。

つまり、持統紀と詩人伝の記述に表現の重点は異なるが、両者の相互補正により大津皇子の人間像は明確に浮かび上がってくる。文学詩賦に限って言えば、皇子は幼少の時から学問を好み能く詩文を作ったので、殊に外祖父天智天皇に寵愛された。従って近江朝に興った漢詩文の勃興は実際に幼時の大津皇子が契機を作ったとしても何ら不思議なことではない。そして成長してからも学問を好み、文学を最も愛したから、「詩賦は大津皇子より興る」という記憶をますます不動なものにしたのである。

四　五言詩・春苑言宴

『懐風藻』に収められた大津皇子の作品は四首。「春苑言宴」「遊猟」「述志」および「臨終」である。このうち、「春苑言宴」と「遊猟」は一首八句からなる五言詩、皇子の学識、文才と性格を示す代表作といってよい。「述志」は七言二句の対句、「臨終」は五言絶句であった。

「春苑言宴」の制作背景を考えれば、天武十年二月に浄御原令制定の勅命、草壁皇子の立太子、そして同十二年二月に大津皇子が「始めて朝政を聴めす」といった記録が注目される。皇親政権を敷く天武朝において皇子の「朝政を聴めす」ことは極めて重要な役職に就くことを意味するに違いない。おそらく律令の編纂に伴う朝廷儀礼制度の整備において豊富な漢学知識を必要とするため、博学で詩文を得意とする皇子の才能が見込まれたのであろう。饗宴儀礼がその最も主要なものの一つであった。

春苑言宴
開衿臨靈沼、
遊目歩金苑。
澄清苔水深、
晻曖霞峰遠。
驚波共絃響、
哢鳥与風聞。
群公倒載帰、
彭沢宴誰論。

春苑ここに宴す
衿を開きて靈沼に臨み、
目を遊ばせて金苑を歩む。
澄清として苔水深く、
晻曖として霞峰遠し。
驚波は絃とともに響き、
哢鳥は風とともに聞ゆ。
群公 倒載して帰り、
彭沢の宴を誰か論ぜん。

律令制下において時折り催される宮中の御宴が漢詩を作る場であったことは、『懐風藻』の序に述べられたとおりである。だが、「春苑言宴」は宮中の御宴で作られたものではない。「言」は語調を整える語で特に意味がなく、一首は春の庭園に集う宴を歌う作である。

「衿を開く」は寛いだ気分を表す表現。「霊沼」は『詩経・大雅』霊台に歌われた周の文王の御苑にある池、王の仁徳を象徴する景観の一つ。「霊」は生き物が豊かに育つ意味で池を修飾する美称となる。「金苑」の金も美称だが、恐らくは石崇の別荘金谷園を準える優雅な自然を際立たせた庭園を表し、「霊沼」と対を為す。冒頭二句で寛いだ雰囲気で自然に恵まれた山荘の春色を楽しむ様子を描き出している。

「苔水」は澄みわたる池の水底に緑の水藻が生い繁る光景。「晦曖」は雲や靄の立ち込めるさま。「霞峰」は霞の掛かった山頂を表す。この第二聯は嘱目の山水景色を述べるとしたら、当の宴は皇子の山荘で開かれたことになる。大津皇子と親友の川島皇子も五言絶句「山斎」で宴会と友情を歌っているから、恐らく同じ山荘での作であろう。

第三聯は一転して宴に演奏される楽曲を述べる。「驚波」は飛沫を揚げる荒波を表すが、庭園にある実景なら築山の滝の流れを描くであろう。と同時に、高山や流水の音色を音楽に模写した伯牙の弾く琴曲「高山流水」を指す。また「哢鳥」は囀る鳥、花木の生い茂る庭園に有り触れた光景だが、春の鳥は鶯、春鶯囀るは、唐の高宗皇帝が作ったという大曲「春鶯囀」の曲名を踏まえる。

そして尾聯の「倒載」は魏晋の間を代表する知識人、竹林七賢の一人・山濤の息子山簡（字は季倫）の故事による。西南の地方長官にあった山簡は風流淡泊で有能な役人だったが、乱世に遭って酒に酔うことで憂えを紛らすしかなく、日ごろ荊州豪族の庭園に出掛けてはへべれげに酔ってしまう彼を土地の子供は「日暮れて倒載に帰り、酩酊して知る所無し」（『晋書』山簡伝）と歌ってからかった。また「彭沢」は彭沢県令を最後にすっかり田園に引退した陶潜（字は淵明）の故事を用いる。陶淵明も無類の酒好きだが、彼には音楽の嗜みがなく、いつも弦のない琴を用意して、友人と酒盛りをやる時は琴を弾くふりをして、音が出なくとも琴の趣を知ればこと足りるという。つまり、尾聯は後世、飲酒の名人として名高い山簡と陶潜の故事を踏まえて、優雅な庭園で開かれたこの春色麗しく詩酒に交えて音楽が響く風流な宴会は、参集した客人が山季倫と同じように正体を無くすほど酔うがよいと勧める一方、田園に引退し琴を弾くふりをするだけの陶潜らの酒盛りが全く話にならない、と豪語したのである。ここに作者の豪快な性格が現れているばかりでなく、自らが朝廷政治の中枢にある執政者として、高潔な隠遁生活に徹した陶淵明よりも乱世でも王朝に仕えた山簡を好むのは当然の立場でもあった。ここに作者が典拠に用いた故事に対する適確な見識を認めてよいであろう。「春苑言宴」は作者の豊かな学識と強い個性を表した佳作といってよい。

なお一首の韻字は「苑・遠・聞・論」で、『広韻』によれば転韻または通韻を用いることになるが、古来の呉音なら完璧に押韻する点、注目すべきであろう。これについて後にまた触れる。

五　五言詩・遊獵

遊獵一首は題名こそ狩猟とあるが、内容は狩猟後の宴会詩である。詩酒音楽を遊び楽しむ春苑の宴会も当時私宴としてなら豪勢に過ぎる嫌いがあったであろうが、それよりも皇子の豪放な性格を見せてくれたものはこの遊獵詩だといわれる。

遊獵

朝擇三能士、
暮開万騎筵。
喫臠倶豁矣、
傾盞共陶然。
月弓輝谷裏、
雲旌張嶺前。
曦光已隠山、
壮士且留連。

遊獵

朝に三能の士を擇び、
暮に万騎の筵を開く。
臠を喫うてともに豁矣たり、
盞を傾けてともに陶然なり。
月弓　谷裏に輝き、
雲旌　嶺前に張る。
曦光已に山に隠り、
壮士且く留連せよ。

遊猟の詩は『懐風藻』中にこの一首しかない。この詩について「大津皇子の本領が遺憾なく発揮されている。『暮開万騎筵』の句によって、多くの士卒を養うて居られたことが察せられる。器宇峻遠にして武を好まれた性質は屡々この詩に見るごとき豪放な遊猟の催となって発揮せられたのであらう」と評され、伝に絡んで解されることが多い。[注9] その意味で皇子の代表作といってよいであろう。

首聯「三能の士」とは、射（弓矢）、御（馬車の制御）、角力（力技）の三つに優れる勇士の意。『礼記・月令』に孟冬の行事として「天子すなわち將帥に命じ、武を講じ、射・御・角力を習はしむ」と記している。それは仲冬の旧暦十一月に大規模な狩猟を行うために、三能の勇士を選抜して演習をするものであった。古代の狩猟儀礼は年に三回（夏・秋・冬）行われる中で、冬十一月の狩猟が最も規模が大きく、王が自ら猟に出でますので、射・御・角力に優れる士を選んで一個月前から訓練を開始する。ために猟の収穫を祝う宴会もそれだけ規模が大きく、「万騎」という概数も対偶表現として適切である。揚雄・長揚賦に天子の狩猟に従う精鋭の騎士隊を「千乗を林莽に羅げ、万騎を山隅に列ぬ」と表現している。なので皇子の詠んだ遊猟は恐らく私的な遊猟ではなかったろう。

頸聯の「臠」は切肉、「豁矣」の「豁」はからっと開け広げた様、「矣」は判断や感動を表す助辞だが、「豁矣」は熟語としては稀に見るものである。また詩の対偶表現で助辞「矣」に対して感動を表す「哉」を使うのが普通。[注10]うっとりと「陶」陶酔した様子を表す助辞「然」と対になる例が少ない。ここに作者の非凡な表現力を見て取れるし、狩猟後の宴会の雰囲気を見事に表したばかりでなく作者の才性をよく現しているといえる。

第三聯は弓矢が谷間を埋め尽くして輝き、旌旗が嶺前一面を張り巡らす光景を描く叙景であるが、「月」と「弓」、「雲」と「旌」はそれぞれ一種の縁語表現であり、二句は極めて典麗な対句を成す。

そして尾聯の「曦光」は夜明けか夕暮れの薄光りを指すが、「留連」は立ち留まって遅遅として帰らないことをいう。夕方から開かれる宴会は夜更けまで続くのが儀礼だから、参会者に「厭厭夜飲、不醉無帰」（『詩経・小雅』湛露）と酔いを勧めるか、夜遅くまで引き留めるのは夜宴詩の常套ともいっても過言ではない。

ともあれ、この詩に詠まれた遊猟を私的な遊興と考えるには躊躇を感じられる。古代社会において狩猟は大事な経済手段であったばかりでなく、軍事演習の性格を帯びるので重要な儀礼でもあった。狩猟の獲物はまず神祇・祖霊に供え、次に賓客をもてなし、その次に王の厨房に充てられる（『礼記・王制』）。律令制下では天皇、皇太子、諸王及び群臣総出の狩猟行事の記載が史書に夥しい。この遊猟詩は豪勢な飲み食いぶりを描いているが、弓矢、騎馬、体力に優れる三能の士を選抜しての狩猟なので、やはり公的行事が詩の制作の場ではなかったかと思われる。

『懐風藻』に遊猟詩は一首しかないが、『万葉集』に収められた遊猟の歌は少なしとしない。宇智野に遊獵の時、中皇命に命じられて間人連老が舒明天皇に荘重な儀礼歌を献上している。

やすみしし　わご大君の　朝には　とり撫でたまひ　夕には　い倚り立たしし　御執らしの　梓の弓の　金弭の　音すなり　朝獵に　今立たすらし　暮獵に　今立たすらし　御執らし　梓の弓の　金弭の　音すなり（1・三）

たまきはる宇智の大野に馬並めて朝踏ますらむその草深野（反歌・1・四）

長歌のゆったりとした厳かな格調から狩猟の儀礼的性格が一読して明白であろう。大津皇子の遊猟詩は宴会歌だからそれほど荘重な格調を必要としないが、同じく狩猟後の宴会歌としては、天皇が蒲生野に遊猟される時、額田王と大海人皇子の間に交わされた応答歌が名高い。

あかねさす紫野行き標野行き野守は見ずや君が袖振る（1・二〇）

紫草のにほへる妹を憎くあらば人妻ゆゑにわれ恋ひめやも（1・二一）

左注によれば、これは天智七年夏五月五日、天皇が大皇弟・諸王・内臣及び群臣を悉く従えて行われた狩猟の時の作であり、一見して恋に絡む相聞歌とも見えるが立派な狩猟後の宴会歌であった。従い、皇子の遊猟詩も公的行事を制作の場として作られたと考えて全く不思議はないはずである。

ここで注目すべきなのは、作者が「春苑言宴」においても「遊猟」においても主催者として言挙げの姿勢である。それが天武十二年二月以降、「朝政を聴く」皇子大津の立場と重なり合うことはいうまでもない。そして詩表現に用いられた典拠を見れば、作者の豊かな学識才能がそれぞれの場をよく盛り上げ、且つ従来歌で表現された題材を詩賦に持ち込み独自の境地を開いたことは一読して明らかであろう。

六　「述志」は幼時の習作か

「述志」と題する大津皇子の作品は七言二句しかない。それに「後人聯句」とある二句を後に付けて掲げられている。

述志
天紙風筆画雲鶴、
山機霜杼織葉錦。
後人聯句
赤雀含書時不至、
潛龍勿用未安寝

志を述ぶ
天紙に風筆をもて雲鶴を画き、
山機に霜杼をして葉錦を織る。
赤雀書を含む時至らず、
潛龍用ゐること勿く未だ安寝せず。

聯句という複数の作者による共作の形式は漢武帝の『柏梁台詩』に始まるといわれる。漢の孝武帝が群臣を宮中の柏梁台に詔して七言詩を一句ずつ作らせたら、群臣はそれぞれ自らの役職に関連して七言一句で抱負を述べたのである。なので、七言聯句は始めから志を述べるものであったといってもさしつかえない。後に柏梁体と称せられる七言聯句は形式的にも内容上でも漢武帝の『柏梁台詩』を踏襲するものが多い。七言二句一韻ずつの聯句も北魏孝文帝「縣瓠方丈竹堂聯句」などのように少なしとしない。しかし大津皇子の述志二句に付けた後人聯句は皇子と同時の作ではなく、「後人」が皇子の悲劇を詠んだ二句を付け加えて聯句の形に仕立てたものだから、厳密な意味での聯句ではない。

それでは「述志」七言二句はどういう性格の作品なのか。結論を先に言えば、これは七言対句の習作であり、最高に素晴らしい秀句ではあるが、完成した詩作ではないのである。確かに古楽府詩に七言二句の様式は存在した。例えば「巴東三峡は巫峡長く、猿鳴三声涙裳を沾す」という巴東三峡歌が名高い。しかし、一首となるには「押韻」が必要であり、「述志」二句にはそれが見当たらない。

いったい、詩賦の制作を学ぶには先ず対句作りから習い始める。初唐に流行した詩学書『文筆式』属対に次のように記述している。

第一に的名対。的名対は正なり。おおよそ文章を作るは、正正相対す。上句に「天」を安き、下句に「地」を安く。上句に「山」を安き、下句に「谷」を安く。上句に「東」を安き、下句に「西」安く。…この類の如きは、名づけて的名対と為す。初めて学びて文章を作るものは、須くこの対を作り、然る後、余の対を学ぶべきなり。

詩作りは対偶表現から習い始めるが、その第一に「天」「地」のように狭く厳密に対偶する名詞を上下の詩句に配置する的名対が挙げられる。的名対は正対ともいい、後者の場合、名詞に限らず、「白・黒」「去・来」のように用言も含まれる。これをさらに推し広げると異類対になる。

第六、異類対。異類対は上句に「天」を安き、下句に「山」を安く。上句に「雲」を安き、下句に「微」を安く。上句に「鳥」を安き、下句に「花」を安く。上句に「風」を安き、下句に「樹」を安く。この類の如きは、名づけて異類対と為す。これ的名対に非ず、異同を比類す。故に異類対と言ふ。但この対の如きを解するは、並てこれ大才なり。天地を籠羅し、文章卓秀にして、才に擁滞無し。多少を問はず、作る所篇を成す。但この対の如きは、詩に益し功有り。

詩に曰く「天清く白雲の外、山峻く紫微の中。鳥飛びて去る影に隋ひ、花落ちて揺るる風を逐ふ。」

少々長い引用であるが、右の異類対は当代を風靡した上官儀『筆札華梁』をはじめ、初唐以前の詩学書に等しく見られるところである。異類対は対偶となる名詞の類別を大きく広げたばかりでなく、形容詞・動詞の類も対象に包含する。そして、このような対句を作れるものは「大才」と称賛され、自らの才能を縦横無礙に発揮し、天地万物を網羅して優れた詩文に仕上げることができるという。

振り返って大津皇子の「述志」二句を見れば、二句は完璧にこの異類対に符合していることが知られる。異類対の例詩と比較してみれば、かたや詩語遣いの婉曲巧妙さにおいて五言の精妙を尽くしたのに対して、異類に属する対偶表現で描き出す景色の雄大多彩さにおいて七言の長所を余すところなく発揮したといえる。

詩学書は一種の幼学書であり、幼時から文学を好む皇子が初唐の詩学書に触れた可能性は大いに有り得る。その詩作の手法と評価の基準に従えば幼い皇子の卓越な才能が一層際立って見て取れたのではなかったか。いうならば七言対句の「天紙」「風筆」「雲鶴」と「山機」「霜杼」「葉錦」はすべて異類対をなすばかりでなく、内容上、風を受けて白雲が青空に浮かび飛ぶ光景を背景にして、錦のように色彩絢爛たる紅葉に染まる秋山の景色をものの見事に描き出している。天智天皇の「文学」思想に基づき新しい文物諸制度が急ピッチに整備されている最中、今だ漢詩文が作られていなかった時に、幼年の皇子大津が「大才」の証と称される異類対で織り成した、五言よりも一層新味に富む七言対句で雄大かつ絢爛たる自然美を巧みに描き出したなら、囲りからどんなに驚嘆と称賛を受け、ひいては人々の羨望、追従の契機を作ったのか、想像に難くないであろう。そして自らの優れた詩句を「音辞俊朗」に朗詠した結果、学問に熱意を傾注した幼年の皇子大津が殊に「天智天皇に愛され」たに違いない。その秀句は「秋山千葉の彩」を描き尽くす無類の名句として後世にまで長く伝えられ、東大寺諷誦文に「凝霜作銀鏡之節、露杼織錦葉時」といい、弘法大師「遠江浜名淡海図」に「天紙風筆画雲鶴、山機霜杼織葉錦」と姿を留め、「詩賦の興り、大津皇子より始まる」という持統紀の記述をますます深く人々に印象付けたのであろう。

大津皇子の文学制作は漢詩に留まらず、和歌にも及んでいる。『万葉集』巻八に見える秋歌

経もなく緯も定めず少女らが織れる黄葉に霜な降りそね（8・一五一二）

この歌は「述志」二句わけても第二句に詠まれた光景と趣旨の延長上にあること一見して明かである。『古今集』序に「大津皇子の初めて詩賦を作りしより、詞人・才子、風を慕ひ塵に継ぎ、かの漢家の字を移して、我が日域の俗を化す」という紀淑望の記述のなかに、皇子が漢詩と共に和歌を作っている事実も当然のことながら考慮にあったに違いない。

もっともこの七言対句がこれほど長く大きな影響を後世に伝え留したことには他の事情も考える必要がある

が、それについては別の機会に譲りたい。

七　臨終の絶句

朱鳥元年（六八六）九月九日、天武天皇が崩御、皇后が臨朝称制する。十月二日に皇子大津の謀反が発覚、皇子が逮捕され、訳語田の家で死を賜った。その時、皇子は五言絶句の臨終詩一首を作り遺している。

臨終
金烏臨西舎、
鼓声催短命。
泉路無賓主、
此夕誰家向。

臨終
金烏　西舎に臨み、
鼓声　短命を催す。
泉路には賓主無く、
この夕、誰家に向はん。

臨終の時に及んでなおも詩を作ったのは正に「尤も文学を愛した」証にほかなるまい。だが、この詩に関して皇子の実作か仮託かに絡んで三つの問題が提起されている。

一つは類詩の存在とそれぞれの相関関係である。[注11]

1　江為「臨刑詩」（『全唐詩』巻七四一）

2

銜鼓侵人急，西傾日欲斜。黄泉無旅店，今夜宿誰家。

陳後主詩（智光『浄名玄論略述』『日本大蔵経』方等部章疏5　七五〇頃）

鼓声催命役，日光向西斜。黄泉無客主，今夜向誰家。

右1の江為は五代の人、大津皇子よりもずっと後の作であったうえ、その「臨刑詩」に「旅店」という後世の類型表現が入り混んだため、皇子の臨終詩と直接な相関関係が認め難い。詩中の「旅店」は「逆旅」と同義で人生を比喩する。蕭統・陶淵明集序に「百齢の内に処し、一世の中に居るは、倏忽たること之れを白駒に比ひ、寄遇すること之れを逆旅と謂ふ」とある「逆旅」がそれである。陶淵明が臨終直前に書いた自祭文に「陶子、將に逆旅の館を辞し、永に本宅に帰せん」といい、生を営む自宅を「逆旅の館」と表現した。

対して、智光『浄名玄論略述』（七五〇頃成立）に引かれた伝陳後主の臨行詩が大津詩との類似は一見して明白であろう。しかし、このことは大津詩が後人の仮託という推測の根拠にならない。陳後主に関わる伝説は確かに金文京氏の推定どおり、[注12]智光の師、呉の地に留学した智蔵が日本に伝来したものと思われる。しかし、智蔵法師は筆者が別稿で述べたように、天武元年に帰朝し翌年僧正に任命されている。[注13]それに『懐風藻』に見えるその「玩花鶯」一首は実際は宴会詩であり、天武朝の詩壇が大津皇子を中心に展開されたことを考えれば、両者に直接な交流があった確率は極めて高い。つまり、皇子大津は智蔵法師との交流の中で南朝文化に親しみその影響を受けたと考えられるので、伝陳後主詩との類似はそれが皇子の実作の証とはなっても仮託の証にはならないのである。

二つは、臨終詩の系譜と詩表現の問題である。そもそも臨終詩の源流は挽歌に遡る。晋・干宝『捜神記』によれば、挽歌には「薤露」と「蒿里」の二章あり、元は斉王・田横の門人が主君の自殺を傷しむために作ったものであった。漢の武帝の時、音楽家の李延年がそれを二曲に分け、「薤露」を王公貴人の挽歌、「蒿里」は士大夫や庶人の挽歌としたと言われる（崔豹『古今注』も同じ）。

田横の故事は『史記』本伝に詳しい。秦末戦乱の時故地斉の士民に推されて斉王となった田横が漢軍に敗れて海島に逃げ込んだが、天下を制した高祖劉邦が田氏の人気を恐れて、都に上って臣従するか攻め滅ぼされるかの選択を迫る。やむやく二人の食客をつれて上京した田横は都の近郊に至って自刎し自らの生首を食客に御前に届けしめた。驚いた高祖が彼の賢明を褒め王者として礼葬し、従者の食客二人を将軍に抜擢したが、葬式が終わるや二人の食客が田横墳墓の横で自害し、海島に留った勇士五百人も田横の自殺を知ると全員自殺した。ゆえに田横が「能く士を得た」といわれた。大津皇子も「節を降して士に接」し大勢の人心を得たもので、田横の故事を熟知していたことは固よりである。

既葬、二客穿其冢旁孔、皆自剄、下從之。高帝聞之、迺大驚。以田横之客皆賢。吾聞其余尚五百人在海中、使使召之。至、則聞田横死、亦皆自殺。於是廼知、田横兄弟能得士也。

（既に葬せり。二客その冢旁に孔を穿ち、皆自剄し、下してこれに従う。高帝これを聞きて、迺ち大いに驚く。田横の客を以て皆賢とす。吾聞く、その余尚ほ五百人海中に在りと、使を使はしてこれを召さしむ。至る。則ち田横死せるを聞き、亦皆自殺す。ここにおいてすなわち知る、田横兄弟、能く士を得たるなりと。）

挽歌が田横故事に伴って伝わったのは、五百人余りもの「客」が「主」の田横に殉死した事件があまりに痛ましく重かったからにほかならない。「薤露」「蒿里」二曲の由来や田横の故事を陳後主らも知っていたことはいうまでもない。臨行詩は陳都陥落後捕まった亡国の君臣が隋都に連行された時の作とされるが、長安に着いて隋帝の前に引き出された彼らは罪に服して処刑されるしかないと思われたのであろう。後主が日頃江総、孔範ら近臣を重用し「狎客」と称して宮中に招き入れ、妃嬪達を交えて夕な朝な贅沢な詩酒宴遊に耽け、政を乱し民を苦しめたため陳朝が滅亡したからである。つまり田横「主・客」と異なる意味で陳後主君臣も「主・客」であった。そこに「客主」の意味があったのである。

さて前記挽歌二曲のうち、「薤露」は乾き易い朝露が人生の儚さの喩えとして後世の詩歌に大きな影響を及ぼしたものの、当面の臨終詩と直接な関係は認められない。対して「蒿里」一曲が伝陳後主詩や大津詩の表現に色濃く影を落としその典拠となっている。

蒿里誰家地、聚歛魂魄無賢愚。鬼伯一何相催促、人命不得少踟蹰。
（蒿里は誰が家の地ぞ、魂魄を聚斂して賢愚無し。鬼伯一に何ぞ相催促せんや、人命少しも踟蹰を得ざる。）

ここに「鼓声」が「鬼伯」に代わって「短命」を催促するのは漢代以降都城制度が変わったためだが、「無客主」も「無賓主」も「無賢愚」の言い換えにほかならない。また「誰家」とは字面通り「誰の家」の意ではなく、「蒿里誰家地」が典拠となって「蒿里」すなわち墓場の意味となったのである。従って、伝陳後主詩に「黄泉」と「誰家」とは異なる表現の同義語であり、一方「泉路」は字面通り黄泉に向う道中を表すところに「鬼伯」に催促されて人命が少しも「踟蹰」が得られないという動的な過程を包含するが、その向かう「誰家」が墓場であったことに変わりはない。要するに、大津皇子は臨終の時に及んでなお、伝陳後主詩を思い出しつつ、詩語に工夫を凝らして「臨終」一首を詠んだのは、陳詩の典拠に挽歌「蒿里」と田横の故事があったためであり、その「賓主」が「客主」と語意は近似でも自分が接した士との関係は後主君臣と異なるが黄泉に通じる道中に「客」も「主」もないという点では同じからであろう。この点、後で触れる同時の作である和歌からもその一斑が伺い知られる。

三つに皇子の臨終詩の押韻の問題である。従来、臨終詩は押韻をしていないとされ、それも「尤愛文筆」といわれる皇子の詩としては偽作と疑われる一因となったように思われる。確かに『切韻』や『広韻』によればこの詩は押韻しないが、呉音では、「命」は「ミヤウ」、「向」は「キヤウ」であったから、日本漢詩生成期では日本漢字音によって押韻したものではなかったかと推測されてしかるべきであろう。注14

いったい中国の詩韻学は魏の李登が『声類』を編集してから西晋の呂靜、南朝の周顒、沈約らが多くの声韻の書を著した。隋の陸法言等が『切韻』五巻を作った理由は当時世に行われた六家の韻書が互いに異同することにあり、その根底に南北語音の相違や検討した典籍の多寡があったことはいうまでもない。『切韻』が唐代の官定韻書となってからこれら古韻書が悉く散逸したが、なかでも南朝の韻書が南方仏教に伴って日本に伝わった確率は大きい。現に『文鏡秘府』に沈約らの四声説が引かれたのがその例である。

唐代に『切韻』を補充する著書も多く現れたがその殆どが伝わっていない。現存する古韻を補足する最初の著書は「博学好古」の宋儒・呉棫が「経伝子史」を采輯して詩韻を分析し古詩韻を補足した『韻補』五巻である。その巻四「四十一漾」に「命、眉旺切。天命なり」と記し、詩例として郭璞「不死国讃」を挙げている。

有人爰処、員丘之上。赤泉駐年、神木養命。
（人有りここに処す、員丘の上。赤泉年を駐め、神木命を養ふ。）

『切韻』を継いで広げた『広韻』四十一漾に「向、人の姓。又許亮切」とある。よって「命・向」は魏晋古韻では同じ韻部にあったことは間違いない。注15

してみれば、皇子の臨終詩は伝陳后主詩を想到したことに疑いないが、臨終詩の系譜は挽歌に繋がり、その源流に薤露・蒿里ならびに田横の故事があったからこそ、自ら節を降して接したため、自分に追随し逮捕された人々を思い、巧みに工夫を凝らした一首を詠んだのではなかったか。そこに正しく多くの士人に慕われ、尤も文章を愛した皇子大津の姿・魂を見ることができるといっても過言ではなかろう。

八　むすびに

大津皇子は、容姿・体格とも立派であるばかりでなく、学問を愛好し詩句を朗詠するその音声も言葉遣いも爽やかで優れるため、天智天皇に愛されていた。成長すると弁論に秀で才学に富み、尤も文筆を好んだ。詩賦の興りは近江朝において大津皇子より始まったのである。持統紀の皇子大津に関わる記述を『懐風藻』の詩人伝と詠み合せれば、このような日本漢詩文勃興の経緯が読み取れる。このことはまた現存する皇子大津の漢詩作品を分析することによっても裏付けられる。

『書紀』の講伝が繰り返され、詩賦制作がますます盛んに行われるにつれ、詩賦の興りは大津より始まるという認識もますます浸透したばかりでなく、その詩賦が和歌に投げかけた影が大きいことにも認識が深まったのであろう。紀淑望が『古今集』真名序にこう記した。

大津皇子の初めて詩賦を作りしより、詞人・才子、風を慕ひ塵に継ぎ、かの漢家の字を移して、我が日域の俗を化す。民業一たび改りて、和歌漸く衰へぬ。

この記述は大津皇子が初めて詩賦を作ったことよりもその詩賦が和歌に影響を大いに及ぼしたことに中心があったように思われる。『万葉集』に収められた大津皇子の和歌で漢詩との関わりが見られるのは先述した対句「述志」と秋歌のほか、臨終詩と同じ日に詠んだ和歌にも皇子の詩魂が読み取れる。

ももづたふ磐余の池に鳴く鴨を今日のみ見てや雲隠りなむ（3・四一六）

題詞によれば、大津皇子が死を賜った時、磐余の池の畔で涙を流して作ったという。歌はその時そこで嘱目した光景を捉えつつ、今日かぎり「鳴く鴨」と永別しこの世を去るのだという悲痛の気持ちを表したとされる。「磐余の池」は王朝発祥の地、嘗て宮内か宮の近くにあったらしい。[注16]「鳴く鴨」は単なる嘱目の光景ではなく、それに付けての寓意もあったのではなかったか。和歌の先蹤表現は「鴨」に限らず大津以前に少ない。詩賦から「鳧・鴨」の姿に二つの比喩が挙げられる。一つは宋玉・九辯に「鳧雁皆それ粱藻を唼ふ」という禄を食う群僚の安逸な生態、今一つは李陵が蘇武と別れる贈答詩に「雙鳧倶に北に飛び、一鳧独り南に翔く」と歌う惜別であった。詩賦で「鳧」は「凡人」とも「名臣」とも譬えられるが、それらを自家薬篭中に収めた皇子大津が「磐余の池に鳴く鴨」と歌った時、胸中に何を思い浮かべたのであろうか。皇子が「節を降して士を礼」したので、彼に「附託する」士人が多く、彼らも王朝に仕える大宮人だから、「磐余の池に鳴く鴨」と表現されてしかるべき存在ではなかったのか。ここに臨終詩に通じる同様の心境が読み取れるであろう。

持統紀に「尤も文筆を愛みたまふ」という皇子の愛した文筆はやはり単に「詩賦」を指すのではなく、和歌もその愛してやまない文学であったのである。

【注】

（1）『続日本紀』元正四年六月、「皇太子始聴朝政焉」とある。
（2）多田一臣「大津皇子物語をめぐって」（『古代国家の文学』三弥井書店、昭和六十三年一月）、品田悦一「大津皇子・大伯皇女の歌」（神野志隆光、坂本信幸企画編集『セミナー万葉の歌人と作品・第一巻・初期万葉の歌人たち』和泉書院、一九九九年）
（3）岡田正之『近江奈良朝の漢文学』（養徳社、一九四六年十一月）、小島憲之「懐風藻の詩」（『上代日本文学と中国文学下』塙書房、昭和三十七年九月）
（4）胡志昂「遣唐大使多治比広成的述懐詩」（王勇編『東亜視域与遣隋唐使』光明日報出版社、二〇一〇年六月）↓本書第三部第一章所収。
（5）中西進「詩人・文人」『万葉集の比較文学的研究』（南雲堂桜楓社、昭和三十八年一月）
（6）胡志昂「古今集両序与中国詩文論」（林秀清編『現代意識与民族文化——比較文学研究文集』復旦大学出版社、一九八六年十一月）↓本書第三部第三章所収。
（7）胡志昂「『李嶠百詠』序説——その性格・評価と受容をめぐって——」（『和漢比較文学』第三十二号、平成十六年二月）
（8）胡志昂「近江朝漢詩文の思想理念」（『埼玉学園大学紀要・人間学部篇・第十一号』平成二十三年十二月）↓本書総論所収。

（9）杉本行夫注釈『懐風藻』（弘文堂書房、昭和十八年三月）、林古渓『懐風藻新註』（明治書院、昭和三十三年十一月）など。
（10）例えば、陸士衡・長歌行に「逝矣経天日、悲哉帯地川。」謝玄暉・晩登三山還望京邑に「去矣方滞淫、懐哉罷歓宴。」太宗皇帝・元日に「穆矣熏風茂、康哉帝道昌。」
（11）小島憲之「近江朝前後の文学　その二――大津皇子の臨終詩を中心として――」（『万葉以前　上代びとの表現』岩波書店、一九八六年）
（12）金文京「大津皇子『臨終一絶』と陳後主『臨行詩』」『東方学報』京都第七三冊（京都大学人文科学研究所、二〇〇一年）
（13）胡志昂「釈智蔵の詩と老荘思想」（『埼玉学園大学紀要・人間学部篇・第十号』平成二十二年十二月）→本書第一部第三章所収。
（14）王少光「懐風藻と中国の詩律学」（辰巳正明編『懐風藻――漢字文化圏の中の日本古代漢詩』笠間書院、平成十二年十一月）、半谷芳文「『懐風藻』押韻考――六朝韻部の分類・『切韻』及び日本漢字音から考察する日本漢詩生成期の押韻――」（『和漢比較文学』第四十九号、平成二十四年八月）
（15）明・楊慎撰『古音叢目』巻四「二十三、漾」に「向」「命」が均しく見える。
（16）上野誠「賜死・大津皇子の歌と詩――磐余池候補地の発掘に寄せて――」（季刊『明日香風』第123号、古都飛鳥保存財団、二〇一二年）

第三章　釈智蔵の詩と老荘思想

一　はじめに

懐風藻目録に「僧正呉学生智蔵師」と記し、集中に智蔵の五言詩二首と略伝一篇を収めている。略伝によれば、智蔵法師は出家する前の俗姓を禾田氏と名乗る。天智天皇の時に唐へ留学に遣わされ、当時呉越故地に居た学問の優れた尼について仏法を修業し、六・七年の間、学業が群を抜いていた。太后天皇の時に帰朝し、学業試験に臨んで法師は壇上に登り、とうとう教義を発明し、その講義は論理が厳密で奥深く、発音が正しくて美しい。壇下から異論が蜂の巣を突いたように起こったが、師の応対が淀みなく見事であった。みんな屈服して驚愕を感じないものはなかった。そして師は帝の称賛を得て僧正に任命されたという。

智蔵法師は南都仏教六宗の中でも第一に挙げられた三論宗第二伝の祖師で、日本仏教史に遺した事跡が多い。[注1]そのため仏教相伝・国際交流など文化史の見地からしばしば取り上げられ、また『懐風藻』に見える法師の略伝に関しても、中国の『高僧伝』と『懐風藻』の僧伝との関わりから検討されてきたが、[注2]師の伝記・詩文の全般に光を当てて考察を行う論は、管見の限りいまだ殆どないように思われる。法師は古代の高僧であったとともに、日本最初の詩僧として漢文学史に及ぼした影響も量り知れないものがあった。そこで本稿はまず智藏師の伝そして詩を対象とし聊か考察を加えたい。

およそ文字に記録される作品はその生れる時代の歴史文化や社会思想と密接に関わり合うものである。従って、文学の研究は往々に結果として個別の作品そのものに止まらず、作者という一個人をその生きた時代の文化環境中に置いて考察しなければならないというところに辿り着く。それは筆者の守備範囲を超える作業であるが、なるべく先行の諸説を振り返りつつ、智藏の詩・伝に焦点を絞りながらも作者の生きた時代、その歴史社会の思想文化の背景も視野に入れて考察してみたいと思う。

二　生い立ち

略伝に拠れば、智藏師は俗姓を禾田氏というが、その根拠は詳らかでない。『元亨釈書』巻一「伝智篇」に三論宗第一伝祖師の慧灌に次いで師の事跡をこう伝える。

釈智藏呉国人、福亮法師俗時子也。謁嘉祥受三論微旨。入此土居法隆寺、盛唱空宗。白鳳元年、為僧正。道慈、智光、皆藏之徒也。

（釈智藏は呉国の人、福亮法師が俗たりし時の子なり。嘉祥に謁して三論の微旨を受く。此の土に入りて法隆寺に居し、盛んに空宗を唱ふ。白鳳元年、僧正と為る。道慈、智光みな藏の徒なり。）

「嘉祥」は三論宗を集大成した隋の吉蔵師のこと、呉越の故地、会稽嘉祥寺に住していたので嘉祥大師と称され、日本三論宗第一伝祖師の慧灌が吉蔵直伝の弟子であった。智蔵に始めて三論教学が伝授された経緯について二通りの説がある。『三論祖師伝』序に次のように述べている。

次、呉之智蔵、初随慧灌研三論。識渉内外、学通三蔵。後入唐、定慧倍進。未幾帰朝、於法隆寺弘三論宗。仙光院智光、礼光皆其徒也。

（次は呉の智蔵、初め慧灌に随ひて三論を研む。識は内外に渉り、学は三蔵に通ず。のちに入唐して、定慧倍進す。未だ幾ばくして帰朝し、法隆寺に於いて三論宗を弘む。仙光院智光、礼光皆これの徒なり。）

右に従えば、智蔵は初めから慧灌について三論を学んだことになる。ところが一方、『三国仏法伝通縁起』にはちょっと違う三論伝授の筋道を記している。

慧灌僧正、以三論宗授福亮僧正。福亮、授智蔵僧正。智蔵、越海入唐、重伝三論。遂乃帰朝、弘通所伝。是第二伝也。智蔵、授法道慈律師。

（慧灌僧正、三論宗を以て福亮僧正に授く。福亮、智蔵僧正に授く。智蔵、海を越えて入唐し、重ねて三論を伝ふ。遂に乃ち帰朝し、弘く所伝に通ず。是は第二伝なり。智蔵、法を道慈律師に授く。）

右の縁起にも道慈律師が三論宗第三伝であったことに変わりはないが、三論を智蔵に伝授したのは父の福亮僧正になっている。この師資相承系譜に関して疑問を感じる学者もいるが、[注3] 慧灌がはじめ三論教学を福亮に授けたことは恐らく間違いあるまい。

福良僧正は、『日本書紀』大化元年（六四五）八月の僧尼詔に任命された僧門十師の筆頭、狛大法師こと慧灌に次いで第二位に列ねる高僧であった。更に遡れば、推古三年（六二五）、高麗王が嘉祥大師の弟子慧灌を遣わして来日し、同年夏慧灌は僧正に任じられたが、この年の冬に福良も僧正に任命されている（『元亨釈書』）。つまり、慧灌来日の時点で福良は仏教造詣において慧灌にさほど引けを取らないくらいの学識をもっていたのである。おそらく福良は江南仏教の流れを受ける三論諸師の一人で、慧灌が彼に授けられたのは、嘉祥大師によって集大成された新しい三論教学の要諦であろう。

『聖徳太子伝私記』巻下（または『寧楽遺文』下）に遺る『法起寺塔露盤銘』に拠れば、推古三十年（六二二）二月二十二日、聖徳太子が薨去するさい、長子の山背大兄王に岡本宮を寺に造り、大倭と近江の所領田を施入するよう遺言を残した。その遺志を受け継いで、福亮僧正が舒明十年（六三八）に太子が初めて『法華経』を講ぜられた岡本宮跡地に金堂を建立し弥勒像を造ったと記している。また『扶桑略記』には斉明四年（六五八）に内臣の中臣鎌子（藤原鎌足）が山科陶原家精舎で呉僧福亮法師を屈請して始めて『維摩経』の奥旨を講演し、これが南都維摩会の始まりであったという。

法起寺は聖徳太子創建の七寺の一つ、岡本寺・岡本尼寺などとも称され、その遺構が一九六〇年代の発掘調査で確認されている。井上光貞博士は福亮が太子講経の岡本宮に金堂を建立したこと、彼が鎌足家で『維摩経』を講説したこと、『三経義疏』が南朝・梁の三大法師つまり「江南諸師」または「南方成実師」の注疏に基づいたこと、福亮が呉の渡来人であったことから、福亮を太子の『三経義疏』の製作にもかかわった外国僧集団の一人であったとし、わけても最後出の『維摩経義疏』は内容上先の二疏との異質性が認められることから、福亮は維疏の作者に擬すべき有力な候補者の一人であろうと指摘している。注4

ここに少し補足を加えるならば、継体天皇十六年（五二二）に仏教が南朝・梁の司馬達止によって日本に将来された当初、南方仏教は確かに成実宗が盛況を極め、三大法師の法雲、僧旻、智蔵いずれも成実論を治めていた。が、他方羅什・僧肇の弟子であった遼東の僧朗が斉の時すでに南下して建康（今の南京）摂山（棲霞山）に隠居し、その影響により隠士の周顒が『三宗論』を著し成実論を難じている。また梁の武帝も必ずしも成実論を尊従せず、自ら『般若経』を講説し、僧詮ら十名を摂山に派遣して三論の大義を学ばせた。僧詮の門下からやがて法朗、慧勇、智辯、慧布らの高弟が輩出し、中でも陳の武帝の勅命によって揚州興皇寺に住した法朗は弁舌が鋭く、成実論を容赦なく論破した。以降、三論宗が大いに盛り、南朝仏教を風靡したのである。従って陳・隋の間「江南諸師」とは三論師を指すことが多く、福亮もそうした一人であったと思われる。鎌倉時代の学僧凝然が云う。

太子在世、従百済新羅等、高僧法匠来至日域、其中有之。所来法師大談法義、太子随之問法宗義。他国所来法英皆是三論宗碩学（『維摩義疏・仏国品疏文』）。

（太子世に在りしとき、百済・新羅等より高僧法匠来りて日域に至る、その中これ有り。来るところの法師大いに法義を談り、太子これに随ひて法の宗義を問ふ。他国より来るところの法英、皆これ三論宗の碩学なり。）

凝然の云うところ史実に近いであろう。九世紀後半に成立した香山円宗『大乗三論師資伝』にも同様の記載が見られる。

万豊日天皇（孝徳）乃請元興寺僧高麗国慧観法師、令講三論。其講了日、天皇即拝任以僧正。是則日本僧正第二。同寺三論観勒僧正、其第一矣。（中略）従之以後、福亮法師等九僧正、皆此元興寺三論宗也。（天万豊日天皇（孝徳）、乃ち元興寺僧高麗国慧観法師を請うて、三論を講ぜしむ。その講了の日、天皇即ち拝任して僧正を以てす。是は則ち日本僧正の第二なり。同寺の三論観勒僧正は、その第一なり。（中略）これより以後、福亮法師等九僧正、皆この元興寺の三論宗なり。）

実際、観勒や慧灌より先に来日し「三宝の棟梁」と称せられた高麗僧の慧慈と百済僧の慧聡も元興寺の前身である法興寺に住していた。太子の師事された慧慈が太子の突然な最期を聞いて大いに悲しみ、ために自ら説経して自分の死期を誓願して果てたので、太子と共に聖と称せられた（『日本書紀』）。福亮僧正も元興寺を拠点とした三論宗の僧であったからこそ今来の慧灌の伝える嘉祥大師の集大成した新しい三論教学の要訣をいち早く理解はできたが、先輩格の彼が慧灌に師事することはできず、その代わり息子の智藏を慧灌の弟子にしてもらったのであろうと思われる。そして智藏も慧灌の来日以前から早くも父福亮の薫陶を受けて仏典の教義に親しんでいたはずである。

『本朝高僧伝』に福亮のことを次のように伝えている。

福亮はもと呉の人、来日して出家す。高麗の恵灌僧正に従い三論を習稟し、兼ねて法相を善くす。また唐に入りて嘉祥師に謁し、重ねて本宗を研く。

福亮の来日について、王勇氏は『日本書紀』に見える呉国に関わる記事は推古十七年（六〇九）の道欣ら僧俗一行の来着が最後であったことに着目しその時に推定している。それはともかく、福亮が来日当初まだ在俗の身であったことに間違いなく、その妻すなわち智藏の母親が日本人女性であったと考えられてしかるべきであろう。[注5]

ちなみに福亮の俗姓は『僧綱補任抄出』に拠れば熊凝氏という。熊凝は地名をもって姓氏とするものであり、平群郡の熊凝村は推古二五年（六一七）、聖徳太子が発願してこの地に熊凝精舎を建立したところである。同じく『僧綱補任抄出』によれば、智藏僧正の俗姓も熊凝氏、父・福良僧正に従ったのである。従って『懐風藻』に見える禾田氏という俗姓はおそらく福良が出家した後、母方の姓氏を名乗ったものと考えられる。

なお『本朝高僧伝』に記す福亮の入唐はあったなら何時であったのか。推古三年以降の彼の足跡を辿れば、大化元年（六四五）から斉明四年（六五八）までの間に可能性が高い。そのころの唐では長安に北上した吉藏がすでに亡くなって久しい。他方、貞観十九年（六四六）から天竺を歴遊した玄奘法師が帰朝し、長安で大量の仏教経典を訳出すると同時に、門下に大勢の信者を集めて唯識論を説き、慈恩宗（法相宗）が盛り上がる。福亮が法相にも詳しい背景にはそうした情勢があったのではなかったか。それでも彼は三論宗の研鑽を続け、特に祖師僧肇が注疏を施した『維摩経』に注力したと思われる。そうした福亮僧正の事跡も智藏の学問を考える上で無視できないであろう。

三　遣唐留学の期間と行状

さて智蔵はいつ渡唐しそして帰朝したのか。『懐風藻』に見える智蔵略伝中、その遣唐留学の期間を記す記載に関して学者の解釈が分かれている。この問題に関わる原文は次の通りである。

淡海帝世、遣学唐国。時呉越之間、有高学尼、法師就尼受業、六七年中、学業穎秀。（中略）太后天皇世、師向本朝。

（淡海帝の世に、唐国に遣学す。時に呉越の間に、高学の尼有り。法師尼に就きて業を受く。六・七年の中に、学業穎秀なり。（中略）太后天皇の世に、師本朝に向かふ。）

問題は智蔵法師が近江朝を開いた天智天皇の何年に唐へ留学に遣わされたかということよりも太后天皇の世に帰朝したのは何時かにある。天智称制三年（六六四）以降、日本と唐との間の人員往来が極めて頻繁であった。天智紀に拠れば、四年九月に唐国が朝散大夫沂州司馬上柱国の劉徳高等を遣してきた。一団は前年も来日した百済鎮将の使者郭務悰らを含めて凡て二百五十四人に及ぶ。七月二十八日対馬に、九月二十日筑紫に到着し、二十二日に国書を上呈している。朝廷からは十一月十三日に劉徳高等に饗宴を賜り、翌十二月に唐使らは帰国した。この年日本から小錦守君大石等を大唐に遣し、小山坂合部連石積・大乙吉士岐彌・吉士針間なども同行したので、この送唐使一行の人数もかなり多かったに違いない。智藏もこれに加わったであろうといわれることに異論はあまりないように思われる。

　しかるに「太后天皇」に関しては、持統天皇と解釈するのが一般的である。だが、それでは「六・七年間」という期間との隔たりが大きい。それに対して、天智天皇の皇后倭姫を「太后天皇」に比定する説もある。[注6]つまり、天智四年から六年経った十年（六七一）十二月に天皇が崩御、倭姫太后が臨朝称制を行われたと考えるのである。この年の十一月に唐の使者・郭務悰ら六百人に送使ら一千四百人を加えた総勢二千人の大使節団が対馬に到着したとの報告があり、智藏もこれに同行したであろうと思われる。ところが翌十二月に天智天皇が崩御、朝廷から筑紫に留まる唐使らに天皇の喪が告げられたのは翌年の三月、訃報に接した唐の使者らはみな喪服を着て哀悼の礼を挙げた。そして帰国の途に就いたのはこの年の五月。この時壬申の乱がすでに動き始めていたのである。従って智藏ら留学帰国僧の一行が帰京したのは、恐らくこの年も乱が収まった秋以降になるであろう。智藏が入唐したのは天智四年の唐使・劉徳高、郭務悰らの帰国を送るための送唐使遣唐使に従ったものとすれば、入唐から数えてちょうど六・七年になる。

　翌年すなわち天武二年の二月に天皇の即位式が行われ、三月に備後の国から白雉が献上されたという瑞兆により白鳳元年に改元されたといわれる（『扶桑略記』など）。この月始めて川原寺で『一切経』の書写が行われ、これに関連しての経典講釈で智藏法師の辞義峻遠な論法と深い学識が認められ、僧正に任ぜられたと考えられる。

　筆者は「太后天皇」に関して一般的でないこの後者の説に従いたい。理由は智藏伝との整合性のほか、『懐風藻』の詩人略伝に史家の原則が認められるからである。この書の開巻第一篇の伝記に大友皇子を「淡海朝皇太子」と称したことから、『日本書紀』と異なる政治姿勢の表れだと言われるが、そうとは思われない。天智紀十年十月条に天皇はいよいよ病が重い時、東宮の大海人皇子を召して政権を委ねたいと告げられたとき、東宮は元から多病と称して固辞するとともに、天下を倭姫皇后に託して、大友皇子に政治を任せるよう請願されたので、天皇はそれを許されたとある。天武即位前記にも同じ記載があり、そこでは大友皇子のことを「儲君」すなわち皇太子と記している。ならば倭姫太后が当然のことながら称制されねばならない。大海人皇子は後に天武天皇に即位されたから、天子の言葉に虚言がありえないというのは史家の原則であった。だから壬申の乱の年（六七二）、僅か一年ではあるが、倭姫太后称制の時期がなかったわけにはいかないのである。正にその時に智藏が帰朝し、そして翌白鳳元年（天武二年）に僧正に任じられたことは、史載の正統に合って疑いないと思われる。

智藏法師の学識は内典外典に博く渉り、仏教のみならず漢詩文学においても多大な影響を後世に及ぼしたと考えなければならない。この点、資料の少ない天武、持統朝の漢文学を考えるさい、とりわけ重要であり看過できないであろう。

『懐風藻』詩人伝の特徴の一つは詩篇を理解する手掛かりを織り込んでいることにある。[注7] 智藏の略伝にこのような留学中のエピソードを二つ記述している。一つは呉越故地で学問を修業し学業が群を抜いた智藏を同伴の僧侶たちが嫉妬し危害を加えようとする時の彼の行状であった。

同伴僧等、頗有忌害之心。法師察之、計全躯之方、遂被髪陽狂、奔蕩道路。密写三藏要義、盛以木筒、著漆秘封、負担遊行。同伴軽蔑、以爲鬼狂、遂不爲害。

（同伴の僧等、頗る忌害の心有り。法師これを察して、躯を全くせむ方を計り、遂に被髪陽狂して、道路に奔蕩す。密かに三藏の要義を写し、盛るるに木筒を以てし、漆を著けて秘封し、負担遊行す。同伴軽蔑して、鬼狂なりと以爲ひ、遂に害を爲さず。）

危険を察知した智蔵は身の安全を図るため、髪を振り乱して狂人のように振舞い道路を走り回ったりした。その一方密かに経・律・論の三藏の要訣を書き抜き、木の筒に入れて密封し背負って歩き回った。同伴の僧たちはそうした智藏を軽蔑し気が触れたと思い、とうとう危害を加えなかったという。智藏が狂人を装ったのは自らの学識を韜晦するためで、髪を振り乱すような振舞いは、既に指摘されたように梁の『高僧伝』に伝わる宝志等にも見られることではある。ここで特に注目したいのは三藏の要訣を背負って道路を奔走する行為の象徴的意味である。「道」には実際に歩く「道路」のほか世間人生の道という象徴的抽象的な意味が付与されることがある。『荀子・王霸篇』に楊朱が岐路を泣く寓話を記している。たった半歩でも岐路を踏み違えると千里も行き違えてしまうからである。楊朱の説話を最も多く記録した書物は『列子』である。また『晋書・阮籍伝』に彼が時々馬車を駕して意のまま道を走らせるが、行き詰まると慟哭するという奇行を記している。阮籍は竹林七賢の第一人者であり、その慟哭は世の中に道を失うことを寓意するものであった。智藏の狂人演技も一種の韜晦、反俗の行為であったに違いない。だから、彼が三藏の要義を負担して道路を奔走するのも寓意のあった行為であろう。これを裏付けるものに知恵の浅はかな俗僧をからかう智藏の嘲笑があったのである。

略伝にもう一つのエピソートを次のように記している。

師向本朝、同伴登陸、曝涼経書、法師開襟対風曰、我亦曝涼経典之奥義、衆皆嗤笑、以爲妖言。臨於試業、昇座敷演、辞義峻遠、音詞雅麗、論雖蜂起、応対如流、皆屈服、莫不驚駭。

(師、本朝に向ふ。同伴陸に登り、経書を曝涼す。法師襟を開き、風に対かひて曰はく、「我も亦経典の奥義を曝涼す」といふ。衆皆嗤笑して、妖言と以爲ふ。試業に臨み、座に昇りて敷演するに、辞義峻遠にして、音詞雅麗なり。論蜂の如くに起ると雖も、応対流るるが如し。皆屈服し驚駭せずといふこと莫し。）

智藏法師は帰国したさい、同行の留学僧が上陸すると、持ってきた経典書物を日に干したが、智藏は襟を開いて風に当ててこう言い放った。「わたしも経典の奥義を日に晒すのだ」と。みんなそれをでたらめだと思って嘲笑ったが、学業試験の時となり、法師は壇上に登って経典の奥義をとうとう講義した。その論理が厳密で奥深く、論難の声が蜂の巣を突付いたように起こっても、師の解答がよどみなく立派であった。聞く者はみな敬服しその学識の深さを驚嘆せずにはいられなかったという。

智藏が襟を開いて経典の奥義を日に晒すという奇行は実は先例があったのである。『世説新語』排調篇に七月七日の風俗に従い鄰人がみな衣類や物品を天日に干してると、郝隆という人が庭に出て仰向けに寝そべり腹を出して書物を日に当てるというのである。書物を所有しながら実は無学の世間の俗物を揶揄し嘲笑う彼の奇行は、これも実は竹林七賢の一人・阮咸に倣ったものである。阮咸は学識があるだけでなく当代随一の音楽の名人でもあったが、世俗の利益を追求することに反感をもつことから大変貧乏であった。彼は七月七日に道を隔てた向う側の同族の家々で華麗な衣類を干しているのに対抗して、自分も風俗に従わざるを得ないといって粗末なふんどし一枚を竿に挿して日に曝したという（『世説新語』任誕篇）。彼らの奇矯な行為は反俗の意味をもつが、ここに智藏の思想行為と竹林七賢のそれとの間に接点があったことは一目瞭然である。

そしてさらに留意すべきなのは智藏の竹林七賢らの言行に対する関心から看取される仏教と老荘玄学の関わりである。それこそ『懐風藻』の詩人略伝が詩篇を理解するのに大事な手掛かりを提供してくれたものである。

四　五言詩二篇の趣向

『懐風藻』に収められた智蔵の作品は五言詩二首。まずは「玩花鶯」を見てみよう。

玩花鶯　　花鶯を玩ぶ

桑門寡言晤、　桑門、言晤寡く、
策杖事迎逢。　杖を策きて迎逢を事とす。
以此芳春節、　此の芳春の節を以ちて、
忽値竹林風。　忽ちに竹林の風に値ふ。
求友鶯嫣樹、　友を求めて鶯樹に嫣ひ、
含香花笑叢。　香を含みて花叢に笑む。
雖喜遨遊志、　遨遊の志を喜ぶと雖も、
還愧乏雕蟲。　還りて愧づ雕蟲に乏しきことを。

（寺院には向かい合って語るものがいないので、杖を突いて談論を交わせる友を訪ね迎えるのだ。この薫風さわやかな春の季節に、はからずも竹林七賢風の知友に出会った。木の上で鶯は友を求めては囀り、草叢には花々が香りを放って咲き誇っている。世俗を離れて風流に遊ぶ気持ちは大いにあるけれど、詩文を綴る才能に恵まれないのが恥ずかしい。）

この詩は題に「花鶯を玩ぶ」と記すが、内容は知友と交遊し清談して詩文を交わす宴集を喜び楽しむものである。「桑門」は「沙門」に同音で仏門をいう。「言晤」は「悟言」に同じく、向かい合って語り合う意、初出は『詩経』に見えるが、六朝時代ではとくに老荘思想や玄学を発明する清談を言う。王羲之の「蘭亭集序」に、

夫人之相与、俯仰一世、或取諸懐抱、晤言一室之内、或因寄所託、放浪形骸之外、雖趨舎万殊、静躁不同、当其欣于所遇、暫得于已、快然自足、不知老之将至。

(それ人の相与に、一世に俯仰するや、或いはこれを懐抱に取りて、一室の内に晤言し、或いは託する所に因り寄せて、形骸の外に放浪す。趨舎万殊にして、静躁同じからずと雖も、その遇う所を欣び、暫く已れを得るに当りては、快然として自ら足りて、老の將に至らんことを知らず。)

とある。気の合う同士の一時の清談の集いに光陰矢の如く今にも老衰が迫ってくるだろうことも忘れるほどの喜びを表している。作者は僧侶でありながら、詩は冒頭から仏門に語り合えるものがいないというのはどういうことなのか。この「蘭亭集序」に一つの答えがあったともいえる。それゆえ、詩人は知己と交わり会い語り合う機会を求めて杖を突いて「迎逢」つまり知友を訪ねたり迎えたりしなければならないのである。そしてある薫風和やかな春の日に、竹林七賢風の知人に出会ったと詠じる。詩の第三聯は普通叙景に転じるが、ここに鶯の囀りを詠んで「友を求む」と表現するのは、『詩経・小雅』伐木篇に出典をもつ。鶯の声を「嚶としてその鳴くは、その友を求むる声なり」と歌う伐木篇は、詩序によれば「朋友故旧を燕す」る楽歌であった。「香を含む花」は花

の名こそ明示していないが、「春蘭秋菊」という『楚辞』以来よく用いられる熟語からいって春の代表的な香る草花はやはり蘭であったに違いない。これも『周易・繫辞』に「同心之言、其臭如蘭（同心の言、その臭ひ蘭の如し）」とあるのに拠り、前句と同じく知友と出会いそして語り合うことを喜ぶ趣旨が寓意されている。そして最後に尾聯の「遨遊」も魏文帝の遊覧詩「芙蓉池作」などに見たように自然の景色を楽しみながら、優雅な談論や詩文を綴る宴遊を意味する。

してみれば、智藏法師のこの詩は起・承・転・結の形を整えながら、主題は実に見事に一貫している。しかも語句の典拠は儒学の経典にも拠りつつ、一首の趣意はあくまでも竹林七賢風の玄学碩学と清談を交わし、詩文・酒宴を楽しむことに終始している。智藏法師は内外の学に通じ、仏法三藏のほか、外典として儒学の知識も豊かであったに違いないが、特に玄学の造詣が深かったことは、自然に親しみ従う玄学を語る竹林七賢の遊を好むことから伺われるであろう。

法師のもう一首の五言詩「秋日言志」は独吟である。

秋日言志
欲知得性所、
來尋仁智情。
気爽山川麗、
風高物候芳。
燕巣辞夏色、

秋日、志を言ふ
性を得る所を知らんと欲し、
來りて尋ぬ仁智の情。
気爽かにして山川麗しく、
風高くして物候芳し。
燕巣、夏色を辞し、

雁渚聴秋声。　雁渚、秋声を聴く。
因茲竹林友、　この竹林の友に因りて、
栄辱莫相驚。　栄辱、相驚くことなかれ。
（性を得るところを知りたいと思って、山水に仁智の意味を尋ねてきた。大気が爽やかで山も川も美しく、風は空高く吹き季節の風物も清清しい。燕の巣は雛が巣立った夏の後にはすでに生色なく、雁の集まり騒ぐ渚からは秋の声が聞こえてくる。竹林七賢のような世俗を超越した友人がいるからこそ、自然の変遷にも人事の栄枯にも心を動かすことがないのだ。）

この詩の注目すべき点は三つ挙げられる。一つは首聯に用いる「仁智」が『論語・雍也』に拠ること。

子曰、知者楽水、仁者楽山。知者動、仁者静。知者楽、仁者寿。
（子曰はく、智者は水を楽び、仁者は山を楽ぶ。知者は動き、仁者は靜けく、知者は楽しび、仁者は寿し。）

よってここに「仁智」は山水を意味する。註に拠れば、智者が水を楽ぶのは自らの才知を運らして世を治めることが水の流れて止まることを知らないのに似る。だから日々進んで動き、志を得るのが楽しいのだ。一方、仁者が山を楽ぶのは山のように安定したまま自然に万物が発生する。だから仁者はもの静かで長生するという。さて自分の性分はどれに合うのだろうか。山水に臨んで眺めれば爽やかな秋の美景が目に映るばかり、河が流れるのも山がどっしり構えるのも自然そのものでありまるで違いはない。更に言えば、移り変わる一切の物象もつきつめて考えれば「無」すなわち「空」に至り尽きるものである。ここに儒者と異なる法師の真意があった。『論語』を引きながら異なる趣向を出す作者の儒学だけでなく玄学の造詣が伺い知られるのである。これは梁の武帝が儒・道・仏三教合一を提唱する以前から江南仏教の特色でもあった。『論語集解』の著者は何晏である。『懐風藻』中この典拠を詩に用いたのは智藏の作が初めてであり、以降多くの詩人が好んでこの典拠を使うようになったのである。智藏詩が『懐風藻』に落とした影が大きくて濃いといえよう。二つは三聯の「燕巣」と「雁渚」の組み合わせである。これは「子夜四時歌」春歌に「昔別るるとき雁渚に集ひ、今還るとき燕梁に巣くふ」とある類似の表現を見るが、「子夜歌」は智藏の留学した江南地方の流行歌曲であった。また「嫣《わらう》」も楚辞に見られる表現である。ここに作者の詩風に南朝文化の名残を垣間見ることができる。三つは尾聯に「竹林」を詠んだことを挙げなければならない。法師の詩に歌われた「竹林」を仏教の竹林精舎と解する説もあるが、この下句は『老子』に「寵辱を若し驚かば、大患を貴ぶこと身の若し」とあるのを踏まえるから、やはり老荘思想を発明した竹林七賢のことと見るべきであろう。王弼が『老子』のこの言葉を注して「寵あらば必ず辱有り、栄なれば必ず患ひ有る。辱を驚くこと栄に等しく、患ひは同じなり」という。つまり、寵愛も栄達も必ずその反対の一面を含むから、恥辱を驚くのも栄誉を驚くのも等しく、その弊害は同じ。だから栄も辱も等しく思えば、一喜一憂することはないというのである。「厭恥篇」はこの後更に続く。

何謂貴大患若身吾?所以有大患者、為吾有身、及吾無身、吾有何患。
（何ぞ大患を貴ぶこと身の若しと謂う。吾、大患有るゆえは、吾身有る為なり、吾身無きに及べば、吾何か患ひ有らん。）

すなわち大きな患いがあるのは我が身があるためであり、もし我が身が「無」ならば「大患」も「栄辱」もあろうはずがない。従ってそれを驚くことも当然ありえない。ここに竹林七賢を友とし『老子』を典拠に用いながら、詩人は老荘の「無」ひいては仏教の「空」を歌っていることが知られる。言志は本来自らの志を述べる詩題だから、法師が仏法を宣揚するのは当たり前だが、そのために老荘玄学の表現を用いるのは、魏晋玄学に対する深い造詣を物語るのみならず、智蔵の三論教学が玄学と深い関係にある証を示したにほかならない。そしてこの詩は尾聯が首聯に呼応することで、魏晋の玄学では儒学の中でも特に『論語』を老荘と共に重視していたこととも見事に一致し、実に興味深い。また竹林七賢の風流への傾斜、これも懐風藻詩人の特徴的な詩風であり、ここに智蔵の詩が時代の詩風を影響するもう一つの好例を見ることができる。

このように智蔵の詩二首を通してみれば、天武二年に僧正に任ぜられた法師は、その内外の学に通じる豊かな学識素養により、白鳳・天平年間に開花した仏教文化に大きな足跡を遺したばかりでなく、天武持統朝以降の漢詩文に深い影響を与えた形跡も明白に見て取れる。その後の『懐風藻』の詩人たちは不比等や藤氏四子も含めて、竹林七賢に傾倒し、『論語』の智水仁山の典拠を多用するのが何よりの証である。注8

五　仏教と玄学

では、三論宗の高僧であった智蔵はなぜ自らの詩篇において仏教の教義を直に陳べず、特に竹林七賢に対してあれほどの関心をもっていたのだろうか。結論を先に言えば、それは中国仏教と老荘思想とは切っても切れない関係にあるからである。儒教と老荘の融和を図る魏晋の玄学は、竹林七賢によって理論上で大いに発明されたばかりでなく、彼らの世俗を揶揄し超越する行為によって実践されていた。その意味で竹林七賢は正に老荘思想を体現した知識人の代弁者であったといってもよい。

仏教は後漢明帝の頃中国に伝来したものの、当初はあまり顧みられず、桓帝の時安世高、支讖が相継いで洛陽で『大安般守意経』『般若道行品経』等など経典を訳出したが、漢末の朝廷政治の混乱、党錮の禁、黄巾の乱に続く軍閥の混戦に遭って、天下は塗炭の苦しみに塗れ、新しい思想を受け入れる余裕はなかった。

魏晋の世に至って激しさを増す政争を回避する必要もあって、何晏・王弼が老荘思想を提唱し、儒教の経義を認めながらも老荘思想に基づく「無を以て本と為す」「本を崇めて末を息む」との主張を大いに語り、世俗の実務を軽視して虚無玄遠の思想を標榜する清談の風流が一世を風靡した。何晏・王弼らの正始風流の後を受けて、阮籍・嵇康らの竹林七賢の風流が興り、阮籍が『通易』『通老』『達荘』の三論を著わして三玄の範疇を整え、嵇康が『釈私』諸論を著し「名教を越えて自然に任ぬ」る観点を提出する。そして向秀が『庄子』を注釈して大いに「奇趣を発明して玄風を振い起した」のである。名教と自然の調和を説く郭象『庄子注』も殆ど向秀注に拠ったならば、魏晋の玄学は竹林七賢によって理論的完成を見たといっても過言ではない。そのころ学者名士の多くは好んで玄学の清談に走り、仏教を信奉する者は少なかった。だからこそ、仏教は初め教義を広めるために玄学に近づきその名義や影響を借りなければならなかった。

永嘉の乱後、中原の士族が大挙して江南に移住し、玄学清談の風流も随って南方に移ったが、東晋以降、仏教般若学はますます玄学と癒着し、「六家七宗」の説が称えられるように至った。中でも道安の「本無宗」と支遁の「即色宗」の影響が大きい。道安は『本無論』を著わし「無は万化の前に在り、空は名形の始めなり」と謂い、「一切の諸法、本性は空寂、故に本無と云う」（吉蔵『中観論疏』）と説く。よって道安一派の「本無」「性空」なる観点は魏晋玄学の「無を以て本と為す」の思想に依って立つことが知られる。これは道安が「中国に老荘教が流行する故にその風に因り行うが易し」（『鼻奈耶序』）という、玄学に因って仏法を説く方便の実践でもあった。また支遁は『即色游玄論』を著して、「即色是空」の思想を宣揚し，般若を本無と見なす点で、もっと直に玄学の伝統を受け継いでいる。支遁は好んで玄理を語り、玄学の造詣は極めて深い。『世説新語・文学篇』に次の逸話を記している。

支道林在白馬寺中，将馮太常共語，因及逍遥。支、卓然標新理於二家之表，立異義於衆賢之外，皆是諸名賢尋味之所不得。後遂用支理。
（支道林白馬寺の中に在り、馮太常と共に語る。因りて逍遥に及ぶ。支、卓然として新理を二家の表に標し、異義を衆賢の外に立てり。皆これ諸の名賢の尋味するも得ぬところなり。後遂に支が理を用ゆ。）

支遁が『荘子・逍遥遊』のどの部分について向秀・郭象を越えた新しい義理を発明したのか詳らかでないが、玄学の理論的発展に支遁のような高僧の貢献があったことは当然考えられてしかるべきである。『法苑珠林』に支遁のことを「老釈風流の宗」と称することからも、この時期の仏学と玄学の相互議論参合が玄釈の義理発明の主要な特徴であったことは明らかである。中国学者の中で鳩摩羅什以前の般若学が幾つかの学派に分かれるのは，玄学中の異なる学説に対応するものだという見解がある。そのうち道安の本無義は何・王の貴無論に最も近く、支遁の即色義は向・郭の自化論に近似するというが、これによって東晋における玄・釈交流の大概を知るこ

とはできるだろう。注9

鳩摩羅什が長安に着いて大量の仏経を訳出し、大乗空宗の中観学派の義理を宣揚してから、大乗空宗の教学が大いに振るった。一方、玄学は伝統の学問として一般の学者に根付いた影響も計り知れないものがある。羅什の弟子中、僧肇、道生、道融、僧叡の四人が「什門四哲」と称せられ、わけても僧肇が「空を解すること第一」と称された。『高僧伝』巻六によれば、僧肇は幼時から「経史を歴観し、備さに墳籍を尽くす。志は玄微を好みて、毎に荘老を以て心要と為す」ものの、『老子』を読んで「美なるは則ち美なるかな」、「未だ善を尽くさず」と嘆き、後に『維摩経』を見て「歓喜頂受し、披尋玩味す。乃ち言う、始めて帰する所を知ると」。よって出家し、大乗仏典『方等』をよく学び、兼ねて三藏に通ず。二十歳でその名が畿内一帯に轟いた。当時、学問の名声を競う者は皆、彼のような若さではさほど深い学識が有り得まいと信じられず、千里の遠路も辞さずに長安にやってきて僧肇と弁論するものまでいたが、京都の碩学も地方の英才も皆舌鋒が挫かれ説伏されてしまったという。

肇、既才思幽玄、又善談説。承機挫鋭、莫曾流滞。時京兆宿儒、及関外英彦、挹其鋒弁、莫不気負摧衄。
（肇、既に才思幽玄にして、又談説を善くす。機を承け鋭を挫き、曾て流滞するなし。時に京兆の宿儒、及び関外の英彦、その鋒弁を挹き、気負摧衄せざるなし。）

僧肇のこの雄弁ぶりに智藏の流暢な弁説を思わせるものがあろう。その後、僧肇は鳩摩羅什に師事し、羅什が『大品般若経』を訳出した後、肇は『波若無知論』を著し、羅什の賞賛を得る一方、廬山隠士の劉遺民に「方袍（僧侶）にもまた平叔（何晏）の有ることを思わざりき」と驚嘆させた。よって僧肇の論は老荘玄学に関わり深いことが知られる。彼の著述はほかに『不真空論』『物不遷論』『涅槃無名論』と『維摩経注』および諸経論序などが世に伝わる。近年その玄学的指向を指摘する論考が少なからず、詳しくはそれらを参考されたい。[注10]僧肇は羅什以前の格義仏教に対して分析的批判を行ったが、彼も仏典の義理を語るのに玄学的表現に頼らざるを得なかったのである。

羅什・僧肇没後、姚萇の後秦も間もなく滅亡した。関中は戦乱に陥り、僧侶が四散する中で江南に移る名僧が多く、南方仏教義学がますます繁盛を極めるが、他方、玄学も官立四学（玄・儒・史・文）の一つに立てられ、江南士族の殆どが玄学の素養を備えていた。南朝斉・梁に至って宗室諸王や文人墨客がみな好んで玄学の題目を語り仏法を信奉した。僧侶も仏典の義理を重んじるとともに兼ねて外典に通ずるものが多かった。斉の竟陵王蕭子良が「玄釈を総じて校し、その虚実を定めた」（『続高僧伝』）し、梁の武帝蕭衍も玄釈に精通するばかりでなく、深く仏教を崇めて、四回も同泰寺に捨身した。彼が三教同源説を推し進め、仏教と儒教と玄学の融合を図ったので、江南仏教と玄学との融合もますます進んだことはいわずもがなであろう。

そもそも魏晋の玄学は何晏・王弼に始まり、竹林七賢に至って高潮を迎えるが、竹林風流は玄学の理論を諸方面に広め、『荘子』思想を大いに発明したばかりでなく、玄学のもつ超俗・隠逸の側面を身を以って実践したため、後世に深遠な影響を及ぼした。その後を受けて東晋の張湛が『列子注』を著して玄学最後の力作となったが、彼が主張した「群有は至虚を以て宗と為す」という貴虚論は、僧肇『不真空論』に云う「それ至虚無生なるものは，蓋しこれ般若玄鑒の妙趣、有物の宗極なり」とある観点と完全に一致する。ここに張湛『列子注』が深く仏教の影響を受けたこととともに、僧肇の学説が玄学と深い関係を有することの一斑を伺い知ることもできる。吉藏『大乗玄論』において僧肇を三論宗の実質上の創始者と認め、中国三論宗と老荘玄学の関わりは正に深く久しいといえよう。その後「善く三論、涅槃に通じ、荘老の俗書久に已に洞明す。これに由り声誉は久しく漢南を逸る」（『法苑珠林』）という襄州光福寺に住した釈慧璿もまた三論宗の高僧であった。[注11] 三論諸師にとって仏典教義を講演し名声を獲得するために老荘玄学の造詣は重要な意味があった。それは智藏の高弟智光の著した『浄名玄論略記』に老庄の説を多く引いたことによっても裏付けられる。

中国三論宗の第一伝は羅什、第二伝は僧肇である。羅什・僧肇の中観三論の学を学んだ遼東（当時は高麗に所属）の僧朗が南朝・斉の時江南に渡って摂山に隠棲し、梁の武帝が僧詮らを遣わして僧朗に三論を学ばせたことは既に述べたが、僧朗も僧詮も一生摂山を出なかった。これが斉・梁の仏教において成実論が盛行した主な理由であったと見られる。僧詮が亡くなった後、詮門四友がようやく山門を出ることができ、わけても法朗は陳の武帝に請われて揚州興皇寺に住し、『山門玄義』を著して成実宗を容赦なく論破し、三論宗を江南全域に広めて南朝・陳の仏教正宗に盛り上げた。法朗が亡くなる時、一門の後を茅山の明法師に託し、その門下から吉藏など多くの高僧を輩出したが、明法師もついに終生茅山を出なかった。

してみれば、僧朗以降の三論宗一派は山林に隠棲する志向が強く、法朗、吉藏といった世に知られる名高い名僧を輩出する一方で、山寺に止まって経典教学の研鑽に専念する高僧が多かった。智藏が呉越の故地に留学した時に学んだ高学の尼もそうした一人であろう。玄学・釈教の別はあるとはいえ、竹林七賢も俗に処しながら隠逸の志向が強かった知識人集団であった。ここにも智藏が七賢に強い関心を持つ理由の一つがあったのではなかったろうか。

六　むすびに

智藏法師はその略伝に記述された振る舞いや詩文によって竹林七賢への関心が強く伺われる。それは江南仏教において玄学と仏教の関係が極めて密接であったからである。そのため「識は内外に渉り、学は三藏に通ず」るのみならず、呉越故地に留学してから更に「定慧倍進」した法師は、三論教学の奥義を極めたのはもちろん玄学の義理にも詳しい日本三論宗第二伝の祖師であった。

彼の詩文に儒学と老荘思想の融合が見られるのは江南文化に浸透した三教合一の理念の反映ではあるが、それは師が三教の義理に対する透徹した認識と理解に基づくものだから、その詩文に見るそうした傾向が、後世の知識人に与えた影響が深遠である。

一例を挙げれば、大津皇子の詩に「春苑言宴」がある。

開衿臨靈沼、　　衿を開きて靈沼に臨み、
遊目歩金苑。　　目を遊ばせて金苑を歩む。
澄清苔水深、　　澄清として苔水深く、
晻曖霞峰遠。　　晻曖として霞峰遠し。
驚波共絃響、　　驚波は絃とともに響き、
哢鳥与風聞。　　哢鳥は風とともに聞ゆ。

群公倒載帰、　　群公 倒載して帰り、
彭沢宴誰論。　　彭沢の宴を誰か論ぜん。

一首の結びに陶淵明よりも竹林七賢の一人山濤の息子山簡への傾斜を朗らかに歌い上げている。近江朝の漢詩文は「懐風藻序」に唱われたように王権謳歌の文学であったことを考えれば、皇子大津の詩に影響を与えたのは恐らく智藏の詩ではなかったか。

従って天武持統朝の文化を考えるには、内典外典に博く渉った智藏法師の学識が仏教のみならず、漢詩文学に及ぼした影響も計り知れないものがあったことも考慮に入れるべきであろう。その中に師が日本最初の詩僧として活躍したことも当然のことながら含まれるのである。

【注】

（1）大野達之助「南都の六宗」『日本仏教思想史・増訂版』（吉川弘文館、昭和三十二年九月）
（2）横田健一「『懐風藻』所載僧伝考」（『白鳳天平の世界』創元社、一九七三年）、小島憲之「漢語あそび―『懐風藻』仏家伝をめぐって―」（『漢語逍遥』岩波書店、一九九八年）
（3）平井俊栄「南都三論宗史の研究序説」（速水侑編『奈良仏教の展開』所収、雄山閣、一九九四年十月）
（4）井上光貞「三経義疏成立の研究」（『日本古代思想史の研究』岩波書店、一九八六年二月）
（5）王勇「熊凝氏を名乗った呉国人―福亮列伝―」（『アジア遊学』第36号、二〇〇二年二月）、「智藏列伝――狂人を装う留学僧」（『アジア遊学』第38号、勉誠出版、二〇〇二年四月）。

（6）井上光貞（前掲書）、笠原英彦『歴代天皇総覧』（中公新書、二〇〇六年十一月）

（7）胡志昂「最盛期の遣唐使を支えた詩僧・弁正」（『埼玉学園大学紀要・人間学部篇』第九号、平成二十一年十二月）↓本書第一部第五章所収。

（8）胡志昂「藤原門流の饗宴詩と自然観」（辰巳正明編『懐風藻――日本的自然観はどのように成立したか』笠間書院、二〇〇八年）↓本書第二部第一章所収。

（9）任継愈主编『中国哲学发展史・魏晋南北朝』（人民出版社、一九八八年版）、汤用彤『汉魏两晋南北朝佛教史』（中华书局、一九八三年版）

（10）麻天祥「僧肇与玄学化的中国仏教」（『仏教在線』二〇〇九年十一月）、唐秀蓮『僧肇的仏教理解与格義仏教』（宗教文化出版社、二〇一〇年六月）

（11）「三論宗」（中国佛教协会编『中国佛教』知识出版社、一九八〇年版）

第四章　大神氏と高市麻呂の従駕応詔詩

一　異色の従駕応詔詩

『懐風藻』に大神高市麻呂の従駕応詔詩を一首収める。

従駕応詔

臥病已白髪、　病に臥して已に白髪、
意謂入黄塵。　意に謂へらく黄塵に入らむと。
不期逐恩詔、　期せずして恩詔を逐ひ、
従駕上林春。　駕に従ふ上林の春。
松岩鳴泉落、　松岩には鳴泉落ち、
竹浦笑花新。　竹浦には笑花新なり。
臣是先進輩、　臣は是れ先進の輩、

濫陪後車賓。　　濫りて陪す後車の賓。

応詔詩はほとんどが宮廷の御宴に侍する時の作で、『懐風藻』中に最も多い公的な性格をもつ詩題であった。そのなか、自ら「病に臥す」ことから歌い出し、「先進の輩」と自称するこの詩は極めて異色な一首といってよい。そこに作者の個性と経歴が強烈に反映されているばかりではない。彼が背負う大神氏の運勢と過去の伝承もその詩想の背景に色濃く投影しているように思われる。

本稿は大神高市麻呂の従駕応詔詩を通して、作品に詠出される詩人の経歴と思想を解析し、併せて詩想の基底に沈潜する三輪氏の伝承史についても些か考察を加えたい。

二　大神高市麻呂その人と評判

大神氏は大三輪とも書く。旧姓は三輪、天武天皇十二年（六八四）に大神の姓を賜る。高市麻呂は朱鳥元年（六八六）九月、天武天皇大喪の時、理官の事を誄するが、持統天皇六年（六九二）の春、伊勢行幸の事を激しく諫止した結果、官職を擲って野に下った。時に中納言直大弐（従四位上）であった。

後に政権を担った藤原不比等の第四子、麻呂がこの諫止事件を詠じる「過神納言墟」二首を『懐風藻』に遺している。

神納言が墟を過ぐ

一旦辞栄去　　一旦栄を辞して去りて、
千年奉諫余　　千年諫余を奉く。
松竹含春彩　　松竹は春彩を含み、
容暉寂旧墟　　容暉は旧墟に寂ゆ。
清夜琴樽罷　　清夜に琴樽罷み、
傾門車馬疎　　傾門に車馬疎し。
普天皆帝国　　普天皆帝の国、
吾帰遂焉如　　吾帰りて遂に焉くにか如かん。

第一首は、官を辞して朝廷を去った後の三輪家の凋落、行き場を失った高市麻呂の窮状を詠嘆しつつも、諫争事件の意味を「千年もその直諫の余沢を受けるだろう」と極めて高く評価している。

そして第二首は、

君道誰云易　　君道誰か易しと云ふ。
臣義本自難　　臣義本より難し。
奉規終不用　　規を奉じて終に用ゐられず、
帰去遂辞官　　帰り去りて遂に官を辞す。
放曠遊嵇竹　　放曠して嵇竹に遊び、

沈吟佩楚蘭　　沈吟して楚蘭を佩ぶ。
天閽若一啓　　天閽若し一たび啓かば。
將得水魚歡　　將に水魚の歡を得む。

「君道」も「臣義」も常に全うすることは難しい。ために賢者は長い失意の間、無為に遊びながら国を憂い悩むものの、やがて天意に通じ会い魚水の歓びを得るであろうと、高市麻呂の復活を歌って結ぶ。いかにも政権を握る藤原四子の言質に相応しい。

高市麻呂の詩中、首聯「病に臥して已に白髮、意に謂へらく黄塵に入らむと」の二句は、正に死ぬ「黄塵に入る」とまで思われる長い間の失意をいう。ただここで「病」というのは身体的なものではなく、境遇的な困窮と憂愁を意味する。麻呂の詩と照合すれば、朝廷を辞官した高市麻呂は、憂愁に明け暮れる状況にあり、持統天皇六年から十年も経っている間に白髪頭となり、このままあの世へ行くのではないかと思うのも不思議ではない。だから、二聯「期せずして恩詔を逐ひ、駕に従ふ上林の春」と続け、思わぬ恩詔を受けると、直ちに御苑の春宴に駆けつけたのである。「従駕」とは天子の御車に付き従い随行すること。「上林」は長安の西にあり、始皇帝が始めて作り、漢の武帝が拡張して天下の珍禽奇獣、奇花異草を集めた豪華な御苑で宮中の御苑を喩えるから、詩人が御苑の行幸に侍従しての作である。

高市麻呂が再び仕官したのは、大宝二年の正月、従四位上長門（山口）の守に任じられた。赴任時の宴集歌が『万葉集』巻九に見える。

大神大夫の長門守に任けらえし時に、三輪川の辺に集ひてする歌二首

三諸の神の帯せる泊瀬川水脈絶えずしてわれ忘れめや（9・一七七〇）

後れ居てわれはや恋ひむ春霞たなびく山を君が越えいなば（9・一七七〇）

右の二首は、古集の中に出づ。

二首のうち第一首が高市麻呂の歌と思われる。長門赴任に当たって三輪山の神のご加護を象徴する泊瀬川の水脈いつまでも絶えざることを忘れないと言挙げし、いかにも三輪山信仰を背負う大神氏の後裔に相応しい。翌大宝三年六月、高市麻呂は都に戻り左京大夫を拝命した。従賀応詔詩は在京任官中の作と思われる。従って詩の頸聯「松巖には鳴泉落ち、竹浦には笑花新なり」は、宮中で催開された春宴の現場、御苑の景色を描き述べたものである。御苑の春景は素晴らしいの一言に尽きるが、十年も朝廷を離れて下野したせいか、詩人は自分をこの場に相応しくない人間と感じるのを禁じ得ない。だから詩の尾聯は、「臣は是れ先進の輩、濫りて陪す後車の賓」と歌い一首を結んでいる。「先進の輩」なる言葉は諸注釈書の指摘通り、『論語・先進篇』に見える。[注1]

子曰：先進、於礼楽野人也。後進、於礼楽君子也。如用之、則吾従先進。

（子曰く：先進、礼楽に於て野人なり。後進、礼楽に於て君子なり。如しこれを用いれば、則ち吾先進に従ふ。）

これに対する前漢の孔安国の注は次の通りである。

先進・後進は仕ふること先、後の輩を謂ふなり。礼楽は世に因り損益す。後進は礼楽に伴い時の中を得、これ君子なり。先進は古風有り、これ野人なり。将に風を移し俗を易へこれを淳素に帰せば、先進猶古風に近い。故にこれに従ふ。

よって、諸注は「先進の輩」を時と共に移り変わる礼楽に疎い「野人」と解し、詩人の謙遜表現と捉えることが多いように思われる。それで語句の意味を確かに解したことに違いはない。しかし、それは事の一面に過ぎず、先進篇に孔子の言いたい真意はむしろその後半にある。つまり、もし礼楽を政治に用いて世の浮薄な風俗を移し変え、純朴に回帰するなら、むしろ先進の古風な礼儀作法がよい。だから孔子も先進に従いたい、というのが本意であった。これが儒教の尚古主義といわれるものであり、古の理想政治を尭・舜の時代に求め、尭・舜の道こそ治世の王道とされるのである。『懐風藻』中の応詔詩でも王政謳歌に尭・舜の故事がよく用いられた。だが、高市麻呂はこれを王朝謳歌に使わず自己表現に使ったのである。

一方、「後車」は君主の御車の後に続く副車であり経典に用例が多いとはいえ、この場に適する典拠はやはり高氏の指摘とおり、魏の文帝が文学者を後車に乗せて遊覧に興じた故事を置いてほかないであろう。[注2]曹丕が「朝歌令呉質に与うる書」において時の景色風物に感興し文学の従臣と遊覧する情景を述べてこう記した。

天気和暖、衆果具繁。時駕而遊、北遵河曲。従者鳴笳以啓路、文学託乗於後車。

（天気和暖にして、衆果具に繁る。時に駕して遊び、北のかた河曲に遵ふ。従者は笳を鳴らして以て路を啓き、文学は託して後車に乗る。）

「従者が楽器を鳴らして道を開け、文学の従臣を後車に乗せ」て遊び楽しむから当然宴を催し詩を賦するものであった。いわば「後車」の用語出典はそれよりも遥かな古の経典に遡るが、季節の美景を遊覧するのに文学の臣を従えて詩文・酒宴・音楽・談論を楽しむのはやはり魏の文帝、曹丕に始まる新しい風流であった。高市麻呂が従駕した宮中の春宴も少なくとも形の上ではそれに類似することは明らかである。「濫り」とはすなわち場に不適切だから、作者は古風な自分がこの今風な儀礼に全く相応しくないということになる。ここに作者の強烈な個性を見ることはできるであろう。

してみれば、大神高市麻呂の従駕応詔詩は、『懐風藻』中の他の侍宴応詔詩と明らかに違い、朝廷の王政謳歌の類型から逸脱し、自らを「先進の輩」と自任したところ、むしろ当時の朝廷政治に不満の色さえ表したと読み取れるのである。では、詩人の強い個性はただ個人の問題なのか、それともなんらかの背景があったのだろうか。

三　諫争事件

「臥に病す」から歌い出す大神高市麻呂の詩に言うところの「病」は、肉体上の病気ではなく、境遇上の失意を意味する。それは歴史に大きく記された諫争事件によるものであった。事の経緯は、『日本書紀』持統紀六年に二回に分けて記している。時に彼は直大弐（従四位上）中納言であった。

二月丁酉朔丁未、詔諸官曰、当以三月三日、將幸伊勢。宜知此意、備諸衣物。賜陰陽博士沙門法藏・道基銀
廿両。乙卯、詔刑部省、赦軽繋。是日、中納言直大貳三輪朝臣高市麻呂、上表敢直言、諫争天皇、欲幸伊
勢、妨於農時。
（二月の丁酉の朔丁未（二月十一日）に、諸官に詔して曰はく、「当に三月三日を以て、伊勢に幸さむ。此の意
を知りて、諸の衣物を備ふべし」とのたまふ。陰陽博士沙門法藏・道基に銀二十両賜ふ。乙卯（十九日）に、
刑部省に詔して、軽繋を赦したまふ。是の日に、中納言直大貳三、輪朝臣高市麻呂、表を上りて敢直言し
て、天皇の、伊勢に幸さむとして、農時を妨げたまふことを諫め争めまつる。）

旧暦の三月三日は暮春の禊ぎ祓いを執り行う重要な祭祀行事であった。暖かく麗らかな春の日和に人々は水辺に出て、長い冬籠りに溜まった穢れを流し落とし、人体の健康と生命の豊穣を予祝するものであった。初めは桃の花が咲く暮春三月の上巳の日に行われ、その源流を周王朝に遡り漢代を通して盛んに行われていた。[注3] 魏・晋以降、上巳の日は次第に三日に固定され、水辺で行われる曲水流杯の宴が大いに流行し、信仰の色が薄れたが、太陽太陰暦のずれを調整する節句として、暮春という季節感が強く意識され万物の成長が強調された。

持統天皇はその年の二月十一日に関係官庁に詔を下して、三月三日の伊勢行幸に備えて必要な衣装調度を準備させ、祭事に奉仕する陰陽博士、沙門法藏、道基に銀二十両賜った。そして同十九日、祭祀の吉祥を期待してから軽犯罪者の赦免を命じられたが、この日、中納言の三輪高市麻呂が上表文を奉りて直言し、天皇の伊勢行幸が農

時の妨げになると諫め争ったのである。
暮春の禊祓は、通常三月三日の一日のみの行事であり、伊勢行幸なら日数が掛かるばかりでなく、随行する公卿や従者の人数が多いうえ、季節も季節だから農事の妨げになることは確かであろう。しかし、高市麻呂の諫言は聞き入れられず、三月三日いよいよ出で立つことになった。

三月丙寅朔戊辰、以淨広肆広瀬王・直広参当摩真人智徳・直広肆紀朝臣弓張等、爲留守官。於是、中納言大三輪朝臣高市麻呂、脱其冠位、擎上於朝、重諫曰、農作之節、車駕未可以動。辛未、天皇不從諫、遂幸伊勢。

（三月の丙寅の朔戊辰（三日）に、淨広肆広瀬王・直広参当摩真人智徳・直広肆紀朝臣弓張等を以て、留守官とす。是に、中納言大三輪朝臣高市麻呂、其の冠位を脱きて、朝に擎上げて、重ねて諫めて曰さく、「農作の節、車駕、未だ以て動きたまふべからず」とまうす。辛未（六日）に、天皇、諫に從ひたまはず、遂に伊勢に幸す。）

三月三日当日、広瀬王・当摩智徳・紀弓張らが、行幸中の留守官に任命された。このとき、大三輪高市麻呂が冠を脱ぎ、両手に奉げ持って朝廷に上り、自らの官職を賭して重ねて諫争した。そのため、三日の行幸は出発されず、朝廷に重苦しい雰囲気に満ちたことは想像に難くないであろう。慎重な考慮を経た後、三日後の同六日に天皇が遂に高市麻呂の諫言をはねつけ、伊勢行幸を断行された。官位の象徴なる冠を脱いでの諫争が聞き入れられなかった高市麻呂が、その後中納言を辞任し朝廷から引退するしかなかったことはいうまでもない。そして彼は持統朝を通して再び任官することなく、再度朝廷に仕え出したのは文武天皇が即位された後であった。

　このような諫争事件は、日本古代史上かつてなく以降も絶えて見ないものであった。ここに高市麻呂の諫争事件と彼の漢詩に底通する実直というか不屈の精神が見られるといってよいだろうか。それとも作者の強烈な個性の背後にそれを支える大神氏の古来伝承でもあったのだろうか。

四　大神氏と三輪山信仰

大神氏は大三輪氏ともいい、三輪山麓に本拠をもつ古来の地方豪族であった。『新撰姓氏録』に拠れば大和国の大神氏は素佐雄命の六世孫、大国主の後であったという。

三輪氏の先祖伝承が大きくクローズアップされたのは『日本書紀』崇神紀においてであった。天皇が即位された当初、国内に疫病が流行し、民衆は死亡する者が大半を過ぎた。そして百姓の流離するもの、或いは背叛くものが多く、その情勢は徳を以て政治を行うことが難しかった状況にあった。そこで、天皇は神々を集めて占い伺われると、叔母の倭迹迹日百襲姫命が神憑りし神意を託宣される。もし倭国の域内に所居る大物主神という神を敬い祭れば、必ず安泰に治まるという。そして大物主神の子、大田田根子を捜し出して大物主神を祀らせると、ようやく疫病が終息し国内が太平となった。この大田田根子が三輪氏の始祖である。三輪地方の神祇祭祀儀礼の確立が崇神朝の最大の出来事であったといってもよく、その主要神の祭祀権が三輪氏にあったのである。

　そうしたなか、崇神紀及び垂仁紀において高市麻呂の諫止事件並びにその漢詩との関係上、特に注目される伝承は三つ挙げられる。一つは天照大神と倭大国魂神の分祀である。それより以前、皇居の大殿内で天照大神と倭大国魂神の二柱を並び祭っていたが、倭大国魂神の勢が強過ぎたせいだろうか、並祀するのに不安が感じられ、二人の皇女、豊鍬入姫命に天照大神を託して倭の笠縫邑に祭り、渟名城入姫命に倭大国魂神を託して祭らせる措置が取られた。

是より先に、天照大神・倭大国魂、二の神を、天皇の大殿の内に並祭る。然して其の神の勢を畏りて、共に住みたまふに安からず。故、天照大神を以ては、豊鍬入姫命に託けまつりて、倭の笠縫邑に祭る。仍りて磯堅城の神籬を立つ。亦、日本大国魂神を以ては、渟名城入姫命に託けて祭らしむ。然るに渟名城入姫、髪落ち体痩みて祭ること能はず。

ところが大国魂神を祀る渟名城入姫は髪の毛が落ち体が痩せて祭ることができなかった。そこで、天皇は神淺茅原に幸して神々を集めて占い問うと、倭迹迹日百襲姫命が神憑りし神意を託宣する。もし倭国の域内に所居る大物主神という神を敬い祭れば、必ず安泰に治まるという。ここに大国魂神の代りに大物主神が前面に出てきたのは興味深い。

この伝承の後続というか異伝は、次の垂仁紀に見える。垂仁紀二十五年、天皇が先帝崇神の偉業を受け継ごうとして、天照大神の祭祀を豊耜入姫命から離して娘の倭姫命に託され、倭姫命は大神の鎮座される処を求めて、菟田、近江、美濃を廻って伊勢に至る。そして神の教に従い、伊勢国に天照大神を祭る祠を立てたのである。

三月の丁亥の朔丙申に、天照大神を豊耜入姫命より離ちまつりて、倭姫命に託けたまふ。爰に倭姫命、大神を鎮め坐させむ處を求めて、菟田の筱幡に詣る。更に還りて近江国に入りて、東美濃を廻りて、伊勢国に到る。時に天照大神、倭姫命に誨へて曰はく、「是の神風の伊勢国は、常世の浪の重浪帰する国なり。傍国の可怜し国なり。是の国に居らむと欲ふ」とのたまふ。故、大神の教の隋に、其の祠を伊勢国に立てたまふ。

天照大神を祭る伊勢神宮の創祀は、雄略天皇の時、伊勢地方の有力海部を服従させたのち、移し祭られたとも考えられるが、[注4]雄略紀の天語歌や早期の采女の出身地域を鑑みれば、伊勢国はそれより以前から大王家と深い関りをもっていたことは確かであろう。ともかく崇神・垂仁記の異伝も含めてその記載によれば、天照大神の斎場を伊勢に移設する初動は垂仁朝にあり、それは崇神朝に祭祀儀礼創設の一環として、大国魂神との分祀に始まるものであったと考えられる。ここで更に注目すべきことは垂仁紀同条の注記に、その時、倭大国魂神が穂積臣の先祖大水口宿禰にのりうつって語られた神託である。

是の時に、倭大神、穂積臣の遠祖大水口宿禰に著りたまひて、誨へて曰はく、「太初の時に、期りて曰はく、『天照大神は、悉に天原を治さむ。皇御孫尊は、専に葦原中国の八十魂神を治さむ。我は親ら大地官を治さむ』とのたまふ。言已に訖りぬ。然るに先皇御間城天皇、神祇を祭祀りたまふと雖も、微細しくは未だ其の源根を探りたまはずして、粗に枝葉に留めたまへり。故、其の天皇命短し。是を以て、今汝御孫尊、先皇の不及を悔いて慎み祭ひまつりたまはば、汝尊の壽命延長く、復天下太平がむ」とのたまふ。

要するに大昔の本源的な約束事として「天照大神が高天原を治め、皇孫家が葦原中国の諸神を治め、大国魂神は親ら大地官を治む」という神託であった。「大地官」については参考資料が少なく、民俗学の知見から「土着民の祭祀者」、「地主の神」と解され、[注5] ここに大国魂神が原住民地の祭祀主権を主張したことは確かであろう。神託はさらに崇神朝の神祇祭祀儀礼を「その根源を探らず、ただ枝葉を留めた」に過ぎず、故に天皇の命が短かったと断言し、垂仁天皇が先皇の及ばなかったところを悔い、神祭を慎重になされば、汝の命が長く、天下も太平であろうと宣る。崇神・垂仁両朝の神祇祭祀を照合すれば、天照大神斎場の伊勢遷移が大きな相違であったことは間違いない。伊勢神宮の皇祖神祭祀の格式は後に天武・持統朝に至って更に整備されたこと周知の通りであるが、その前史が雄略朝を経て崇神・垂仁朝に遡る伝承は注目すべきである。

二つは三輪山信仰をめぐる三輪氏と大王家との関係である。先に渟名城入姫が大国魂神を祀ることができなかったことがあって、天皇は諸神を集って卜ったところ、叔母の倭迹迹日百襲姫が神憑りして、大物主神を敬い祭れば太平になるとの神託を語られた。

> 是に、天皇、乃ち神浅茅原に幸して、八十万の神を会へて、卜問ふ。是の時に、神明倭迹迹日百襲姫命に憑りて曰はく、「天皇、何ぞ国の治らざることを憂ふる。若し能く我を敬ひ祭らば、必ず当に自平ぎなむ」とのたまふ。天皇問ひて曰はく、「如此教ふは誰の神ぞ」とのたまふ。答へて曰はく、「我は是倭国の域の内に所居る神、名を大物主神と爲ふ」とのたまふ。

そして、大物主神が天皇の夢に現れ、吾が子の大田田根子に吾を祭らせると、天下太平に治まるのみならず、海外の国々も服従してくるという。同じ夢は倭迹迹日百襲姫・穂積臣の先祖大水口宿禰・伊勢麻績君の三人も見たので、その進言を受けて、陶邑から大田田根子を捜し出して大物主神を祀る祭主とし、市磯長尾市を倭大国魂神を祀る祭主としたのち、諸神の祭礼、天社・国社及び神地・神戸を定めることができた。ようやく疫病が終息し、国内太平となり、五穀が豊作し、百姓が豊かになったのである。この大物主神の祭主、大田田根子が三輪氏の始祖であった。

疫病が終息した翌年、高橋活日を大神の掌酒とする大物主神の祭祀儀礼が崇神紀に詳細に記されている。

冬十二月の丙申の朔乙卯に、天皇、大田田根子を以て、大神を祭らしむ。是の日に、活日自ら神酒を挙げて、天皇に献る。仍りて歌して曰はく、
此の神酒は　我が神酒ならず　倭成す　大物主の　醸みし神酒　幾久　幾久
如此歌して、神宮に宴す。即ち宴竟りて、諸大夫等歌して曰はく、
味酒　三輪の殿の　朝門にも　出でて行かな　三輪の殿門を
茲に、天皇歌して曰はく、
味酒　三輪の殿の　朝門にも　押し開かね　三輪の殿門を
即ち神宮の門を開きて、幸行す。所謂大田田根子は、今の三輪君等が始祖なり。

ここに大物主神を主神とする三輪大神を尊崇する崇神朝の性格がよく現れているが、その祭祀儀礼の実質的立役者は倭迹迹日百襲姫命であったとも見られよう。彼女が先に神憑りの状態になって、大物主神の霊威を語ったばかりではない。四道将軍の派遣に絡んでも予知の霊力を発揮した彼女はその後大物主神と結婚し、神の嫁に

なった。崇神紀にその神婚談を次のように記している。

是の後に、倭迹迹日百襲姫命、大物主神の妻と爲る。然れども其の神常に晝は見えずして、夜のみ來す。倭迹迹姫命、夫に語りて曰はく、「君常に晝は見えたまはねば、分明に其の尊顔を視ること得ず。願はくは暫留りたまへ。明旦に、仰ぎて美麗しき威儀を覲たてまつらむと欲ふ」といふ。大神対へて曰はく、「言理灼然なり。吾明旦に汝が櫛笥に入りて居らむ。願はくは吾が形にな驚きましそ」とのたまふ。爰に倭迹迹姫命、心の裏に密に異ぶ。明くるを待ちて櫛笥を見れば、遂に美麗しき小蛇有り。其の長さ大さ衣紐の如し。則ち驚きて叫啼ぶ。時に大神恥ぢて、忽に人の形と化りたまふ。其の妻に謂りて曰はく、「汝、忍びずして吾に羞せつ。吾還りて、汝に羞せむ」とのたまふ。仍りて大虚を踐みて、御諸山に登ります。爰に倭迹迹姫命仰ぎ見て、悔いて急居。則ち箸に陰を撞きて薨りましぬ。乃ち大市に葬りまつる。故、時人、其の墓を號けて、箸墓と謂ふ。

姫と結婚した大神が昼に見えず夜だけ訪れるので、倭迹迹姫は夫の美麗しい威儀を見たいと願った。大神は妻の要望を聞き入れ、姫の櫛箱に入って形を現す。それは長さ大きさが衣紐のような美麗しい小蛇であった。その姿を見て姫は驚いて叫び声を揚げた。大神が忽ち人の形に化し、その妻に「汝は吾に恥をかかせたから、吾も汝に羞をかかせる」といって空を踐んで三輪山に登った。その時、姫は空を仰ぎ見て自らの失態を後悔し、急に座り込んだところ箸に陰部が撞かれて亡くなられた。死後は大市に葬られ、人々はその墓を箸墓と名付けた。

『古事記』はこれと別の神婚談を記しているが、倭迹迹姫の神婚談は彼女が神の嫁として大物主神の実質的祭祀者となることを意味する。なので、姫の死は大王族の三輪山祭祀権掌握の失敗を象徴すると見られなくもない。[注6]がしかし、箸墓は「日は人作り、夜は神作る」という伝承をもつことから巨大な墳墓の造成は、単に強化された政権力に頼るものではなく、信仰力によるところも大であろう。つまり、姫が大物主神との結婚の間に齟齬はあったが、死後も神の嫁として認められたからこそ、箸墓は人力だけでなく神力にもよって造成されたと考えられる。ここに大物主神祭祀を介して大王家と三輪氏との親密な関係を見ることができる。

大物主神の居る「倭国の域内」は奈良盆地の東南にある三輪山麓一帯を指す。大物主神は大国主神の別名で、大国魂神はその「幸魂・奇魂」、すなわち御霊の神格化であり両神一体であり、神代記・紀に大国魂神の子として三輪氏、賀茂氏を記す。渟名城入姫が大国魂神を祀ることができず、大物主神も大田田根子でなければ祭っても霊験がない点で両神は同様である。他方、大国魂神があくまで域内の祭祀権を主張し、大物主神が大王家の百襲姫と結婚したから、大物主神の祭主の三輪氏と大王家と関係がより近いことは確かであろう。なお、倭迹迹日百襲姫を『魏志倭人伝』に見える邪馬台国女王の卑弥呼に比定する説が有力である。[注7]彼女の神意を予知し伝達する巫女的性格は正に『魏志』に記す「鬼道に事へる」女王に等しいことは確かである。だとしたら、三輪氏と女王の関係はさらに興味深いものがあったに違いない。

三つは崇神天皇の和風謚号が「御肇国天皇」と称せられたことである。いわゆる欠史八代以降、崇神天皇が「はつくにしらすすめらみこと」と称せられたのは「敦く神祇を礼ふ祭祀儀礼を定め」、「兵を挙げて服従しなかったものを征討した」ばかりではなく、人口を調査して男女の調役を科すことが政権を運営する重要な条件であった。

（秋九月）始校人民、更料調役。此謂男之弭調、女之手末調也。是以、天神地祇共和享、而風雨順時。百穀用成、家給人足、天下大平矣。故称謂御肇国天皇也。

（始めて人民を校へて、更調役を科す。此を男の弭調、女の手末調と謂ふ。是を以て、天神地祇共に和享みて、風雨時に順ひ、百穀用て成りぬ。家給ぎ人足りて、天下大きに平なり。故、称して御肇国天皇と謂す。）

その結果、天神地祇ともに和やかに、風雨も季節に従って順調で百穀もよく実った。ために家々が充足し天下泰平となったという。神祇祭祀の実質的意味の一つは陰陽・寒暑の移変を予知する歳時行事にあり、それによって人身の安泰と農業の豊穣を予祝するところにあるとすれば、国家創始と称される崇神王朝の政治基盤はまず稲作農業の成功にあったともいえる。実際、崇神朝に依網池、苅坂池と反折池の三池を開鑿して、稲作農業を振興したことが注目されねばなるまいし、崇神朝を受け継ぐ垂仁朝ではさらに「数八百」といわれるほど多くの池溝を開鑿して農業を盛んにし百姓を豊かにしたのである。

三十五年の秋九月に、五十瓊敷命を河内国に遣して、高石池・茅渟池を作らしむ。冬十月に、倭の狭城池及び迹見池を作る。是歳、諸国に令して、多に池溝を開らしむ。数八百。農を以て事とす。是に因りて、百姓富み寛ひて、天下太平なり。

崇神天皇の磯城瑞籬宮は、今の奈良県桜井市金屋付近にあり、この辺りの三輪山麓一帯に垂仁天皇の纏向珠城宮、景行天皇の纏向日代宮が所在していたのみならず、渋谷向山古墳（景行天皇陵）、箸墓古墳（卑弥呼女王陵）、行燈山古墳（崇神天皇陵）、メスリ塚、西殿塚古墳など巨大な前方後円墳が点在している。よって、史学者達は崇神朝に始まる前期古墳時代を三輪王朝または三輪政権と呼ぶことが多い。[注8] そして王権の性格を「巨大な古墳の造営からして、かなり専制的・権力的なものであった」と同時に、「宗教的性格をなお濃厚に残していた」とされる。[注9] 三輪政権に宗教的性格が濃厚であったことは、先述した三輪山信仰に関わるほか、天皇の漢風諡号「崇神」からも明白に見て取れる。そして、三輪王朝の朝廷祭祀の主神が大物主神であってみれば、その祭祀権を分掌する三輪氏の位置も自ずと知られる。

いってみれば、始めて朝廷の形を整えた三輪王朝において、三輪氏は大王家に対して朝廷主神の祭祀権を司ったばかりでなく、神祇祭祀を通して歳時行事など農業技術を握る三輪地方の主要豪族でもあった。ここに「大地官」としてもう一つの職掌があり、高市麻呂が持統天皇の伊勢行幸を諫止する背景があったのではなかったか。

七世紀後期の天武・持統朝からすれば、四世紀初めの崇神・垂仁朝は遠い昔の出来事であったに違いないが、天武朝に始まる修史事業の継続として、持統天皇五年に有力氏族の先祖墓記の上進が勅命され、その筆頭に大三輪氏が挙げられている。

八月の己亥の朔辛亥に、十八の氏（大三輪・雀部・石上・藤原・石川・巨勢・膳部・春日・上毛野・大伴・紀伊・平群・羽田・阿倍・佐伯・采女・穂積・阿曇）に詔して、其の祖等の墓記を上進らしむ。

従って、多分に大三輪氏が保持していたであろう三輪王朝の建設・完成期に当たる崇神・垂仁朝の伝承資料は、持統六年にあって正しく古くて新しい記憶であったに違いない。こと朝廷創始に関わるものなら尚更重要視されてしかるべきことは想像に難くない。この点、天武天皇の時三輪氏に対する大神氏の賜姓からも伺われる。しかし、伊勢神宮に祭られる天照大神の加護により壬申の乱に勝った天武朝以降、朝廷祭祀における皇祖神の優位は絶対的となる。一方、三輪山はその後も奈良盆地の象徴的な神山であったとはいえ、宗教的信仰の力が衰える一途を辿ることは否めない。ここに大神高市麻呂の諫止が失敗した理由の一つがあったのではなかっただろうか。

五　三輪氏と大和政権

三輪氏は三輪地方の有力氏族として早くから大和政権に参政していたことはいうまでもない。垂仁天皇三年、新羅の王子天日槍が帰化した時、天皇は三輪君の祖大友主と倭直の祖長尾市とを播磨に遣して王子を問い正し、天日槍に沢山の宝物を献上させている。

また仲哀天皇九年、神功皇后と大臣武内宿禰が謀って天皇の崩御を匿した時、大三輪大友主君が中臣烏賊津連・物部膽咋連・大伴武以連とともに皇后の詔を受けて「百寮を領いて、宮中を守」る四大夫の一人であった。ちなみに神功皇后も女王・卑弥呼に比定された一人であった。

そして敏達天皇の時、仏法が伝来した際、蘇我馬子が仏法を迎え入れ精舎を新築して供養したのに対して、物部守屋大連、中臣磐余連に加えて大三輪逆君もともに仏法を滅ぼし棄てようと謀ったが、天皇が崩御の時に三輪君逆が隼人を殯の庭に配置して、穴穂部皇子の皇位簒奪の企みを阻んだ。また穴穂部皇子が炊屋姫皇后（後の推古天皇）を犯そうと無理に殯の宮に押し入ろうとする時、三輪君逆が兵衛を喚んで宮門を重く守り、その進入を決然として拒絶した。逆は敏達天皇の寵臣であった。

夏五月に穴穂部皇子、炊屋姫皇后を犯さむとして、自ら強ひて殯宮に入る。寵臣三輪君逆、乃ち兵衛を喚して、宮門を重めて拒きて入れず。穴穂部皇子問ひて曰はく、「何人か此に在る」といふ。兵衛答へて曰はく、「三輪君逆在り」といふ。七たび「門開け」と呼ふ。遂に聴し入れず。

そのため、穴穂部皇子が三輪君逆の専横と無礼を蘇我・物部の両大臣に訴え、逆を殺そうと願った。両名の同意を得た穴穂部皇子は物部守屋とともに兵を率いて磐余池の辺を包囲した。これを知った逆は三輪山に隠れ、同日の夜半密かに山を抜け出して炊屋姫皇后の別業こと海石榴市宮に隠れた。情報を手に入れた穴穂部皇子が重ねて大連物部守屋を遣して三輪君逆とその二子を討たせた。

両の大臣の曰さく、「命の隋に」とまうす。是に、穴穂部皇子、陰に天下に王たらむ事を謀りて、口に詐りて逆君を殺さむといふことを在てり。遂に物部守屋大連と、兵を率て磐余の池辺を囲繞む。逆君知りて、三諸岳に隠れぬ。是の日の夜半に、潛に山より出でて、後宮に隠る。(炊屋姫皇后の別業を謂ふ。是を海石榴市宮と名く。)逆の同姓白堤と横山と、逆君が在る處を言す。穴穂部皇子、即ち守屋大連連を遣りて曰はく、「汝往きて、逆君併て其の二の子を討すべし」といふ。

この時、蘇我馬子が切に諫めたが聞き入れられず、「天下の乱は久しからじ」と嘆いたという。敏達天皇の寵臣として、三輪君逆は「悉に内外の事を委ね」られていたからである。ここに蘇我・物部・中臣といった大豪族ではなかったものの常に宮廷の側近に仕え、大王家の宮廷祭祀儀礼や伝承にも深く関わった三輪氏の位置と立場が伺えよう。

高市麻呂は壬申の乱で大海人皇子に付く三輪氏の一人であり、皇子が大伴吹負を将軍に任命したら、吹負の麾下に馳せ参じたのである。吹負が東国から飛鳥に駆け着けた大軍を上中下の三道に分けて配置したなか、高市麻呂は上道の守りに当り、箸墓のもとで戦って近江の軍を大いに破った。さらに勝の勢いに乗じて中道の近江軍の後を絶ち、その軍勢を崩した。

是の日に、三輪君高市麻呂・置始連菟、上道に当りて、箸陵のもとに戦ふ。大きに近江の軍を破りて、勝に乗りて、兼て鯨が軍の後を断つ。鯨が軍悉に解け走げて、多に士卒を殺す。

この功により後慶雲三年、高市麻呂が没した時、従四位上から昇進し従三位を追贈されているが、三輪山山麓のなかでも箸陵のもとで戦って勝ったのはいかにも大三輪氏の誇る伝統に相応しいといえよう。いずれにしても天武崩御の際、理官の事を誄る大神高市麻呂が氏上として三輪氏の保持する大和朝廷に関わる伝承を重く背負っていたことは疑いない。ここに「先進輩」をもって自任する高市麻呂の面目があり自負の源があったと思われる。

六　むすびに

「病に臥す」ことから歌い出す大神高市麻呂の従駕応詔詩は、応詔詩のほとんどが朝廷の王政謳歌に終始するのと異なり、自ら「先進の輩」と自称するところに当時の今風な朝廷儀礼に対する違和感さえ吐露している。そこに伊勢行幸の諫止事件に共通する詩人の実直で強烈な個性が反映されているばかりではない。彼が背負う三輪王朝と称せられる大和朝廷初期＝古墳時代前期において三輪山信仰の祭祀者として大王家と協力して王朝を形作った大神氏の伝承と立場が色濃く投影しているのである。

『日本霊異記』に大神高市麻呂を持統天皇の時の忠臣とし、諫争事件を記したほか、農事を重んじる彼が龍神を感動させた伝説を語り伝えている。

第二十五話・忠臣小欲知足諸天見感得報示奇事縁

或遭旱災時、使塞己田口、水施百姓田、田施水既窮、諸天感応、龍神除雨、唯澍卿田、不落余地、尭雲更靄、舜雨還霈、諒是忠信之至、徳儀之大。

賛曰：修々神氏、幼年好学、忠而有仁、潔以無濁、臨民流恵、施水塞田、甘雨時除、美譽長伝。

（或るは旱災の時に遭へば、己が田の口を塞がしめて、水を百姓の田に施す。田に施す水既に窮まれば、諸天感応して、龍神雨を降らす。ただ卿の田のみに澍ぎて余の地に落らず。尭雲更に靄り、舜雨また霈ぐ。諒に是忠信の至り、徳儀の大きなり。

賛に曰はく、修々たり神の氏、幼き年より学を好み、忠にして仁有り。潔くして濁ること無し。民に臨み恵を流ふ。水を施し田を塞ぐ。甘雨時に降り、美き譽れ長へに伝ふ。）

ある旱魃の災害に遭った際、高市麻呂は我が家の水田の取水口を塞いで、水を百姓の田に流した。我田を灌漑する水が無くなり困った時に、天の神が感応して龍神に雨を降らせ、ただ高市麻呂の田圃に降り注ぎ他の土地には全く降らなかったという。雷雨の境界線がはっきり見られる現象を神秘化したような説話であるが、そこには意外にも古来の稲作社会における龍神・水神祭祀氏族の職掌の一端を垣間見せているといってよい。そして、幼年から学問を好み、経史・詩文の才を身につけたのは、何よりもその作品が物語っているが、そこには新しい律令時代の潮流に抵抗しながらも追随せざるをえない古来豪族の一つの姿があったのではなかろうか。

【注】

（1）林古渓『懐風藻新注』、杉本行夫注釈『懐風藻』弘文堂、小島憲之等『日本古典文学大系　懐風藻・凌雲集・文華秀麗集・本朝文粋』（岩波書店、一九六四年）

（2）高潤生「懐風藻の侍宴応詔詩と中国文学」（辰巳正明編『懐風藻　漢字文化圏の中の日本古代漢詩』（笠間書院、二〇〇〇年）

（3）胡志昂「暮春の禊祓い」（東アジア比較文化国際会議日本支部『東アジア比較文化研究・7』二〇〇四年六月）
↓本書第二部第二章所収。

（4）筑紫申真『アマテラスの誕生』（講談社学術文庫、二〇〇二年）、岡田精司「伊勢神宮の起源と度会氏」（日本史

研究・四九）
（5）大林太良『日本神話の起源』（角川書店、一九七三年）
（6）直木孝次郎『日本古代国家の成立』（講談社学術文庫、一九九六年）
（7）肥後和男「大和としての邪馬台国」古代史談話会『邪馬台国』（朝倉書店、一九五四年）、原田大六『卑弥呼の墓』（六興出版、一九七七年）
（8）上田正昭『大和朝廷』（講談社学術文庫、一九九五年）
（9）前掲注6に同じ。

第五章　最盛期の遣唐使を支えた詩僧・釈弁正

一　はじめに

『懐風藻』に漢詩が二篇収められた詩僧・弁正法師は俗姓を秦氏という。

秦氏は秦の始皇帝三世孫の孝武王の末裔を名乗る功満王それに融通王［一に弓月王と云う］を祖とする。『新撰姓氏録』左京・諸蕃に見える太秦公宿祢の記事に仲哀天皇八年に功満王が来朝し、その後、弓月王が応神天皇十四年に百廿七県の百姓を率いて帰化したと記す。その詳細は応神紀に具に記されている。弓月君は応神十四年に百済から来朝したが、彼の率る百廿県の百姓が加羅国に留まり、同十六年にようやく平群木菟宿禰等と一緒にやってきたのである。仁徳天皇の時にこれら秦氏は諸郡に分けて置かれ、「波多」の姓を賜り「養蚕織絹」をして奉仕した。雄略天皇の御世、秦氏の織り成した絹が山のように積み上がったので「うずまさ」の号を賜った。その後山城国葛野郡（今の京都市右京区太秦）や河内国讃良郡（今の寝屋川市太秦）など各地に土着した秦氏は、養蚕と機織の技術により強い経済力を築いた。秦氏と仏教との関係は推古天皇十一年（六〇三）聖徳太子に仕えた秦河勝が「蜂岡寺」（広隆寺）を建て、仏教の興隆に深く関わったのに遡る。弁正法師の秦河勝との系譜上の関係は不明だが、秦氏の出自が法師の経歴になんらかの影響を与えたことは疑いない。

弁正法師は大宝律令の成立した大宝元年（七〇一）正月に任命され、同二年に出航した第七回遣唐使に従い、恐らくは請益僧として唐に渡った。伝によれば、長安に辿り着いた弁正は囲碁の嗜みが後の玄宗皇帝・李隆基に認められ、その知遇を得る。そして唐で還俗し、二人の息子の朝慶と朝元を儲け、弁正と朝慶は唐に留まったが、朝元は日本に帰朝し、医術と語学で朝廷に仕え、天平五年（七三四）ふたたび遣唐判官として入唐した。その時、故人となった父・弁正の由縁により玄宗皇帝から特に厚く賞賜を承ったという。

弁正と朝元の二代にわたる渡唐の記録は、古代の東アジアで行われた盛んな文化交流を象徴する遣隋・唐使の研究においても注目されているが、渡唐後の弁正の事跡が史料に乏しいこともあって、すべて研究し尽くされたとは必ずしもいえない。本稿は『懐風藻』に収められた弁正の伝記と漢詩二首に光を当て、作者の性格と学芸の造詣を明らかにすると共に、作品の成立背景、表現特色と作者の性格を手掛かりに、唐代の文化人、わけても玄宗皇帝との関係について考察を試みる。そして、長安で活躍する弁正の存在が最盛期の遣唐使の活動に果たす役割にも言及したい。

二　「滑稽」の意味

『懐風藻』に四篇ある僧伝が撰者の特別な扱いを受けること、語句表現に中国『高僧伝』の影響が認められることは既に指摘されている。[注1] ここでは弁正伝の異色性を先ず詩人の経歴と個性において考えてみる。

辨正法師者、俗姓秦氏。性滑稽、善談論。少年出家、頗洪玄学。太宝年中、遣学唐国。時遇李隆基龍潛之日、以善囲棊、屡見賞遇。有子朝慶・朝元、法師及慶在唐死、元帰本朝、仕至大夫。天平年中、拜入唐判官、到大唐見天子。天子以其父故、特優詔厚賞賜。還至本朝尋卒。

（弁正法師は、俗姓を秦氏といふ。性滑稽にして談論に善し。少年にして出家し、頗る玄学を洪にす。太宝年中に、唐国に遣学す。時に李隆基が龍潛の日に遇ふ。囲棊を善くするを以ちて、しばしば賞遇せらる。子に朝慶・朝元有り。法師及び慶は、唐に在りて死す。元は本朝に帰り、仕へて大夫に至る。天平年中に、入唐判官に拜せらる。大唐に到りて、天子に見ゆ。天子その父の故を以ちて、特に優詔し、厚く賞賜す。本朝に還り至る。尋ぎて卒す。）

右に掲げた詩人小伝を見れば、前半に法師の事跡を記述し、後半は秦朝元の事を記すが、仏教関係の記述は少年の時に出家した弁正が大いに「玄学」を学んだことに触れている。聖徳太子が仏教を導入された時から白鳳時代を通して三論宗が大変に盛んであったこと、三論宗の高僧らが魏晋六朝に流行した「玄学」と深い関わりをもつこと、更に今回の遣唐使船に帰朝後三論宗の三伝祖師となる道慈法師も同乗していたことなどを考え合わせれば、[注2]弁正も道済と同宗の僧侶ではなかったかと思われる。この点に関して後にまた触れる。

さて小伝の重心は弁正が囲碁を通して李隆基すなわち後の玄宗皇帝の知遇を得たことに置かれていること一読して明白である。最近、「明皇会棋図」という古画が注目され、そこに描かれた玄宗の碁の相手になる僧侶が弁正ではなかったかといわれるのも頷けるだろう。[注3]一方、弁正の詩文を解読し詩人の才性を手掛かりに長安でのその活動を推察するには、小伝に記し伝えられた「性滑稽、善談論」こそ重要な意味を有し、改めて検討する必要があると思う。

『史記・滑稽列伝』巻頭に司馬遷は「滑稽」について次のように述べる。

孔子曰、六芸於治一也。礼以節人、楽以発和、書以道事、詩以達意、易以神化、春秋以道義。太史公曰、天道恢恢、豈不大哉、談言微中、亦可以解紛。

（孔子曰く、六芸の治に於けるは一なり。礼は以て人を節し、楽は以て和を発し、書は以て事を道ひ、詩は以て意を達し、易は以て神化をし、春秋は以て義を道く。太史公曰く、天道は恢恢たり、豈に大ならずや。談言微かに中るも、また以て紛を解くべからん。）

儒学六経（易、書、詩、礼、楽、春秋）はそれぞれ異なる分野を対象とするが、治世に資する点では同じであると孔子はいう。従って、太史公は続けて言う。世を導く天道は広く大きく、ありとあらゆるものを包含する。談笑の言葉で理に適う事を巧みに表現すること、これも世の紛糾を解くのに役立つ有用な才能なのである。ここで司馬遷は「滑稽」の意味を主に談笑（談言）で世事に対する正しい道理を婉曲に言い出す（微中）ことに見出し、これも世の紛乱を解決し治世に資する点で六経の学問に等しいという。

滑稽の字義および作法に関して、史記索隠は「滑は乱をいい、稽は同であるから、滑稽は弁舌が上手く、非を是のように言い包め、是を非のようにふざけていい、巧みにものの異同を混交する」こと、また「滑稽はまるで俳諧のようだ」と説明する。つまり、太史公が滑稽者を列伝に立てた意図は、彼らが面白く可笑しな言い回しや機転の利くさわやかな弁舌を玩ぶだけでなく、世の混乱を救い、治世に資する点に主旨を置いているが、その方法はあくまで物事の異同をわざと取り違えたり混同するようなおどけや滑稽なものに限る。この点、直言を聴かない君主に対して諫言する場合、実に重要なものであった。

では『史記』の列伝に挙げられた滑稽者を見てみよう。

まずは淳于髡。彼は斉の入り婿で身長は七尺未満だが、滑稽多辯であって度々使者として諸侯に遣わされたが、未だ嘗て侮られることがなかった。斉の威王が好んで姿を隠しては淫楽に溺れ、長夜の飲に耽け政を卿大夫に任せっきりだったので、政治が荒廃し国土が諸侯に侵食され国は存亡の危機に立たされていた。近臣は誰一人敢て諫めるものがいなかった。そこで淳于髡は、王の庭に大鳥が居て三年経っても飛ばず鳴かずにいたが、それは何の鳥かと王に問うた。すると、王はこの鳥一たび飛べば天を沖き、一たび鳴けば人を驚かすといって政に精を出すようになり、侵略された領土を悉く取り戻した。

淳于髡者斉之贅壻也。長不滿七尺、滑稽多辯。数使諸侯、未嘗屈辱。斉威王之時、喜隱、好爲淫楽長夜之飲、沈湎不治、委政卿大夫、百官荒乱、諸侯並侵、国且危亡、在於旦暮。左右莫敢諫、淳于髡說之以隱、曰、国中有大鳥、止王之庭、三年不蜚又不鳴、王知此鳥何也。王曰、此鳥不飛則已、一飛沖天、不鳴則已、一鳴驚人。於是乃朝諸縣令長七十二人、賞一人、誅一人、奮兵而出、諸侯振驚、皆還斉侵地、威行三十六年。

（淳于髡は斉の贅壻なり。長七尺に不満たず、滑稽にして多辯なり。数しば諸侯に使して、未だ嘗て屈辱せらるることとなし。斉の威王の時、隱を喜み、好みて淫楽長夜の飲を爲す。沈湎して治めず、政を卿大夫に委ぬ。百官荒乱し、諸侯並び侵し、国且に危亡せんとすること旦暮に在れども、左右敢て諫むるもの莫し。淳于髡、これを説くに隠を以てして曰く、国中に大鳥有り、王の庭に止まり、三年蜚ばずまた鳴かず。王はこの鳥何たるを知るやと。王曰く、この鳥飛ばずんば則ち已まん、一たび飛ばば天を沖かん、鳴かずんば則ち已まん、一たび鳴かば人を驚かさん。是において乃ち諸縣の令長七十二人を朝せしめ、一人を賞し、一人を誅し、兵を奮ひて出づ。諸侯振驚し、みな斉に侵地を還す。威行はること三十六年。）

また楚兵が攻めてきた時、髡が王命を受けてうまく趙の救援軍十万人を引き出して楚兵を退却させた。ご褒美に威王が後宮に置酒して髡に酒を賜った。彼はどのぐらい飲めるかという王の問いに答えて、自分は一斗飲んでも酔うし一石飲んでも酔うという。王の前で畏まって飲むと一斗だけで酔うが、寛いで美人を抱えて飲むと一石も行ける。しかし飲みすぎると礼儀が乱れ、喜び過ぎると悲しみを招くといった。その言葉で王は長夜の飲を止め、威王の善政が長く続いた。

また優孟は楚の楽人。多辯でよく談笑をし諷諫をした。時に楚の荘王は愛馬が死んだので群臣に命じて大夫と同等の葬式を挙げようとした。近臣が挙って諫めたが、これ以上諫る者は死罪に処すといって聞かない。そこで優孟は宮殿に入ると天を仰いで慟哭した。王は驚いて故を聞くと、王の愛馬だから大夫と同等の葬式にしてもまだ手薄い、王と同格の葬式にしてほしいと願う。王家の祖廟で諸国の使者を両側に並ばせ、ご先祖様を前にして生け贄を供えれば、諸国も王が人を賤め馬を貴ぶことを知るであろうという。それを聞くとさすがの荘王も困って死馬を普通の家畜として処分した。

優孟者、故楚之楽人也。長八尺多辯、常以談笑諷諫。楚莊王之時、有所愛馬、衣以文繍、置之華屋之下、席以露床、啗以棗脯。馬病肥死、使群臣喪之。欲以棺槨大夫礼葬之、左右争之、以爲不可。王下令曰、有敢以馬諫者、罪至死。優孟聞之、入殿門仰天大哭。王驚而問其故。優孟曰、馬者王之所愛也、以楚国堂堂之大、何求不得而以大夫礼葬之薄。請以人君礼葬之。王曰、何如。対曰、臣請以彫玉爲棺、文梓爲槨、楩楓豫章爲題湊、発甲卒、爲穿壙、老弱負土、斉趙陪位於前、韓魏翼衞其後、廟食太牢、奉以万戸之邑、諸侯聞之、皆知大王賤人而貴馬也。

（優孟は、故楚の楽人なり。長八尺にして多辯、常に談笑を以て諷諫す。楚の莊王の時、愛するところの馬有り、衣するに文繡を以てし、これを華屋の下に置き、席くに露床を以てし、啗はすに棗脯を以てす。馬肥ゆるを病みて死す。群臣をしてこれを喪せしむ。棺槨大夫の礼を以てこれを葬らんと欲す。左右これを争め、以て不可と爲す。王、令を下して曰く、敢へて馬を以て諫むる者有らば、罪死に至らんと。優孟これを聞き、殿門に入り、天を仰ぎて大哭す。王驚きてその故を問ふ。優孟曰く、馬は王の愛するところなり、楚国の堂堂たる大を以てすれば、何を求めてか得ざらん。しかして大夫の礼を以てこれを葬るは薄し。請う人君の礼を以てこれを葬らんと。王曰く、何如ぞと。対へて曰く、臣請う、彫玉を以て棺と爲し、文梓を槨と爲し、楩楓豫章を題湊と爲す。甲卒を発して、爲に壙を穿ち、老弱、土を負ひ、斉趙、前に陪位し、韓魏、その後に翼衞し、廟食太牢、奉ずるに万戸の邑を以てす。諸侯これを聞かば、みな大王の人を賤んで馬を貴ぶを知らんと。）

また優旃は秦の俳優で侏儒だが、よく道理に適う笑言をいう。嘗て始皇帝が御苑を大いに拡大し、東は函谷関、西は陳倉にまで拡げようとしたが、優旃は、それはよろしい、苑中に野獣を多く放して、東から敵がやってきたら鹿どもに角で突かせればこと足りるといった。その一言で始皇帝は御苑の拡充を止めたという。司馬遷が滑稽列伝に挙げた三人を見れば、いずれも直言できない場合にあって巧みに言方を換えて風諫したことが知られる。それが正しく「談言微中」の実例にほかならない。

改めて弁正伝を振り返って見れば、彼の付き合う相手も伝に見るかぎり、まずは李隆基という君王であった。従って「性滑稽、善談論」といわれる弁正の滑稽もその言論ないし言語作品の考察を通して、唐都でのその事跡を推察する重要な鍵になろう。冗談半分だから直接的には言えないこともいうことができ、時には奇抜な着想や巧妙な言い回しで世の難題を解決することもあるからである。それが史記に記す「滑稽」なのであった。弁正にもそれに等しい滑稽な実績があったのではなかったか。

三　五言詩「与朝主人」の制作背景

『懐風藻』に収められた弁正の詩第一首は「与朝主人」と題する。

鐘鼓沸城闉、　鐘鼓城闉に沸き、
戎蕃預国親。　戎蕃国親に預る。
神明今漢主、　神明なり今の漢主、
柔遠静胡塵。　柔遠して胡塵を静む。
琴歌馬上怨、　琴歌馬上の怨、

楊柳曲中春。　楊柳曲中の春。
唯有関山月、　ただ関山の月有り、
偏迎北塞人。　偏へに北塞の人を迎ふ。

右に掲げた一首は唐朝の皇女が西方の異民族に嫁ぐことを詠んでいる。詩は前半に今上も漢帝と同じく皇女を異民族の王に嫁がせる懐柔策を取って世の太平を図ると歌い、後半は皇女送別の悲愁と遥かに遠い道中の寂寥を慰める楽曲の趣旨を並べあげた。ちなみに和親策で異民族に嫁いだ皇女は、漢代では武帝の時烏孫（ウイグル）王に嫁いだ劉細君と元帝の時匈奴王に嫁いだ王昭君が楽府曲によく歌われていたが、唐代では太宗皇帝の時吐蕃（チベット）王に文成公主、中宗の時も同じく吐蕃王に金城公主が嫁いでいる。

わけても、金城公主の外嫁は神龍三年（七〇七）四月に「雍王守礼の女をもって金城公主と為し吐蕃賛普に出降す」ることが決定され、景龍三年（七〇九）十月に吐蕃から嫁迎の使節が来京し、翌年正月に公主一行が吐蕃に向かって発ったのである。『旧唐書・中宗紀』に、

四年春正月丁丑、命左驍衛大将軍河源軍使楊矩為送金城公主入吐蕃使。己卯、幸始平送金城公主帰吐蕃。二月壬午、曲赦咸陽始平為金城縣。
（四年の春正月丁丑、左驍衛大将軍河源軍使の楊矩に命じて金城公主を送る入吐蕃使と為す。己卯、始平に幸して金城公主の吐蕃に帰ぐを送る。二月壬午、咸陽を曲赦し、始平をして金城縣となす。）

と見える。その詳細は『吐蕃伝上』にもっと細かく記されている。この年（七一〇）の正月に中宗皇帝はまず命令文の「制」を下して、漢代に遡る和親柔遠策の意義を述べ、太宗皇帝が文成公主を吐蕃に嫁がせた成果を讃えたとともに、娘を遠くへ嫁がせる親としての辛さを記している。そして金城公主を吐蕃まで送る使者を選定し、皇帝自ら都郊外の始平縣まで行幸して餞別の宴を張った。

其月、帝幸始平縣、以送公主。設帳殿於百頃泊側、引王公宰相及吐蕃使入宴中坐。酒闌、命吐蕃使進前、諭以公主孩幼割慈遠嫁之旨、上悲泣歔欷。久之、因命従臣賦詩餞別。曲赦始平縣大辟罪已下、百姓給復一年。改始平縣為金城縣、又改其地為鳳池郷愴別里。

（その月、帝、始平縣に幸して以て公主を送る。帳殿を百頃泊の側に設け、王公宰相及び吐蕃使を引きて宴中に入坐せしむ。酒闌にして、吐蕃使を命じて前に進ましめ、公主いまだ孩幼にして慈と割れ遠嫁するの旨を以て諭し、上、悲泣歔欷す。これを久しくして、因りて従臣に命じて詩を賦し餞別せしむ。始平縣の大辟罪已下を曲赦し、百姓に給復すること一年。始平縣を改めて金城縣とす、またその地を改めて鳳池郷愴別里と為す。）

長安二年（七〇二）から渡唐している弁正がこの重大事件を当然見聞していた。前掲詩に詠んでいるのは正にこの事件にほかならない。当時中宗皇帝は自ら始平縣に行幸して涙を流しながら公主を送別し、従臣たちに命じて餞別の詩を賦せしめたが、そのさい修文館大学士の李嶠をはじめ文学従臣たちの作った応製詩は、『文苑英華』に十七首も遺っている。

①　奉和聖製送金城公主適西蕃応制・李嶠
漢帝撫戎臣、絲言命錦輪。還將弄機女、遠嫁織皮人。
曲怨関山月、粧消道路塵。所嗟穠李樹、空対小楡春。
②　同前・崔湜
懐戎前策備、降女旧姻修。簫鼓辞家怨、旌旃出塞愁。
尚孩中念切、方遠御慈流。顧乏謀臣用、仍労聖主憂。
③　同前・劉憲
外舘踰河右、行営指路岐。和親悲遠嫁、忍愛泣將離。
旌旆羌風引、軒車漢水隋。那堪馬上曲、時向管中吹。
④　同前・張説
青海和親日、潢星出降時。戎王子壻寵、漢国旧家慈。
春野開離宴、雲天起別詞。空彈馬上曲、詎減鳳楼思。
⑤　同前・薛稷
天道能殊俗、深仁乃戢兵。懐荒寄赤子、忍愛鞠蒼生。
月下瓊娥出、星分宝婺行。関山馬上曲、相送不勝情。
⑥　同前・閻朝隠
甥舅同親地、君臣厚帝郷。還將貴公主、嫁与耨檀王。

鹵簿山川間、琵琶道路長。廻瞻父母国、日出在東方。
⑦　同前・蘇頲
帝女出天津、和戎轉罽輪。川経断腸望、地与析支隣。
奏曲風嘶馬、銜悲月伴人。旋知偃兵革、長是漢家親。
⑧　同前・韋元旦
柔遠安夷俗、和親重漢年。軍容旌節送、国命錦車伝。
琹曲悲千里、簫声恋九天。唯応西海月、來就掌中圓。
⑨　同前・徐堅
星漢下天孫、車服降殊蕃。匣中詞易切、馬上曲虚繁。
関塞移朱額、風塵闇錦軒。簫声去日遠、万里望河源。
⑩　同前・崔日用
聖后経綸遠、謀臣計画多。受降追漢策、築舘許戎和。
俗化烏孫壘、春生積石河。六龍今出餞、雙鶴願為歌。
⑪　同前・鄭愔
下嫁戎庭遠、和親漢礼優。笳声出虜塞、簫曲背秦楼。
貴主悲黄鶴、征人怨紫騮。皇情眷億兆、割念俯懐柔。
⑫　同前・李適
絳河從遠聘、青海赴和親。月作臨辺曉、花為度隴春。

主歌悲顧鶴、帝策重安人。独有瓊簫去、悠悠思錦輪。

⑬同前・馬懐素

帝子今何去、重姻適異方。離情愴宸掖、別路遶関梁。
望絶園中柳、悲纒陌上桑。空余怨黄鶴、東顧憶廻翔。

⑭　同前。武平一

広化三辺静、通姻四海安。還将膝下愛、持副域中歓。
聖念飛玄藻、仙儀下白蘭。日斜征蓋沒、帰騎動鳴鑾。

⑮　同前・徐彦伯

鳳扆憐簫曲、鸞閨念掌珍。羌庭遙築館、漢策重和親。
星轉銀河夕、花移玉樹春。聖心悽遠近、留蹕望征塵。

⑯　同前・唐遠悊

皇恩睠下人、割愛遠和親。少女風遊兊、姮娥月去秦。
龍笛迎金牓、驪歌送錦輪。那堪桃李色、移向虜庭春。

⑰　同前・沈佺期

金牓扶丹掖、銀河属紫闇。那堪将鳳女、還以嫁烏孫。
玉就歌中怨、珠辞掌上恩。西戎非我匹、明主至公存。

ここに朝廷の主要な文臣がほとんど出揃ったことはいうまでもない。彼らの詩作が趣旨も表現も極めて類似しているのは、同じ事件を扱ったのもさることながら、中宗の「制」と悲泣歔欷して述べた御言葉が応製詩の表現領域を規定してしまったためである。試に和親柔遠策を表す「和親」という語を見れば、③④⑧⑪⑫⑮⑯に詠み込まれている。また皇女嫁入り道中の悲哀を歌う楽曲を琵琶で演奏する「馬上曲」（昭君怨）に絞って見ても、①③④⑥⑨⑰に詠われているという次第である。その内容をもう少し細かく吟味すると、例えば、冒頭一首、李嶠の詩を見てみよう。

漢帝戎臣を撫せんと、綵言して錦輪を命ず。
還た弄機の女を将て、遠く織皮の人に嫁かしむ。
曲は関山の月を怨み、粧は道路の塵に消ゆ。
嗟くところは穠李の樹、空しく小楡の春に対するなり。

詩中「漢帝」は唐の皇帝を指し、「戎臣を撫せん」とは遠い異国を懐柔する柔遠策をいう。「綵言」はその勅命。「弄機女」は天女の織姫、ここでは皇女を喩える。「織皮人」は毛皮を着用し生活風習が全く異なる異民族を表す。そして「関山月」は漢の横吹曲の名、遥か辺境の要塞を越えていく身内との別離を悲しむ楽曲であり、「粧は道路の塵に消ゆ」とはすなわち異国へ嫁ぐ王昭君の道中の寂寥を紛らす為に馬上で演奏される琵琶曲「王昭君」の歌詞を踏まえた詩句である。そして「穠李」は『詩経・召南』何彼穠矣を踏まえて花嫁の美しい姿を桃李の花に喩える表現だが、「小楡」は小楡谷、吐蕃に通ずる険しい山間にある地名、両者の対照は正に嘆かわしいというほかない。つまり、この一首は前半四句で遠い異国へ皇女を嫁がせる和親柔遠策を詠み、後半はそうした政策に伴う皇女と両親との離別の悲哀を西域由来の楽府歌曲や『詩経』の語句を用いて表したのである。

改めて弁正の作を見れば、それは李嶠の詩とほとんど同じであったこと一目瞭然であろう。細部の違いを言えば、弁正の詩は公主を吐蕃に送り出す京都城内の光景から歌い出し、郊外で餞別の時で作られた李嶠らの詩と制作の場が異る。もう一つ、弁正詩の特色は後半に多くの楽曲名を連ねたところにあった。すなわち「琴歌」とは琵琶曲「王昭君」をいい、馬上で演奏されるこの曲は長い道中の寂しさを慰めるものだが、内容も内容だから「哀怨の声多し」（石崇「王明君辞序」）といわれる。また「楊柳曲」も「関山月」も西域に通ずる砂漠の殺伐とした情景を歌う横吹曲の曲名を織り込んでいるばかりか、尾句「北塞」も吐蕃に通ずる国境の要塞は「北」ではなく西にあるから、この「北」とは「背」の通用字で「塞を背く」とは要塞を出て行くこと、すなわち横吹曲「出塞」を暗に指す。つまり、詩の後半はすべて楽曲名を連ねて異国に嫁がれて行く皇女の別離の悲傷を織り出しているのである。このことから作者の豊かな唐楽の嗜みを見て取れるのもさることながら、詩を与える相手も音楽の達人であったに違いないと見られる。ここにこの詩の与えられた「朝主人」の正体を解く一つの鍵があったように思われる。

さて、唐の中宗の頃、朝廷の政治は暗愚であったが、宮廷の詩壇は盛んであった。中宗皇帝は常時大勢の文学従臣を引き連れて事ある毎に応制詩を作らせる。そうした風流が流行っていた。なかでも李嶠の応制詩は当代随一といわれ、詩を学ぶ人々の手本となった。[注4] この時も李嶠らの応制詩群は恐らく作られた翌日から長安城内に伝えられ広まったに違いない。

このような当時の情勢を勘案すれば、弁正の詩はやはり李嶠らの応制詩を読んだ後の擬作と見たほうが妥当であろう。では、弁正が巧みにこれらの応制詩に擬して詩を作ったことにはどんな意図があったのか。故意の物真似は観衆が「にせもの」と知っているから笑いを誘う。弁正の詩はどこまでも応制詩に擬しながら応制詩のはずがなかった。詩を与える相手が「制」を下す皇帝ではなかったし、「制に応」じて作った詩でもなかったのである。これこそ「非を是のように言い包め、是を非のようにふざけて」いう滑稽な作品ではなかろうか。

四　「朝主人」と李隆基

では、弁正詩の与えられた「朝主人」とは誰のことなのか。それについてはこれまで諸説あり未だ定説を見ないといえる。[注5]前節で見てきた詩の性格と表現の特色から結論を先に言うならば、この詩は李嶠らの応製詩に擬して作られ、やはり李隆基に献上したものだと考えざるを得ない。弁正がその知遇を得た玄宗こそ「尤知音律」と称せられる当代随一の笛（横吹曲）の名人であって、中宗皇帝の次に嘱望される皇位継承者だったからである。夙に横田健一氏が「朝主人」は李隆基だと指摘されている。[注6]氏はその根拠を示さなかったが時勢を捉える洞察力が鋭い。ここに李隆基が「朝主人」と称せられる理由を三つ挙げてみる。

第一、垂拱元年（六八五）秋八月李隆基は睿宗皇帝の皇子として東都の洛陽に生れ、楚王に封せられた。天授三年（六九二）十月に出閤して府を開き、始めて官属を置くが、年僅か七歳の彼が今を時めく武氏の重鎮に対して朝廷を「吾家の朝堂」と言い切った。

年始七歳、朔望車騎至朝堂。金吾將軍武懿宗忌上厳整、訶排儀仗、因欲折之。上叱之曰：吾家朝堂、干汝何事、敢迫吾騎従。則天聞而特加寵異之。

（年始めて七歳、朔望に車騎朝堂に至る。金吾将軍の武懿宗、上の厳整たるを忌み、儀仗を訶排し、因りてこれを折せんと欲す。上これを叱りて曰く、吾が家の朝堂、汝に何事か干はらん、敢へ吾が騎従を迫む。則天聞きて特にこれに寵異を加ふ。）（旧唐書・玄宗紀）

時にまだ七歳の李隆基が毎月の朔日と望日に車騎を整えて朝廷に上る。金吾将軍の武懿宗がその儀仗があまりに整然と整えているのを忌み嫌い、これを怒鳴りつけて排除しようとしたら、李隆基は武懿宗を叱りつけて、「わが家の朝堂だから、お前と何の関係がある。吾の騎従にとやかく口を出すなんてとんでもない」と言い放った。祖母の則天女帝もこのことを聞くと至って驚き、李隆基に特別寵愛を加えたという。それは紛れもなく朝堂の主人たる態度にほかならない。

第二、中宗は弘道元年（六八三）十二月に崩御した高宗の遺詔により直後に即位したが、翌年二月に早くも皇太后によって廃位せられ盧陵王に下された。理由は皇后の父韋玄貞に「天下を譲ってもかまわない」（『旧唐書・裴炎伝』）と言い放ったためであった。代わりに睿宗が立てられ天授元年（六九〇）まで計六年間帝位に即いていた。則天武后が自ら皇帝となった後も廃位せられた睿宗は「皇嗣」として東宮に移り住み皇太子であり続けた。李隆基が「吾家の朝堂」と言い放ったのはこの間の出来事であった。聖歴元年（六九八）中宗が左遷先の房陵から帰京すると、睿宗が何度も「皇嗣」の位を中宗に譲りたいと申し出たので、中宗が皇太子に復位された。従って神龍元年（七〇五）中宗が復位すると、睿宗は「皇太弟」に封じられた、が固辞して受けなかった。朝廷では睿宗を世継と目するものが少なくない。特に神龍三年（七〇七）七月に中宗の子、皇太子李重俊の変が起きてから、後宮の跋扈が目に余るものがあり、中宗の次には睿宗の諸子を皇位後継者と見込むものが多かった。

第三、李隆基は神龍元年に衛尉少卿に任じられ、景龍二年（七〇八）四月に潞州別駕を兼任して赴任したが、同十二月「銀青光禄大夫」が加わってから、州内に白日昇天の黄龍が現れたり、狩猟に出たら紫の雲がその上を覆うなどの符瑞が十九件を数えた。

州境有黄龍白日昇天、嘗出畋、有紫雲在其上、後従者望而得之、前後符瑞凡一十九事。
（州境に黄龍の白日昇天する有り、嘗て畋に出で紫雲その上に在る有り、後に従う者望んでこれを得たり。前後して符瑞凡そ一十九事あり。）

加えて中宗の末年、王室に多事のため、李隆基は密かに材力の士を抱えて有事に備えていた。彼らはみな李隆基を皇位継承者と見込んでいたこと当然であろう。弁正も李隆基の知遇を得た才士の一人であったことは伝に記す通りである。

中宗末年王室多故、上常陰引材力之士以自助。
（中宗末年、王室に多故なり。上、常に陰かに材力の士を引き以て自助す。）

中宗末年すなわち景龍四年の皇室の異変を幾つか挙げれば、この年の南郊祭祀に参列するため李隆基が上京する際、占師に凶吉を占わせたら非常な吉兆を得た。かたや中宗后宮の醜聞が増長するばかりであった。五月丁卯、前州司兵参軍の燕欽融が上書して皇后が国政を干渉し中宗の娘の安楽公主と駙馬の武延秀らが王朝の宗社を危くすると訴え、帝は怒って彼を召し出してその場で撲殺させた。そして安楽公主は皇太女になりたいため、皇后と共謀して中宗に鴆毒を進め、六月壬午、中宗ついに毒に遇って崩御した。皇后韋氏らは先ず中宗の崩御を秘して温王の李重茂を皇太子に立て、韋氏は皇太后として臨朝称制した。間もなく臨淄王の李隆基が叔母の太平公主と手を組んで挙兵し韋氏一味を誅殺した。

この間、李隆基の下に出入りするものには側近のほか、道士の馮道力や處士の劉承祖など占兆を得意とするものが多かったが、時勢の赴くところを洞察する力があれば、次の皇位継承者に誰が相応しいことは自ずと知られるであろう。弁正はこの年の初め既に「与朝主人」詩を作って李隆基の自覚を促していたのである。

それにしても、臨淄王の李隆基に対して詩を「与える」とは紛れもなく前例のないことに違いない。だが、中宗末年に皇后韋氏ら一派が睿宗諸子に対する警戒が相当に強かったことを思えば、応制詩と同じ内容の作品を李隆基に奉るということは到底できまい。従ってここはやはり滑稽の才知を発揮してかかったほうが最適と判断されただろうと見られる。すなわち、異国の賓客であった弁正は、李隆基と主従関係にはなく、あくまで親友に成り済まして、少年李隆基が朝廷を「我家の朝堂」と言い放った故事を踏まえて、文学従臣らが中宗に奉った応制詩を擬作することで、李隆基に従う材力士人集団の、主君の皇位継承を待望する気持ちを代弁したものと見られるのである。

従って、「与朝主人」と題するこの一首は正しく滑稽な擬作にほかならない。そして談笑の芸を発揮して治世に資する発言をすることは、史記に「滑稽列伝」が立てられた大きな理由であり、滑稽の本道といっても過言ではないことを改めて思い知らされる。

五　絶句「在唐憶本郷」に見る表現趣旨

現存する弁正の第二首の作品は絶句「在唐憶本郷」である。

在唐憶本郷（唐に在りて本郷を憶ふ）
日辺瞻日本、　日辺より日本を瞻、
雲裏望雲端。　雲裏より雲端を望む。
遠遊労遠国、　遠遊して遠国に労し、
長恨苦長安。　長恨して長安に苦しむ。

この絶句は詩語を巧みに使い、かつ平仄も近体詩律に合致すること、『懐風藻』中でも優れた出来栄えだといわれてしかるべきであろう。[注7]作者の「滑稽」な性格からここで特に注目したいのは、一首の首尾に用いられる「日辺」と「長安」の取合せである。詩語としての「日辺」は二つの意味があり、「長安」を意味する場合は、『世説新語・夙恵篇』に見る晋の明帝の故事を踏まえる。

晋明帝数歳、坐元帝膝上、有人従長安来、元帝問洛下消息、潸然流涕。明帝問、何以致泣。具以東渡意告之。因問明帝、汝意謂長安何如日遠。荅曰、日遠、不聞人従日辺来、居然可知。元帝異之、明日集群臣宴

会、告以此意。更重問之、乃荅曰、日近。元帝失色曰、爾何故異昨日之言邪。荅曰、挙目見日、不見長安。（晋の明帝数歳にして元帝の膝上に坐せしとき、人有り長安より来る。元帝、洛下の消息を問ひ、潸然として涕を流す。明帝問ふ、何ゆえ泣くを致すや。具に東渡の意を以てこれに告ぐ。因りて明帝に問ふ、汝が意に謂らく、長安は日の遠きに何如。荅へて曰く、日遠し。人の日辺より来るを聞かず、居然として知るべし。元帝これを異とす。明日群臣を集めて宴会し、告ぐるにこの意を以てす。更に重ねてこれに問へば、乃ち荅へて曰く、日近しと。元帝色を失ひて曰く、爾、何故に昨日の言に異るや。荅へて曰く、目を挙ぐれば日を見、長安を見ずと。）

『世説新語・夙恵篇』は早熟した機知を物語る小説である。東晋の明帝がまだ数才の幼い時、父元帝の膝の上に座っていると、ちょうど長安からやってきた者がいた。そこで当時の都建康（今の南京）からは遠い「長安」と「日」とどちらが遠いかと聞かれた。すると、明帝は即座に日が遠いと答え、日辺から人がやって来たと聞いたこともないから知られるのだという。元帝は息子の機智に驚き、翌日宴会を開いてこれを参会者に披露したうえ、改めて同じ質問をすると、明帝は掌を返すように日が近いと答えた。目を上げれば日を見るが、長安を見ないからだという。帝を日と見立てた咄嗟の機知が座中を更に驚かせ、熱い期待の的となった。このような機知は魏晋六朝の間流行した清談にあって絶大な人気を博するものであったので、その答えが当時大勢の驚嘆を誘ったと同時に「日辺」を「長安」と同様、天子の居る京都の同義語に仕上げたばかりでなく、天子身辺の意味を付与したのである。ここで留意すべきなのは、同じ問題に対して異なる答えを出す咄嗟の機転が「非を言うこと是の若く、是を説くこと非の若し」という「滑稽」の才に通ずることである。

従って、この故事を踏まえた絶句の構想も全体として「滑稽」の機知を煌めかせたものと見られる。そのため、この作品は「望郷の意の切なるものもあるが、語戯に堕した結果、諧謔的な情緒が、読者をして微笑せしめる」とも評されている。[注8] それも小伝にいう「性滑稽」が影を落としているであろう。実際この諧謔といわれる手法こそ作者の自己表現であり、その苦渋の心境の吐露でもあったに違いない。

いったい、絶句は短小な文芸形式で、詩語表現に典拠を用いる多重な意味が絡むと完全な理解に到達することは難しい。そのため詩が作られた場を特定する必要がある。この絶句は詩題に拠って考えれば、同じく日本から渡唐したもの同士の集いが作詩の場になったのではなかったか。その場合、弁正と同時に渡唐した山上憶良の歌が『万葉集』に見え参考になる。

大唐にありし時、本郷を憶ひて作れる歌

いざ子ども早く日本へ大伴の御津の浜松待ち恋ひぬらむ（1・六三）

第七回遣唐使が帰国する時の作といわれる。詩人小伝を手掛かりに思えば、弁正の望郷の念を誘う契機の一つも、遣唐使に従って息子朝元が帰朝する時であったはずである。それは多治比県守を押使とする第八回遣唐使（養老元年・七一七）の来着と翌年の帰国であった。この時、弁正と同じ遣唐使船で渡唐した釈道慈も帰国の途に着くことになった。

『懐風藻』に釈道慈の詩が二篇収められ、その一首は同じく唐に在って作った五言絶句である。

在唐奉本国皇太子（唐に在りて本国の皇太子に奉る）

三宝持聖徳、　　三宝聖徳を持ち、

百靈扶仙壽。　　百靈仙壽を扶く。
壽共日月長、　　壽は日月と共に長く、
徳与天地久。　　徳は天地とともに久しからむ。

詩の奉られる皇太子は後の聖武天皇。和銅七年（七一四）に立太子されたが、この消息は第八回遣唐使によって唐にもたらされたのであろう。そしていよいよ日本に向って発とうとする日、道慈は十六年間唐で修学を積み重ねてきた学識を胸中に懐き、帰朝後の自らの抱負を皇太子への祝福として詩に表出したものである。その席に弁正と息子の朝元もいた。弁正は朝元のことを道慈に頼んだものと思われる。弁正と道慈の関係は深い。もともと「玄学」に精通する弁正は道慈と同門の三論宗の仏徒であった可能性が高い。二人の関係は在唐の間に更に深まった。道慈小伝から一つ根拠を挙げてみる。

時、唐簡于国中義学高僧一百人、請入宮中、令講仁王般若。法師学業穎秀、預入選中。唐王憐其遠学、特加優賞。
（時に唐国中に義学の高僧一百人を簡び、宮中に請入して、仁王般若を講かしむ。法師学業穎秀にして、選中に預り入る。唐王その遠学を憐び、特に優賞を加ふ。）

道慈法師の在唐中に、唐の都では国中から義学の高僧を百人選抜して宮中に請じ入れ「仁王般若経」を講釈してもらうという出来事があった。道慈法師も学業優秀のため選抜され、宮中で講経をした。皇帝が遠い国から留学に来た道慈法師に特別に目を掛け、特別にご褒美を与えたのである。

　これは何時の出来事だったのかしらないが、学業は積むほど深まることを思えば、法師の帰朝に比較的近い留学の後期ではなかったかと思われる。李隆基は景龍四年（七一〇）のクーデター直後に皇太子に立てられ朝廷の政治を握り、そして先天元年（七一二）に即位して玄宗皇帝となった。道慈法師の宮中講経は玄宗朝の出来事であった可能性が高い。だとすれば、玄宗の側近に同じ留学経験をもつ弁正がいたことの意味は大きい。弁正はその時、改めて道慈と旧交を温めたに違いない。

　道慈の絶句は弁正の一首と同じ場で作られたなら、そこに弁正に対する心遣い、すなわち彼に代わって留学の成果を本国に持ち帰って発揚するという意思表示も包含される。それに対して、弁正の詩は「日辺」も「雲裏」も唐都の長安、仙人の目指す帝郷を表す詩語ではあったが、字面上の意味なら「日辺」は遥か遠いところにあり、「雲裏」も遠くを見通せる視界のよいところではない。自分はここから「日本」を望み懐かしく偲んでいると歌う。遠い異国で遊学する苦労は自分も道慈も同じく経験したが、本来なら僧侶としての留学は世間諸苦を解脱する修行であったはずなのに、自分は唐には来たものの還俗してしまい、世俗の愛欲煩悩に纏われるから「長安」で生離死別を悲しみ憂う「長恨」に苦しんでいる。ここに長安で遥か彼方にある故郷の日本を思う望郷の念とともに、世間諸苦を離脱する修行のために渡唐しながら還俗し肉親息子との生離死別の憂愁に付き纏われるという、いわば異国の還俗僧の自嘲も含んでいる。そして日日、雲雲、遠遠、長長といった同字重複の表現で言葉のテクニックの間に対比と逆転を盛り込むことで、自らの苦渋に満ちた複雑な心境を「滑稽」に紛らして表現しているのである。

六　むすびに

弁正が李隆基の知遇を得たのは、囲碁の腕に止まらず、その詩文・音楽の嗜みや滑稽の才も大きな理由であった。わけても、滑稽・談笑の才に求められる弁舌と機知は、弁正に様々な発言の機会をもたらし、唐王朝の政治や外交政策に関わることもあった。そうした彼の存在が玄宗朝の対外（遣唐使）政策に大きな影響を及ぼすことは必至であったろう。

『旧唐書・日本伝』に弁正の加わった第七回遣唐使のことを始めて記し、押使の粟田真人に関してその冠位、装束、素養に至ってこと細かく書き留めている。そこから遣唐使節に対する高い関心が伺える。また養老元年（七一七、開元五年）の第八回遣唐使（多治比県守押使）が四門博士による経典教授を要請したり、皇帝の恩賜を叩いて大量の図書を購入して海に浮かべて持ち帰った。この時の留学生から阿倍仲麻呂が唐の科挙に合格して高官に登り、吉備真備が名門貴族の出身でないにもかかわらず大臣にまで出世して、奈良朝の政治文化に大きな足跡を留したなど、人材を輩出させた。特に第八回遣唐使の活躍ぶりに藤原宇合の存在が大きかったが[注9]、玄宗朝の出来事には弁正がいたことの影響がもっと直接であったことは想像に難くない。

このことは、天平五年（七三三、開元二一年）の第九回遣唐使に加わった秦朝元に対して、玄宗がその父・弁正のために「特に優詔し、厚く賞賜」したことを見れば知られるが、それだけではない。大使の多治比広成らが帰路海難に遭い、玄宗が使者らの安否を気遣う旨を「勅日本国王書」に綴ったことからも日本遣唐使に対する心遣いが読み取れるのである。[注10]

【注】

（1）横田健一「『懐風藻』所載僧伝考」（『白鳳天平の世界』創元社、一九七三年）、小島憲之「漢語あそび――『懐風藻』仏家伝をめぐって――」（『文学』第五十七巻第一号、一九八九年一月、後『漢語逍遥』岩波書店、一九九八年所収）、山口敦史「東アジアの漢詩と僧侶――『懐風藻』僧伝研究序説」（辰巳正明編『懐風藻・漢字文化圏の中の日本古代漢詩』笠間書院、二〇〇〇年）など。

（2）研究発表・胡志昂「釈智蔵の詩と呉越文化」（東アジア比較文化国際会議「東アジア文化の継承と止揚――東アジア共同体の文化基盤の形成を中心に――」二〇〇六年九月於中国復旦大学、後「釈智蔵の詩と老荘思想」（『埼玉学園大学紀要　人間学部篇』第十号、平成二十二年十二月）→本書第一部第三章所収。

（3）王勇「『明皇会棋図』解説」（『遣隋使・遣唐使一四〇〇周年記念国際シンポジューム』配布資料、二〇〇七年九月）

（4）胡志昂「『李嶠百詠』序説――その性格・評価と受容をめぐって」（『和漢比較文学』第三十二号）

（5）高潤生「『懐風藻』と中国文学――釈弁正「与朝主人」詩考」（『皇学館論叢』第二七巻五号）

（6）横田健一前掲書。

（7）村上哲見「『懐風藻』の韻文論的考察」（『中国古典研究』第四二集、二〇〇一年三月）

（8）杉本行夫『懐風藻』（弘文堂書房、一九四三年）

（9）胡志昂「奈良王朝の『墨翰之宗』――藤原宇合」（池田利夫編『野鶴群芳―古代中世国文学論集』笠間書院、平成十四年）→本書第一部第六章所収。

（10）張九齢『曲江集』巻十二。

第六章　奈良王朝の「翰墨之宗」――藤原宇合

一　はじめに

藤原宇合は不比等の第三子、武智麻呂、房前の弟、麻呂、宮子（藤原夫人）、光明子（光明皇后）の兄に当たる。ために天平前期の政界を牛耳る藤氏四子の一人として、その名は史学界で取り上げられることが多い。『尊卑分脈』に宇合伝を次のように記している。

気宇弘雅、風範凝深、博渉墳典、傍達武事。雖経営軍国、特心留文藻、為当時翰墨之宗。有集二巻伝世。以其為式部卿、世称式家。

（気宇弘雅にして、風範凝深なり、博く墳典に渉り、傍ら武事に達す。軍国を経営むと雖も、特に心を文藻に留め、当時翰墨の宗為り。集二巻有り世に伝わる。其の式部卿為るを以って、世に式家と称さる。）

よってその人となり、当代随一の詩文学者であったことが知られる。今日尚存する宇合の作品は史書に見える彼に関する記録よりも遥かに多い。詩文は作者の学識、才能、性情を表現する記録であり、その作品に関する考察を抜きにしては作者を語ることが空中楼閣になりかねない。

林鵞峰編『本朝一人一首』巻一に作者についてこう述べる。

宇合、才兼文武、歴任東国西海総管。遂為遣唐使、以窮壮遊。一時推為翰墨之宗。唯惜其伝不伝。然見懐風所載並序、可知其英豪。

（宇合、才は文武を兼ね、東国西海の総管に歴任す。遂に遣唐使と為り、以って壮遊を窮む。一時推して翰墨の宗と為す。唯惜しむらくは其の伝の伝わらざることを。然れども懐風に載するところ並びに序を見んば、其の英豪たるを知るべし。）

現在『懐風藻』に正三位式部卿藤原朝臣宇合の詩六首と序二篇、『経国集』に藤宇合の「棗賦」が一首見える。また『万葉集』に彼の短歌、『続日本紀』などには宇合関係の記録も散見される。

本稿はこれら文献の記すところをめぐり、詩人の活躍した当時の政界状況ならびに国際情勢、そして奈良朝の漢詩文を視野に入れつつ、宇合の人と作品に関して、些か考察を加えてみたい。

二　遣唐副使の収穫

宇合が始めて史書に登場したのは、霊亀二年（七一六）八月、遣唐副使に任命された時で、通算第八回の遣唐使である。時に彼は二十四歳、正六位下。藤原宇合の享年は、『懐風藻』流布本に「三十四歳」とあるが、大宝令の蔭位制によれば、蔭位は二十一歳以上の者に叙せられ、二位の嫡子は正六位下より出仕する。よって、『公卿補任』等に「四十四歳」とあるのに従い、天平九年に京都の疱瘡大流行で亡くなった時から逆算して、持統八年の生まれで、霊亀二年に二十四歳を数える。同八月に彼は従五位下に昇叙された。この昇進は遣唐副使の任命に伴う叙位であり、副使の位階は従五位下が通例であった。『続日本紀』から第八回遣唐使の関連記録を拾ってみれば、次のようにある。

霊亀二年八月癸亥、是の日、従四位下多治比真人県守を遣唐押使とす。従五位上阿倍朝臣安麻呂を大使、正六位下藤原朝臣馬養を遣唐副使、大判官一人、少判官二人、大録事二人、少録事二人。己巳、正六位下藤原朝臣馬養に従五位下に授く。

九月丙子、従五位下大伴宿禰山守を以て、代へて遣唐大使とす。

養老元年壬申の朔、遣唐使、神祇を蓋山の南に祠る。甲午、遣唐使ら拝朝す。

三月己酉、遣唐押使従四位下多治比真人県守に節刀を賜ふ。

養老二年十二月壬申、多治比真人県守ら、唐国より至る。甲戌、節刀を進る。この度の使の人、ほぼ闕亡無くして、前年の大使従五位上坂合部宿禰大分も亦隋ひて来帰り。

三年春正月己亥、入唐使ら拝見す。皆唐国の授くる朝服を着る。壬寅、（中略）従四位下多治比真人県守に並びに正従四位下、（中略）大伴宿禰山守、藤原朝臣馬養に並びに正五位上。[注1]

従来、古代史を彩る遣唐使の派遣を振り返る時、大宝元年に任命された第七回遣唐使が注目を集めてきた。確かに大宝律令の成立に伴い、天武・持統朝に途絶えた遣唐使を三十年ぶりに再開した歴史的転換点を象徴するという意味で、前回の遣唐使の果たした役割は大きい。だが、遣唐使最盛期の実質的成果を挙げた点で、霊亀二年任命の第八回遣唐使は、前回を上回るものがあったことも看過できない。具体的に次の三点が挙げられる。

第一に主な構成メンバーの出身氏族が異なる。両者の構成要員を比較すれば、前回の遣唐使執節使の粟田朝臣真人が民部卿で従四位上、大使の高橋笠間が左大弁で正五位下、副使の坂合部大分が右兵衛率で従五位下だから、確かにそれぞれ第八回より高位で、しかも粟田真人は翌大宝二年五月に正四位下で朝政に参議していた。なので、執節使の重みが増したことは疑いない。

しかるに、主要メンバーの出身氏族を見れば、第七回遣唐使の執節使・大使・副使ともに一流豪族の出身とは言い難い。対して、第八回はいずれもれっきとした名門貴族の子弟であった。それが彼らの唐での活動に関わってくることは言うを俟たない。そして、実際前回も大使の高橋笠間が渡唐しなかった替わりに、副使の坂合部大分が大使、大位の許勢祖父が副使となった。許勢祖父も名門の出身かもしれないが、その位は務大肆、従七位下に相当する。慶雲四年三月に遣唐副使の巨勢朝臣邑治が帰朝した時は従五位下になっているが、任命時点でみれば、藤原馬養より五階も位が低いことになる。一方、第八回遣唐使も後に阿倍安麻呂に替わって従五位下の大伴宿禰山守が大使となった。大使も副使も同じく従五位下だから、馬養の立場がメンバー変更する以前よりも強化されたことは明らかである。また帰朝した後の養老三年正月に大伴山守、藤原馬養が並んで正五位下から正五位上に叙せられていることも、在唐時を通して大使と副使は官位では上下の差がないことを裏付ける。それに大伴氏は武門の豪族であって、遣外使節の使命は武官よりも文官によって果たされることが多いことを思えば、第八回遣唐使における藤原馬養の存在感が相当に大きかったと見なければなるまい。
　第二に使節の唐での活動を見れば、前回では執節使の粟田真人の活躍ぶりが際立っていたのに、第八回では押使の影が薄い。その代わり『旧唐書・日本伝』に記録された幾つかの重要な仕事をこなしている。

開元初、又遣使來朝。因請儒士授経。詔四門助教趙玄默就鴻臚寺教之。乃遺玄默濶幅布、以為束修之礼。題云白亀元年調布。人亦疑其偽。所得錫賚、尽市文籍、泛海而還。
（開元の初め、また使を遣はして來朝す。因りて儒士の経を授くるを請う。四門助教の趙玄默を詔して鴻臚寺に就きてこれを教へしむ。乃ち玄默に濶幅布を遺り、以て束修の礼と為す。題に云く白亀元年調布なりと。人またその偽るを疑ふ。得るところの錫賚、尽く文籍を市ひ、海に泛んで還れり。）

よって、霊亀二年の第八回遣唐使の活動に学問に関わる事項が際立っていたことが知られる。すなわち、
1　儒学の教授を請う
2　師匠に調布を贈呈する
3　懐を叩いて大量に書物を購入する
これら遣唐使節の行動が唐の人々に深い印象を与えたこと、史書を見れば明らかである。まず儒学経典の教授を請うことについていえば、唐の対外交渉において外国使節が儒学の経典や史書などを請うことは屡見られるものであり、日本国遣唐使が唐の朝廷に対して儒学の教授を請うということは、文化交流を重要視する唐の外交特徴に対して自らの姿勢をアピールしたことになる。この要請に応えて唐の朝廷は四門助教の趙玄默に詔して鴻臚

寺で儒経を教授せしめた。趙玄黙は碩学の儒士であったこと疑いないが、『旧唐書・儒学伝』にその名が見えない。つまり、『唐書』の記録は趙玄黙という儒学者についてではなく、日本国遣唐使の要請に対して鄭重に扱ったことを記しているのである。

次に趙玄黙に闊幅布を差し上げ、束修の礼を行ったのは、日本は孔子の教えを弁えるいわば君子の国だということを印象付けるためのものであったと思われる。『旧唐書・日本伝』にこの記録が見えることは日本使節の意図が見事に果たされたことを物語っている。『唐書』は続いてその闊幅布に「白亀元年調布」と云う題がついていたので、唐の役人たちが驚きその真偽を疑ったという。「白亀元年」とは「霊亀元年」のことであろう。[注2]「調布」とは「調」として徴収された「布」なので、日本では唐と同じく律令制度が施行されていることの証拠になる。且つ「白亀」は瑞祥だから、日本でも聖人による善政が行われていることの証明でもあった。これに対して、唐の人が驚き且つ疑ったのである。

更に、日本の遣唐使節が得る所の「錫賚」で尽く文籍を買って、海に泛んで還ったということについて考えれば、唐王朝の外国使節に与える賞賜が相当手厚いことは疑いないが、日本の使節たちはこれらの賞賜のみで書物を買い漁ったわけではなかったに違いない。『延喜式』に遣唐使に対する政府の支給経費が明記されているし、使節個人にも一族の嘱望や親友の依頼があって、かなりの金額を所持していたこともその後の遣唐記録で知られている。[注3]開元初年の遣唐使が文籍を大量に購入したことが特筆されたのは、その規模が通常を大きく超えたことを意味するにほかならず、当時遣唐使節たちが相当の金銭を持参したことを物語っている。ここに第八回遣唐使の主要メンバーがいずれも名門豪族の出身であったことと大量の書籍購入とが無関係でありえないことはいわずもがなであろう。

第三に随行した留学生に際立って優れた人材が多かったことが挙げられる。『続日本紀』宝亀六年十月に右大臣・吉備真備薨伝に記す。

霊亀二年、年廿二、従使入唐、留学受業。研覧経史、該渉衆芸、我朝学生、播名唐国者、唯大臣及朝衡二人而已。

（霊亀二年、年廿二にして使に従ひて唐に入り、留学して業を受く。経史を研覧して衆芸を該渉す。我が朝の学生にして名を唐国に播す者は、唯大臣と朝衡（阿倍仲麻呂）との二人のみ。）

真備と阿倍仲麻呂二人とも第八回遣唐使に随行した留学生であった。朝衡が科挙に合格して唐史に大きな足跡を遺し、真備が奈良後期の文物制度に大いに貢献したことは周知のとおりである。先述した「請儒士授経」も「為束修之礼」も留学生達の修学の便宜を図る為の大仕事であったが、それらは吉備真備など学生自身が交渉した結果というより、正式の要請は今回の遣唐使節が正式の手続きを踏まえて提出したのに違いない。

かくして、唐王朝に深く印象付け大きな成果を上げたこの三つの仕事を見事にこなした立役者を考えれば、藤原宇合の存在が大きく浮かんでくる。なぜなら、彼こそ大宝律令の主な制定者で朝廷の権力を掌握している藤原不比等の子で、最高の漢学教養を身に付けていたからである。帰朝した後間もなく宇合は式部卿を拝命し、その職掌として国家の儀礼・儀式を司り、配下に大学寮等がある。これも在唐時の彼の活躍と全く無関係ではあるまい。

それはともかく、養老元年三月に出発し翌年十二月に帰朝するまでの間、一年以上唐土わけても長安に滞留した体験が宇合自身にとって、どういう意味があったのか。彼が自らの名前を「馬養」から「宇合」に改めたことがその一斑を伺わせる。このことにつき、『尊卑分脈』藤原宇合伝では「唐より帰る。名を宇合に改む。宇合、馬養、音訓相通ず」と記している。「宇合」と「馬養」が「音訓相通ず」というのは、表記の文字が変わっても読み方が同じく共に藤原宇合その人を指すという意味であろう。が果してそれだけであろうか。ちなみに「宇」は宇宙・世界、「合」は会合・集合の意味だから、宇合と改名した彼の心中には天地の才気が己一身に集合するという自負をもって帰朝したのではなかったか。江村北海（『日本詩史』）は、宇合に触れて「史に称す『宇合、文武の才あり。嘗て聘唐使と為る』と。その風采想ふべし」という。渡唐の経験は宇合にとって、着実に新たな地平線を踏み締めたことを意味することに疑いあるまい。

三　東国総官の活躍

養老三年正月唐より帰朝した入唐使等が唐国に授かった朝服を着て朝見をし、同月にもと遣唐押使の多治比県守が従四位下から正四位下に、もと大使の大伴山守と副使の藤原馬養が正五位下から正五位上に叙位された。そして、同年秋七月に始めて按察使が設置されると共に、宇合は常陸国守として安房・上総・下総の三国を監察する按察使に任命された。按察使の職責について『続日本紀』では次のように記している。

其所管国司、若有非違及侵漁百姓、則按察使親自巡省、量状黜陟、其徒罪以下断決、流罪以上録状奏上。若有声教條條、脩部内粛清、具記善最言上。

（その管むるところの国司、若し非違にして百姓を侵漁すること有らば、則ち按察使親自ら巡り省て、状を量りて黜陟せよ。その徒罪巳下は断り決め、流罪以上は状を録して奏上せよ。若し声教の条条有り、部内を脩めて粛清ならば、具さに善最を記して言上せよ。）

按察使の制度的淵源の一つは唐の景雲二年（七一一）に創設された十道按察使制にあり、第八回遣唐使が唐制の知識をもたらし設置が施行されたものと考えられる。注4 ために多治比県守も大伴山守も宇合と同時に按察使に任命されていた。按察使は隣り合う数カ国を一纏めにし、その中の有能な国守が兼任して、管内諸国の行政を監察するもので、通常現地に常駐していたと見られる。宇合は父不比等の推進してきた律令制度をさらに完備なものにするため、地方で制度の施行と普及に情熱を傾注していたこと想像に難くない。按察使は正にそのような重要な役割を果たすためのポストであったといってよい。

ところが、養老四年の八月に右大臣・藤原不比等が病に罹り、その回復を祈願して天下の大赦が行われたにもかかわらず、三日後に和えなく病没した。このため、元明天皇が深く悼み惜しみ廃朝をなさった。翌日舎人親王を知太政官事、新田部親王を知五衛及授刀舎人事とし、更に七日に「諸、内印を請ふには、今より以後、両本作るべし。一本は内に進り、一本は施行せよ」との詔を出して事に当たらせた。これは皇親政権を復活させる措置とも見られなくはないが、舎人親王は天武天皇と新田部皇女、新田部親王は天武天皇と五百重娘の間に生まれた皇子だから、天武諸子の中でも藤原氏に近い血筋ではあった。そして十月二十三日、大納言長屋王と中納言大伴旅人を不比等邸に遣わして太政大臣正一位を贈らしめた。

翌養老五年正月、長屋王が従二位・右大臣に進むのと時を同じくして、藤氏四子の中、従三位の武智麻呂が中納言に進み、房前と宇合はそれぞれ三階、麻呂は四階昇位されている。そして、同年十月不豫の元明太上天皇が房前に対して「汝卿房前、内臣と作りて内外を計会ひ、勅に準へて施行し、帝の業を輔翼けて、永く国家を寧みすべし」との詔を賜った。時に房前は位階が従三位で大納言の多治比池守、中納言の大伴旅人等と並び、内臣の重みは前記の詔で明記された通りである。既に別稿で述べたように、これは朝廷の権力を二分して政府に対する宮廷の発言権を増強する措置と考えられる。注5 ここに女帝の藤氏に対する信頼が厚かったことは明らかであり、それがいわゆる長王皇親時代の政治実態であった。

さて、宇合は神亀元年三月に陸奥の蝦夷が反乱を起こした際、正四位上の式部卿として持節大将軍を拝命している。式部卿の拝命は何時であったのか明確な記録がないが、あるいは養老五年正月に彼が正四位上に叙位されたのに伴っての任命であったのかもしれない。一方、養老三年から同八年までの六年間、たとえ途中式部卿の拝命があったとしても、宇合は常陸国守に兼ねて安房・上総・下総の三国を監察する按察使として基本的に東国に常駐していたと見て差し支えない。その間あたかも按察使制度の整備期に当たり、彼の才能が大いに期待されていたろうし、役人の選叙・考課など一部の職掌でも按察使と式部卿が重なっているからである。又、宇合が東国在任中に京での人事の選考に関わる詩文を作っていることもこの推測を裏付ける。さらに陸奥方面の征夷持節大将軍の任命も、例に拠って東国総官の経験があったからこそ行われたものであろう。

この間、確認される宇合の作った詩文は「常陸に在り倭判官の留りて京に在るに贈る」詩一首並に序一篇である。まず詩序を見てみよう。

僕与明公、忘言歳久。義存伐木、道叶採葵。待君千里之駕、于今三年。懸我一箇之榻、於是九秋。如何授官同日、乍別殊郷。以為判官、公、潔等氷壷、明逾水鏡、学隆万巻、智載五車。留驥足於将展、預琢玉條、廻鳧舄之擬飛、忝簡金科、何異宣尼返魯、刪定詩書、叔孫入漢、制設礼儀。聞夫、天子下詔、茲擢三能之逸士、使各得其所。明公独自遺闕此挙。理合先進、還是後夫。譬如呉馬痩塩、人尚無識、楚臣泣玉、世独不悟。然而、歳寒後験松竹之貞、風生廼解芝蘭之馥。非鄭子産、幾失然明、非斉桓公、何挙寧戚。知人之難、匪今日耳。遇時之罕、自昔然矣。大器之晩、終作宝質。如有我一得之言、庶幾慰君三思之意。今贈一篇之詩、輙示寸心之款。其詞曰、

（僕と明公と、言を忘るること歳久し。義は伐木に存し、道は採葵に叶う。君の千里の駕を待つこと、今に三年。我の一箇の榻を懸くること、是に九秋。如何ぞ授官は同日なるも、乍ちに殊郷に別る。以て判官と為るは、公潔きこと氷壷に等しく、明なること水鏡を逾ゆ。学は万巻より隆く、智は五車に載つ。驥足を将に展べんとするに留め、玉條を琢くに預り、鳧舄の擬飛せんとするを廻らし、忝なく金科を簡ぶ。何ぞ宣尼の魯に返りて、詩書を刪定し、叔孫の漢に入りて、礼儀を制設するに異らん。聞くそれ、天子詔を下し、茲に三能の逸士を擢し、各々その所を得せしむと。明公は独り自ら此の挙に遺闕す。理は先進に合うも、還りて是れ後夫となる。譬えば呉馬塩に痩せて、人尚ほ識る無く、楚臣玉を泣きて、世に独りも悟らざる如し。然して、歳寒くして後に松竹の貞を験し、風生じて廼ち芝蘭の馥を解る。鄭の子産に非らずは、幾ど然明を失い、斉の桓公に非らずは、何ぞ寧戚を挙げん。人を知ることの難きは、今日のみにあらず。時に遇うことの罕なるは、昔より然り。大器の晩にして、終に宝質と作る。如し我に一得の言有らば、庶幾くは君が三思の意を慰めん。今一篇の詩を贈り、輙ち寸心の款を示す。其の詞に曰く、）

詩序はまず『詩経・小雅』伐木篇や古詩「採葵」により典拠を踏えつつ相手との友情を語り、続いて「待君千里之駕、于今三年。懸我一箇之榻、於是九秋」と、二人が別れてはや三年経ったということから、養老六年の作と見られる。相手の倭判官は大和長岡のことであったと考えられる。[注6] 彼は「幼くして刑名の学を好み、兼ねて能く文を属す」と卒伝に記すから宇合と詩文を贈答するに相応しい。しかも霊亀二年の第八次遣唐使に請益生として入唐している。よって序に「授官同日」というのは二人が同日に遣唐使に任命されたことを指すものと知られる。帰朝後、法令に関わる者で不明なところがあればみな長岡に質したと伝えられ、養老六年二月に『養老令』撰定の功により田四町を賜っている。よって序文に君は大変に清廉潔白でしかも碩学の士だといい、「玉條金科」すなわち律令の制定に深く関わること、孔子が経典を著述し、叔孫が礼儀制度を策定したことに等しいというのも、律令制定に深く関わった長岡に最適であることは明らかである。その彼が養老六年に養老令撰定の功により田を賜りながら官位昇進に「遺闕」即ち漏れたのだから不満に思うのは固よりであろう。だから、詩序は「呉馬」や「楚臣」の典故を挙げ、努めて相手の不遇を慰めると共に、「松柏」「芝蘭」のような俊才は必ずや大器晩成するであろうと激励している。恐らくは昇進に漏れた倭判官が愚痴を綴った書簡を贈って来たのに対する返事ではなかったかと思われるが、最後に詩序は「君」の悩みを慰めたいと思い、一篇の詩を贈るといって、一篇の制作意図を明白に語っている。

自我弱冠従王事、　　我弱冠より王事に従い、
風塵歳月不曾休。　　風塵歳月曾て休せず。
褰帷独坐辺亭夕、　　帷を褰げて独り坐す辺亭の夕、

懸榻長悲揺落秋。　榻を懸けて長く悲しむ揺落の秋。
琴瑟之交遠相阻、　琴瑟の交は遠く相阻て、
芝蘭之契接無由。　芝蘭の契接する由無し。
無由何見李将郭、　由無ければ何ぞ見ん李と郭とを、
有別何逢逵与猷。　別有れば何ぞ逢はん逵と猷と。
馳心悵望白雲天、　心を馳せて白雲の天を悵望し、
寄語徘徊明月前。　語を寄して明月の前に徘徊す。
日下皇都君抱玉、　日下の皇都に君は玉を抱き、
雲端辺国我調絃。　雲端の辺国に我は絃を調く。
清絃入化経三歳、　清絃化に入り三歳を経、
美玉韜光度幾年。　美玉光を韜み幾年を度らん。
知己難逢匪今耳、　知己の逢い難きは今のみにあらず、
忘言罕遇従来然。　忘言に遇うこと罕れなるは従来とも然り。
為期不怕風霜触、　期を為すに風霜の触れるを怕れず、
猶似巌心松柏堅。　猶ほ巌心松柏の堅きに似たり。

詩は冒頭二句で弱冠から仕官した苦労を歌い、そして辺鄙な地方に赴任した自らの寂寞と悲愁を述べ、「琴瑟」「芝蘭」のような親友とも会えない寂しさをこぼしているが、それは相手の文章に合わせた表現であろう。そし

て、第二聯から第五聯まで典拠や表現を換えながら繰り返し良き友と語り会えない寂しさを歌った後、「皇都で貴殿が才能（玉）を抱え、僻地で我は技を磨く（調絃）も、技量が上達するのに三歳経ったが、優れた才能を隠し持つのに幾年掛かるだろう」と自分と相手の境遇を照応させつつ、才能が成長し認知されるのに時間の経過が必要だということを暗に諭しているように思われる。そして最後は風霜にめげない松柏をもって相手を励ました所、詩序と全く同じ趣旨になっていること一読して明らかである。宇合が律令制定に携わり且つ潔白で博学な倭判官から選考に漏れた愚痴を聞かされたということは、彼と一緒に渡唐し個人的に親しい関係にあったこと、二人の境遇を都と鄙に分けて対照させつつ相手を宥めることのそこに、二人とも律令制度の整備に力を尽している仲間だという意識があったことのほか、自分が責任のある立場すなわち式部卿の任にあるということも考えねばなるまい。

詩文の文章に関していえば、序に用いられた語句・故事の出典は、ほとんど『芸文類聚』といった類書のほかに、文学総集の『文選』や奈良朝人の好む魏晋六朝の風流を語る『世説新語』に集中すること既に指摘されている。中でも詩序の性格上、同じく「呉馬」「楚臣」の典拠を用いた劉琨（字は越石）「答盧諶一首並序」（『文選』李善注に『戦国策』『淮南子』など出典を詳細に挙げている。）に近いように思われる。盧諶（字は子諒）「贈劉琨一首並書」を含めて両者が共に用いた典拠のほか、劉琨が盧諶の才能を誉め、盧諶が劉琨との友情を綴った部分も共通している。つまるところ、両者はなによりもまず書簡風の詩序付きの贈答詩という体裁上似通っているのである。

『懐風藻』の中に詩序は全部で六篇見えるが、山田三方と下毛野虫麻呂のそれぞれ一篇は、共に長屋王邸の宴席の場で同時に作られたもので、趣意も類似している。また道慈の詩序は出家した自分が華やな宴に相応しくないという趣旨の異色なものではあるが、これも長屋王邸の宴席との関係上で作られたものである。そのほか、宇合の「暮春曲宴南池」も麻呂の「暮春於弟園池置酒」もむろん酒宴の詩序にほかならない。つまり、酒宴以外の詩序は宇合の当該作品が唯一であり、しかも序に用いられた典拠からも知られるように、一篇は世事・人事を語る書簡風の文章である。『万葉集』中、劉琨と盧諶の贈答詩書を意識した詩文の贈答は家持と池田の間に交わされていたが、それは主に文学論を語るもので、[注7]劉・盧の詩書と同様に多くを典拠を挙げつつ世事の艱難を語り、世の常を嘆息しえたのは、やはり当時の大家・宇合を置いて他にないのであろう。周知のように、詩序は詩よりも長篇であり、かつ駢文体の序に多くの典拠を鏤める必要があるので、奈良朝漢文学における詩序の出現は詩人の漢文力量の向上を象徴するものであった。『懐風藻』に全部で六篇ある中、宇合が二篇をものにしていること自体、彼が当時では「翰墨之宗」と称されるに相応しいことの証左であった。

また七言詩も『懐風藻』の中では数少ない詩体である。大津皇子の七言「言志」は一聯しかなく、当時この詩体による詩作の未熟を物語っている。次いで紀古麻呂に「望雪」と題する七言一首があり、雪を描写する佳句が少なくないが、十二句からなる長詩体なのに換韻をしていない。[注8]長編の古詩特に歌行体において換韻はむしろ常套の手法でもあったことを考えれば、作者はまだそれをこなしていなかったのではないかと思わざるを得ない。その他、紀男人の七言「遊吉野川」と丹墀広成の七言「吉野之作」がある。共に七絶でしかも構想も大体同じなので、広成が男人に追和した作であろうが、宇合より後の作品である。また、釈道融に張衡・四愁詩に倣ったものが二首ある。詩句は流暢明晰で、七言四句からなっているが、厳密な意味での七言詩とは言えない。

そうした中で、宇合の当該詩は十八句からなり、前八句で韻を換えている。首聯と尾聯のほかすべて対を成し、しかも古風の歌行体の趣が感じられる。小島憲之氏は三、四聯の間に見る「芝蘭之契接無由。無由何見李将郭」という尻取り式の同語反復を取り上げ、これを六朝・初唐の詩に見られる手法としているが、[注9]漢楽府詩にも

あった句法である。例えば、

秦氏有好女、自名為羅敷。
羅敷善蚕桑、採桑城南隅。――陌上桑
新人工織兼、故人工織素、
織兼日一匹、織素五丈余。――上山採蘼蕪

詩学書ではこれを「廻文対」というが、楽府詩や歌行体の長詩によく使われる手法といえる。たとえば『文選』に見える漢楽府「飲馬長城窟行」古辞に次のように歌い出している。

青青河邊草、綿綿思遠道。
遠道不可思、夙昔夢見之。
夢見在我傍、忽覺在他鄉。
他鄉各異縣、展轉不可見。

同一あるいは類似の表現を繰り返しつつ歌い続けるのは、詩の叙事的展開に適する手法であるが、初唐では歌行体が大変に流行した詩体であった。宇合詩中に「雲端辺国我調弦。清弦入化経三年」というのも同じ手法であり、同じ詩中に「之交」と「之契」、「何見」と「何逢」といった類語の繰り返しも楽府詩・歌行体の手法を意図的に用いたものと思われる。いうならば、この一首は例えば駱賓王の「長安古意」のような大作には及ばないが、楽府の流れを汲む長篇の七言古詩を作る詩人の才気を伺わせるに足るものである。さらにいえば、詩の中に典拠が多く鏤められたことは、「新知識を衒ふ風習を脱せぬ」（沢田清総『懐風藻注釈』）という一面があったかもしれないが、他方それは書簡風の序を冠するこの作品の性格に因るところ大きく、一篇の詩作に交友ないし世間・人事にまで及ぶこれだけの内容を盛り込んだ作品は、『懐風藻』の中で他に類を見ないばかりでなく、これこそ当代の「翰墨之宗」の詩文といっても過言ではあるまい。

四　長屋王時代

宇合は何時常陸国守に兼ねて安房・上総・下総の三国を監察する按察使として東国に常駐する任を終え京に戻ったのか、詳らかでない。『続日本紀』によれば、神亀元年三月に陸奥の蝦夷が反乱を起こした際、藤原宇合は正四位上の式部卿として持節大将軍を拝命している。東国総官の在任期間を養老三年から同八年（同二月改元）までの六年間とすれば、帰京して専ら式部卿の職に務めるのはその後になる。ちなみに令制下の式部卿は太政官八省の一つの長官として、その職掌は国家の儀礼、儀式、官人の選叙、考課、禄賜を司り、配下に大学寮と散位寮がある。宇合が式部卿を拝命したのは、渡唐の時国家的儀礼に関わる仕事をこなしたこと、按察使として地方官の選叙、考課に関わったこと、且つ自らが漢学造詣の深いことが理由に挙げられる。彼は終生この役職を務め上げ、式家の祖と目される由縁である。また、征夷持節大将軍の拝命もその東国総官の経験と無関係ではなく、間もなく宇合は坂東九国の軍三万人に騎射を教習し、軍陣を試練して蝦夷征討に向かった。そして反乱を平定して凱旋した時には朝廷から内舎人が派遣され、近江国で盛大な慰労を受けている。同年十一月末京に戻り、翌年正月征夷持節大将軍の宇合に従三位勲二等を授けられた。さらに神亀三年十月には知造難波宮事を拝命している。

長屋王が政府首班であったこの時代に白鳳時代への心情的傾斜が認められ、儒教の讖緯思想と文治政策を遂行したことなどを特色とし、京城では治世を謳歌する詩宴文遊が頻繁に開催された。王邸に出入りする文人墨客の多くが大学寮の所属であり、式部卿の宇合も漢詩文学の第一人者として王に認められ、また宇合も文人政治家としての王の文治政策に協力していたと思われる。彼の七言詩「秋日、於左僕射長王宅宴」一首は、長屋王邸の宴会で作られたものであるが、結びに「遨遊已得攀龍鳳，大隠何用覓仙場」と歌うところに、作者のそうした姿勢を表している。

帝里煙雲乗季月、	帝里の煙雲季月に乗じ、
王家山水送秋光。	王家の山水秋光を送る。
霑蘭白露未催臭、	蘭を霑す白露未だ臭を催さず、
泛菊丹霞自有芳。	菊に泛ぶ丹霞自ら芳有り。
石壁蘿衣猶自短、	石壁の蘿衣猶ほ自ら短く、
山扉松蓋埋然長。	山扉の松蓋埋んで然も長し。
遨遊已得攀龍鳳、	遨遊已に龍鳳に攀ることを得たり、
大隠何用覓仙場。	大隠何ぞ用いん仙場を覓むるを。

この詩は首聯で宴会の場所と季節、尾聯で宴遊の結果を述べ、中二聯で秋の景観を描く構成になっている。小難しい典拠は殆ど用いておらず、詞藻が流麗典雅な上、首聯と二聯は平仄も粘対もすべて律詩の作法に符合している。しかし第三聯の「埋」の字が「猶」と対にならず、また尾聯の下句も平仄に合わない。このような一首から推察すれば、作者の宇合が平仄の手法を知らないというよりも、宴会の場で即座に作られ、歌行体の余韻を留めたまま記録されたのではなかったかと思われる。つまり、長屋王邸の筆記者が録したものと宇合が自ら推敲を加えて文集に編集したものとがあって、『懐風藻』に収められた上記の詩は王邸の記録によるものであったと考えられる。奈良朝の漢詩文は平仄が整っていなかったというのが通説のようであるが、[注10] こと宇合に関しては個人の文集が世に伝わっていたし、それには平仄も含めてよく吟味された秀作が少なくなかったのではなかったか。宇合集の失われたことが真に惜しい。

現存する宇合の詩賦でこの時期の作品が最も多い。推定される制作時期を順に見ていくと、先ずは五言詩「遊吉野川」一首を挙げられる。

芝蕙蘭孫沢、　　芝蕙蘭孫の沢、
松柏桂椿岑。　　松柏桂椿の岑。
野客初披薜、　　野客初めて薜を披き、
朝隠暫投簪。　　朝隠暫く簪を投ず。
忘筌陸機海、　　筌を忘る陸機の海、

飛檄張衡林。　檄を飛す張衡の林。
清風入阮嘯、　清風、阮嘯に入り、
流水韻嵆琴。　流水、嵆琴に韻く。
天高嵯路遠、　天高嵯路遠く、
河廻桃源深。　河廻桃源深し。
山中明月夜、　山中明月の夜、
自得幽居心。　自ら幽居の心を得。

この五言詩は十二句からなる古詩体であるが、尾聯のほかすべて正確な対句を成す。しかも対を成す五聯はすべて異なる句法によって構成され、「野客・朝隠」「嵆琴・阮嘯」「嵯路・桃源」といった出典をはじめ、一首は隠逸的遊仙的な風致で見事に纏まっている。『懐風藻』に多く見られる吉野詩の中で最も優れた一首といっても過言ではない。

長屋王時代の吉野行幸は『万葉集』に次の三回が記されている。

養老七年五月（芳野離宮行幸従駕歌、笠金村、6・九〇七～一二、車持千年6・九一三～六）

神亀元年三月（芳野離宮行幸従駕歌、大伴旅人、3・三一五～六）

神亀二年五月（芳野離宮行幸従駕歌、笠金村、6・九二〇～二、山部赤人6・九二三～四）

宇合の吉野詩は恐らく神亀元年三月の作品ではなかったか。この時、大伴旅人が未経奏上歌を作っているが、予め作っていながら奏上しなかったのは、途中詩の奏上に変わったためではなかったかと推測される。[注11] 旅人の未経奏上歌は、従来の芳野行幸従駕歌を継承しつつも、表記の上で宣命の表現を意図的に取り入れたところに特色が認められ、中納言という高官による吉野賛歌の奏上もこの予作歌の特殊性を伺わせる。だが結局、旅人の吉野賛歌は奏上されなかった。奈良時代に至って吉野詩が数多く作られるようになったのは、律令制下官人の職務能力とその漢文読解力の向上、淡泊清廉の自覚が要求されていたからであろう。吉野の詩篇に見られる仙境山水＝離宮謳歌、隠逸志向＝淡泊無欲、風雅文遊＝漢学才能という三つの要素が類型になっているが、そこにそのような時代的要請が反映されているように思われる。宇合の詩「遊吉野川」は十二句中の八句を隠逸志向の表象に費やし、文遊と仙境を内包しつつ見事に趣意の一貫した作品に纏め上げられている。

ところで神亀三年の九月、内裏に玉棗が結実したという瑞祥が現われた。『続日本紀』に次のように記録されている。

神亀三年九月庚寅（十五日）内裏に玉棗生ひたり。勅して、朝野の道俗らをして玉棗の詩賦を作らしめたまふ。壬寅（二十七日）文人一百十二人玉棗の詩賦を上る。その次第に随ひて、禄賜ふこと差有り。

時に宇合は大学寮を所管する式部卿の任にあり、棗を詠む詩賦を奏上せよとの勅を承ったら当然率先して制作しなければならなかったろう。当時勅が出て約二週間後に文人一百十二人が玉棗の詩賦を上ったが、『経国集』に見える宇合の「棗賦」を除く外ほとんど現存していない。

奈良朝の漢詩文で七言詩、詩序より更に希見なのは賦の体である。賦は詩序と同じく長篇になるのみならず、韻を踏みつつ典拠を盛り込み、美辞麗藻で関連知識を書き尽くさなければならない。奈良朝の賦は『経国集』に三編あるが、藤宇合の「棗賦」一首が見えるほか、唐太宗の「小山賦」に習い創意を加えた石上宅嗣の「小山賦」とそれに和した賀陽豊年の「和石上卿小山賦」があるのみである。わけても宇合の賦は他の二篇より半世紀も前の日本最初の賦であった。石上らの賦と異なる題材の作品だが、それらには決して遜色しない出来ばえといっても過言ではない。

棗賦　　藤宇合

一天之下、八極之中、園池綿邈、林麓豊茸。奇木殊名而万品、神菓分区以千叢。特西母之玉棗、麗成王之圭桐。何則、卜深居而栄紫禁、移盤根以茂彤庭。浛地養之淳渥、稟天生之異霊。依金闕而播彩、隋玉管而流形。固本枝於百卉、植声誉於千齢。爾其、秋実抱丹心而泛色、春花含素質而飛馨。朝承周雨漢露、夕犯許月陳星。当晩節而愈美、帯涼風以莫零。石虎瞻而類角、李老翫而比瓶。投海伝繆公之遠慮、在篋開方朔之幽襟。鶏心釣名洛浦、牛頭称味華林。斯誠皇恩広被草木、聖化実及豚魚。何必秦松授乎封賞、周桑載乎経書。

（一天の下、八極の中、園池綿邈にして、林麓豊茸なり。奇木名を殊にして万品、神菓区を分けて以て千叢たり。特に西母の玉棗、成王の圭桐に麗ぶ。何すれぞ則ち、深居を卜して紫禁に栄え、盤根を移して以て彤庭に茂る。地養の淳渥なるを浛ひ、天生の異霊を稟す。金闕に依りて彩を播き、玉管に隋ひて形を流す。本枝を百卉に固め、声誉を千齢に植う。爾して其れ、秋実は丹心を抱きて色を泛べ、春花は素質を含みて馨を飛ばす。朝に周雨漢露を承け、夕に許月陳星を犯す。晩節に当りて愈よ美しく、涼風を帯びて以て莫零す。石虎瞻て角に類し、李老翫て瓶に比ふ。海に投て繆公の遠慮を伝へ、篋に在りて方朔の幽襟を開く。鶏心は名を洛浦に釣り、牛頭は味を華林に称ふ。それ誠に皇恩を広く草木に被ひ、聖化実に豚魚に及ぶ。何ぞ必ず秦松の封賞を授り、周桑の経書に載せられんや。)

この棗の賦は、先ず天下の庭園に様々な奇木神果があり、その中でも特に西王母に奉げる玉門棗(『漢武内伝』)と周の成王がその葉を珪の形に作って唐叔虞に与えたといわれる梧桐(『呂氏春秋』)を取り上げる。それから韻を換え、「何則」以下八句で棗の木の性質や風姿を述べる。続いて「爾其」以下十二句では棗の成長、結実を述べ、果実の色や形等々に関する種種の典拠を並べ挙げた。最後の四句で再度韻を換えて、棗の木が御苑に生え出たのは、天皇の恩沢が広く草木を被うためであり、それは秦の始皇帝が泰山で松を五大夫に封じ、周王朝では桑の木を経書に記載したことにも等しい、といって一篇を締め括る。この賦に鏤められる典拠の多くは既に先学の指摘通り、『芸文類聚』などの類書によるものであるが、晋の傅玄や陳の後主ら中国文士の制作した「棗賦」及び他の書物から得た知識も用いられた。

棗の賦の成立時期に絡んで、文中の「牛頭」の出典が『初学記』(開元十五年撰。七二七)に始めて見られることによって、第九次遣唐使帰朝(天平七年、七三五)以降の作とする説がある。[注12]だが、『続日本紀』神亀三年九月条に玉棗の記録があったことは既に述べた。同題の賦を後に再び作ったということも通常では考えられない。また、この「棗賦」は瑞祥としての棗が内裏に生えたことを謳歌した作品であったこと、「卜深居而栄紫禁、移盤根以茂彤庭」や「斯誠皇恩広被草木、聖化実及豚魚」云々などの措辞から明白に看取される。この点、『西京雑記』にある梁孝王の忘憂館に集う遊士・枚乗らの詠物賦の結びの文辞を見れば明らかである。従って、宇合の「棗賦」はやはり神亀三年九月に作られたものであったと思われる。「牛頭」なる棗の名が『芸文類聚』(武徳七年撰、六二四)に見えず、『初学記』に始めて見えたということは、両書が成立する間に別の類書が世に問うたことを意味する。大足元年（七〇一）に成立した『三教珠英』千三百巻がそれにあたる。『初学記』撰者の徐堅も『三教珠英』の編集に預かっていたので、この大型類書を初学者向けの簡略版に集約したのが『初学記』であったといっても差支えない。開元五年に宇合自身が唐に渡り、一年ほど長安に滞在していたし、帰国の時大量の書物を購入してきたから、その彼が直接に『初学記』の原資料に当たる書物に触れていた可能性が大いにあろう。現に『芸文類聚』や『初学記』によっては用いられた典拠が十分に解けない表現もこの賦に少なしとしない。つまりいうならば、現存する書物の範囲を超えるほどの知識が宇合のこの賦に結集されているといっても過言ではない。

当時賦の文体で彼の「棗賦」を凌ぐ作品がなかったことは想像に難くないであろう。従って奏上された詩賦に対する賜禄も宇合は第一等を賜ったに違いあるまい。そして、棗賦に御苑の構築や草木の配置に関して豊かな知識を披露した作者が一か月後に知造難波宮事を拝命している。もし玉棗詩賦の奏上と難波副都の造営の間に何らかの関係があったとすれば、「棗賦」の出来が宇合に対する知造難波宮事の任命を後押しする一因となったのかもしれない。

『万葉集』巻九に「春三月諸卿大夫等下難波時歌二首併短歌」（9・一七四七〜一七五〇）と題する「高橋虫麻呂歌集」の歌が見える。虫麻呂は宇合の東国総管時代からその文芸サロンの常連だったと考えられるが、[注13]この時は諸卿大夫の気持ちを代弁して歌っている。

白雲の　竜田の山の　滝の上の　小ぐらの嶺に　咲きをる　桜の花は　山高み　風し止まねば　春雨の
継ぎてし降れば　州杖打破　散り過ぎにけり　下枝に　残れる花は　島氏雲　地理浪誰祖　草枕　旅行句君
が　木で

反歌

わが行きは七日は過ぎじ竜田彦ゆめこの花を風にな散らし

白雲の　竜田の山を　夕暮れに　うち越え行けば　滝の上の　桜の花は　咲きたるは　散り過ぎにけり　含めるは　咲き継ぎぬべし　彼方此方の　花の盛りに　見えねども　君が御行は　今にしあるべし

反歌

暇あらばなづさひ渡り向つ峰の桜の花も折らましものを

前一首は君に従い諸卿大夫が桜の花の咲き乱れる龍田山を越えて難波に向かう往復数日の旅に出ることを歌い、後一首はその出発当日の光景を歌っている。このようにして大勢の諸卿大夫が難波に下って行くのは、朝廷と諸卿の副都に寄せる期待の大きさの現れであったに違いなく、そして、これは担当大臣にとっての晴れ舞台でもあったこと言うを俟つまい。

この大役を拝命した宇合自らも難波京造営の歌一首が残っている。

式部卿藤原宇合卿の難波の京を改め造らしめらえし時に作れる歌一首

昔こそ難波田舎と言はれけめ今は京引き都びにけり（6・三一二）

題詞によれば宇合が知造難波宮事を任命された時の作というが、歌は難波京改造を司り、副都としての制度を整備しているうち、気が付いたら昔田舎と言われる難波がすっかり都らしくなったという喜びを表している。そこから当時の難波宮の盛況の一斑が伺われると共に、造京担当大臣としての作者の誇らしい心境も伝わってくる。

かくして、風流宰相といわれ自ら詩文作者でもあった長屋王政権下において、当時「翰墨之宗」と目される式部卿の宇合は王に認められ、詩文をはじめその才能を十分に発揮していたことはこの時期の作品を通して伺い知られる。

五　藤氏四子の時代

天平元年（七二九）は六月に藤原麻呂が天子受命の瑞祥とされる「図負へる亀」を献上したことで、神亀六年八月五日の詔により改元され、同十日に藤原夫人光明子が皇后に立られた。溯って、この年の二月に左大臣長屋王が誣告に遭い、宇合は六衛府の兵を率いて王邸を包囲し、長兄の武智麻呂が舎人親王、新田部親王らと共に、王邸に出向いて罪の糾問を行った。そして、王が正室牟漏皇女や数人の王子らと共に自害させられたのである。翌三月には藤原武智麻呂が大納言に進み、政府首班の座に納まった。改元は常に有事の年に行われるものだが、天平改元は長屋王を執権者とする皇親政権に替わって藤氏の外戚政権が確立したことを意味するものであった。長屋王失脚後、武智麻呂が大納言に進んだ頃の政界について、『藤氏家伝』（「武智麻呂伝」）に次のように記している。

当此時、舎人親王知太政官事、新田部親王知惣管事、二弟北卿知機要事。其間参議高卿有中納言丹比縣守、三弟式部卿宇合、四弟兵部卿麻呂、大蔵卿鈴鹿王、左大辯葛木王。

（この時に当り、舎人親王、太政官事を知る。新田部親王、惣管事を知る。二弟北卿、機要事を知る。その間、参議高卿は中納言の丹比縣守、三弟式部卿の宇合、四弟兵部卿の麻呂、大蔵卿の鈴鹿王、左大辯の葛木王有り。）

正に世にいう藤氏四子の時代を迎えるさい、四兄弟の心中にある思いが必ずしも同じではなかったかも知れない。が、右の武智麻呂伝の一節と照合される表現が宇合の詩文に見て取れる。「暮春曲宴南池井序」という詩序を冠する五言絶句である。制作年代は不明だが、都中の庭園での雅遊を描き述べられた作品の内容と格調から長屋王事件後の在京時代の作品であったことは疑いない。序を掲げると次の通りである。

夫王畿千里之間。誰得勝地。帝京三春之内。幾知行楽。則有沈鏡小池。勢無劣於金谷。染翰良友。数不過於竹林。為弟為兄。包心中之四海。尽善尽美。対曲裏之長流。是日也。人乗芳夜、時属暮春。映浦紅桃。半落軽錦。低岸翠柳。初拂長絲。於是。林亭問我之客。去来花辺。池台慰我之賓。左右琴樽。月下芬芳。歴歌處而催扇。風前意気。歩舞場而開衿。雖歓娯未尽。而能事紀筆。盍各言志。探字成篇云爾。

（それ王畿千里の間。誰か勝地を得ん。帝京三春の内。幾たりか行楽を知らん。則ち鏡を沈むる小池、勢は金谷に劣ることなく。翰を染むる良友、数は竹林に過ぎぬ有り。弟となり兄となり、心中の四海を包み、善を尽し美を尽し、曲裏の長流に対す。この日かも、人は芳夜に乗じ、時は暮春に属す。浦に映る紅桃、半ば軽錦を落し、岸に低るる翠柳、初めて長絲を拂ふ。是に、林亭に我を問う客、花辺に去来し、池台に我を慰むる賓、琴樽を左右にす。月下に芬芳として、歌處を歴りて扇を催し、風前に意気して、舞場を歩みて衿を開く。歓娯は未だ尽さず雖も、しかして能く紀筆を事とせむ。盍ぞ各おの言志し、字を探りて篇を成んや云爾。）

この詩の序文は諸本により異同がある。群書類従本では流布本にない「酔花酔月」の四字が「為弟為兄」に続いて見え、また「包心中之四海」から「人乗芳夜」までの二十三字も流布本にはない。そのため諸注釈書の取捨がまちまちであり、沢田注釈本は序の文を全て収録したのに対して、古典大系本は「酔花酔月」を除外している。確かに詩序を仔細に読めば、異文は書写過程に起こる遺漏や増益によるものではなく、作者の吟味と改作の結果と考えられる。この点、異文の存在も宇合集と異なる宇合詩文の流伝を裏付ける。

しかし、文章の推敲過程を推測すれば、私見では「尽善尽美」よりもむしろ「酔花酔月」を取りたい。理由は三つ挙げられる。一、序と詩との照応からすれば、「酔裏不忘帰」という結句と対応するのはいうまでもなく、「酔花酔月」である。二、趣向の工夫や出典の多彩さから、「為弟為兄」（『論語、顔淵』「四海之内、皆為兄弟也」）と同じく『論語』（八佾「子謂韶、尽美矣、又尽善也」）に出典を持つ「尽善尽美」では、重複の嫌いが免れない。また「対曲裏之長流」の基底に王羲之等の曲水宴があるとしたら、果たして儒学の立場から「尽善尽美」と言えるか、かつ「尽善尽美」が宇合の好みに合うかという疑問がある。三、句法と構成に関する創意という点からしても、宇合の詩文に対句を好んで用いることは、彼の吉野詩を見れば知られる。「酔花酔月」の四字を取ってしまえば、句法が整うが、詩との整合性に欠ける。一方、「尽善尽美」を外し、「酔花酔月」を残せば、「則有」以下四句は二句ずつそれぞれ違う形で対を成すことになる。すなわち、

則有、沈鏡小池、勢無劣於金谷、
　染翰良友、数不過於竹林。
　　為弟為兄、包心中之四海、

酔花酔月、対曲裏之長流。

という形である。

更に言えば、「酔花酔月」の四字を遺すならば、一篇の内容構成は完璧であったといっても差し支えないと考えられる。すなわち、詩序の構成は次の様に分析される。

夫、王畿千里之間。誰得勝地。
帝京三春之内。幾知行楽。
則有、沈鏡小池、勢無劣於金谷、
染翰良友、数不過於竹林。
為弟為兄、包心中之四海、
酔花酔月、対曲裏之長流。
是日也、人乗芳夜、時属暮春。
映浦紅桃、半落軽錦。
低岸翠柳、初拂長絲。
於是、林亭問我之客、去来花辺。
池台慰我之賓、左右琴樽。
月下芬芳、歴歌處而催扇。

風前意気、歩舞場而開衿。
雖歓娯未尽、而能事紀筆。盍各言志、探字成篇云爾。

この中、「夫」で序文を起こし、「則有」で叙事を展開するのに続いて、「是日也」によって季節の叙景に移り、「於是」以下は秀麗な園景と風流の行事が溶け合って描き述べられ、そして最後の四句で詩作を引き出すのである。つまり、序の構成そのものは六朝・唐代の詩序の類型と殆ど変わらないが、「是日也」から「時属暮春」までが時候を表す決まり文句の役割を果たし、そして四字句の叙景に移るという流麗な新鮮味も感じられる。なお、この詩序では暮春の庭園や酒宴の光景についての描写と叙事において見るべきものが少なからず、宇合が関わったと思われる『常陸風土記』等の著述に通じて用いられた筆致が見受けられることも付記しておきたい。

さて、この詩序に先述の武智麻呂伝と照合されるところは、「翰を染むる良友、数は竹林に過ぎざる有り。弟となり兄となり、心中の四海を包む」の二句である。竹林は七賢のこと、人数は七人、藤氏の「南池」に開かれた家宴に集った者から四兄弟を除けば遺りは二、三名に過ぎない。それに文筆の嗜みを持ち、胸中に四海を抱える君子といえば、家伝に挙げられた皇族や高卿たちではなかったかと推察されて固よりであろう。ここにその頃の作者の心中を垣間見ることができるように思われる。

そして、絶句は前二句に序の内容を繰り返しつつ、後二句には「琴と酒を伴う集いは今後とも続くが、酔いながら帰っていく宴飲の儀礼を忘れまい」と歌って一首を締め括る。

得地乗芳月。　　地を得て芳月に乗じ、

臨池送落暉。　池に臨みて落暉を送る。
琴樽何日断。　琴樽何れの日にか断たむ、
酔裏不忘帰。　酔裏帰らむことを忘れず。

ここに注目されるのは詩の結句に『詩経・小雅』湛露を踏まえていることである。

湛湛露斯、　湛湛たる露は、
匪陽不晞。　陽にあらずんば晞かず。
厭厭夜飲、　厭厭たる夜飲、
不酔無帰。　酔はずんば帰ること無かれ。

詩伝は湛露に伝わる宴飲の礼儀を次のように説いている。

夜飲、私燕也。宗子將有事、則族人皆侍。不酔而出、是不親也。酔而不出、是渫宗也。
（夜飲は、私燕なり。宗子將に事有らむとすれば、則ち族人みな侍す。酔はずして出づるは、これ親まざるなり。酔ひて出でざるは、これ宗を渫すなり。）

つまり、小雅・湛露は貴族の家宴で歌われる楽歌。一族の宗主に用事があり宴を開けば、同族の全員が参加しなければならず、宴会終了後退出の際、もし酔わずに帰ると、宗主に親しんでいない証となり、酔ってしまって帰らないと宗族を蔑むものと見られるという。よって、詩の結句に用いた典拠から三点を推して知られる。一、この宴の会場「南池」は南家、武智麻呂邸の庭園にあり、彼がこの宴集の主席であったこと。二、詩序は作者の興趣であると共に宴会主人の心中を代弁する一面があり、そこに武智麻呂伝の記述と一致する理由があったこと。三、文藻に留意し「翰墨之宗」と目される宇合は家宴のような場でも儀礼を忘れない姿勢が認められること、わけて第三点が大変に興味深い。

天平初年以降の藤氏四子にとって順風満帆の時期は何時まで続いたのだろうか。天平三年八月に参議となった宇合は同十一月に畿内副惣管を拝命し、そして翌天平四年八月に西海道節度使に任命され、太宰府に下向していた。なので、前記の暮春曲水宴詩は天平二年から四年までの間に作られたものと推定される。

六　西海道節度使の苦悩

『続日本紀』に記された天平四年の大事件といえば、八月に四道節度使が任命、派遣されたことをおいてほかにあるまい。古代日本で節度使が初めて設置されたのはこの時である。

丁亥（十七日）正三位藤原朝臣房前、為東海・東山二道節度使。従三位多治比真人県守、為山陰道節度使。従三位藤原朝臣宇合、為西海道節度使。道別判官四人、主典四人、医師一人、陰陽師一人。

壬申（二十二日）勅曰、東海・東山二道及山陰道等国、兵器牛馬並不得売与他処。一切禁断勿令出界。其常進公牧繫飼牛馬者、不在禁限。但西海道依恒法。又節度使所管諸国軍団幕釜有欠者、割取今年応入京官物充価、速令塡備。又四道兵士者、依令差点満四分之一。其兵器者、脩理旧物。乃造勝載百石已上船。又量便宜造糒焼塩。又筑紫兵士課役並免、其白丁者免調、輸庸。年限遠近、聴勅処分。

この時、房前が東海・東山の節度使に、共に唐に渡り帰朝した後も共に始めて設置された按察使を拝命した多治比県守が山陰道の節度使に、そして宇合は西海道の節度使に任命されている。節度使の制度は唐の睿宗景雲二年（七一一）に始めて創設されたが、その後、節度使の権限は安禄山の乱に象徴されるように増大の一途をたどる。この時の節度使任命は、第九回遣唐使の拝命に続いて行われたもので、当時の国際状勢に応じて設置されたと見られることはもとよりである。[注14] その目的は軍事力強化にあったが、そのために地方財政のみならず、中央に上納するものを徴用することさえできること、同二十二日の勅によって明らかである。従って、この大任に当たった節度使は、相当の実権と共に重責を背負うことになる。

『万葉集』巻六にこの度の節度使派遣に天皇自ら酒を賜うという歌が見える。

天皇の、節度使の卿等に賜へる御歌一首　併せて短歌

食国の　遠の朝廷に　汝等の　かく退りなば　平らけく　われは遊ばむ　手抱きて　われは在さむ　天皇朕うづの御手もち　かき撫でそ　労ぎたまふ　うち撫でそ　労ぎたまふ　還り来む日　相飲まむ酒そ　この豊御酒は（6・九七三）

反歌一首

大夫の行くといふ道そおほろかに思ひて行くな大夫の伴（6・九七四）

右の歌は左注に「或は云はく、太上天皇（元正天皇）の御製なりといへり」とあるので、聖武天皇の実作か否かという問題はあるが、太上天皇あるいはその書記官僚による代作だとすれば、天皇と共に元正太上天皇も出席され壮行の宴を催されたことになる。天皇が地方へ臣下を派遣するに当たり歌と酒を賜うという儀礼はあるが、天皇のみならず太上天皇も臨席されたことは正にこの度の節度使の設置、派遣に対する多大な重視と期待の現れにほかならない。

歌は天皇の支配する国に節度使が派遣されることで、天下太平となり、天皇は安心して遊ばれることが出来るし、手を拱いていることが出来るといい、天皇自ら節度使を労い賜うであろうから、この御酒は還ってくる日に皆と一緒に飲むものだといって励ましている。歌の中「手抱きてわれは在さむ」とは、『懐風藻』の詩に「無為自無事。垂拱勿労塵」（藤原房前・侍宴）と詠まれるところの「垂拱」と同じく、『尚書・武功』に「惇信明義、崇徳報功、垂拱而天下治」というのを踏まえて、世の中が泰平で理想的な政治が行われることを意味し、それが節度使の奏功によって保証されるのだという。ここにこの度の節度使派遣に寄せた朝廷の期待が明らかに示されている。

宇合の出発に際して高橋虫麻呂の詠んだ歌も『万葉集』巻六に見える。

四年壬申、藤原宇合卿の西海道節度使に遣さえし時に、高橋連虫麿の作れる歌一首

併せて短歌

白雲の　竜田の山の　露霜に　色づく時に　うち越えて　旅行く君は　五百重山　い行きさくみ　敵守る
筑紫に至り　山の極　野の極見よと　伴の部を　班ち遣し　山彦の　応へむ極み　谷蟇の　さ渡る極み　国
形を　見し給ひて　冬こもり　春去り行かば　飛ぶ鳥の　早く来まさね　竜田道の　丘辺の道に　丹つつじ

の　薫はむ時の　桜花　咲きなむ時に　山たづの　迎へ参出む　君が来まさば（6・九七一）

反歌一首

千万の軍なりとも言挙げせず取りて来ぬべき男とそ思ふ（6・九七二）

『万葉集』中、「高橋虫麻呂歌集」の歌は少なくないが、虫麻呂の作歌と明記されているのはこの一作のみで、公の場で虫麻呂が歌才を発揮する稀少な機会となったであろう。歌は、木々が露霜に色付き黄葉の美しい竜田山を越えて筑紫へ赴任する宇合が、兵を率いて地の果てまで国の様子をご覧になるといい、節度使の任務にまで触れている。そして、春が来たら竜田路の丘辺につつじの花が咲き乱れ、桜が咲きほこる頃に君の帰還を迎えましょうと歌う。君の帰還を「迎へ参出む」というのは、虫麻呂は宇合の常陸国司時代（養老年間）からその部下であったが、宇合が西海道節度使に赴任することを機にその配下を離れることを意味するであろう。と同時に公の場で作歌を詠み上げたのは、宮廷官僚の期待を代弁する意味もあったに違いない。

ところで、このような朝廷の威信と期待のかかる大任にもかかわらず、西海道節度使を拝命した宇合は、次のような五言一首を作っている。

奉西海道節度使之作

往歳東山役、　往歳は東山の役、
今年西海行。　今年は西海の行。
行人一生裏、　行人一生の裏、
幾度倦辺兵。　幾度か辺兵に倦まむ。

かつては東山道の役に派遣され、今年また西海道の役に派遣されていく。旅人として一生のうち幾度となく遣わされる辺地の兵役にもう疲れていやになってしまうというのである。詩の中、東山の役とは神亀元年四月陸奥の蝦夷の反乱を鎮圧するため征夷持節大将軍として東山道方面へ向かったことを指すが、それは養老三年七月から常陸守として安房・上総・下総の按察使を歴任したことの延長上にある任命だから、合わせて考える必要があろう。そして大宰都府も西海道節度使の守備範囲にあり、宇合が天平九年八月に疱瘡の大流行によって没する時、官職は参議、式部卿、兼大宰帥正三位であったから、生前ついに西海道の役から抜けられなかったのである。詩人は自らを「行人」すなわち旅人と称しているが、宇合の経歴を鑑みれば、霊亀二年八月に遣唐副使となるのが史書への初登場であったので、確かに行人の一生と言えなくはない。また「幾度倦辺兵」という結びの「兵」に注目すれば、藤氏四子の中で尤も兵を率いる軍事才能を有するものは宇合をおいてほかになく、東へ西へと軍事関係の役職に派遣されたのみならず、さらにいえば長屋王事件の時に兵を率いて王邸を包囲するという役に立たされたのも自分であったという念も詩人の脳裏を横切ったのかもしれない。もちろん一族のために自らの果たした役割の重要さに対しての認識は十分にあったはずである。だからこそ、役割と役職の間にバランスが取れないと感じると、不平と失意の心境に陥りやすい。ともかく、この一首の表象から作者の苦渋の心境が読み取れることは疑いない。

もっとも、西海道節度使を拝命した時の作として、詩の趣意は御製歌との落差が大きく、そこに辺役を悲嘆する中国詩が伝統的に多かったことの投影は考えられる。しかし、自らの一生を振り返りつつ表出された宇合の嗟嘆にはやはり真実の響きが籠っているに違いない。この推測を裏付けるものに、詩人にもう一首五言古詩「悲不遇」がある。

賢者悽年暮、　賢者は年の暮んことを悽み、
明君翼日新。　明君は日に新たならんことを翼ふ。
周占載逸老、　周は占により逸老を載せ、
殷夢得伊人。　殷は夢により伊人を得たり。
搏挙非同翼、　搏挙するは同翼に非らず、
相忘不異鱗。　相忘るるも鱗を異にせず。
南冠労楚奏、　南冠、楚奏を労し、
北節倦胡塵。　北節、胡塵に倦む。
学類東方朔、　学は東方朔に類ひ、
年余朱買臣。　年は朱買臣に余る。
二毛雖巳富、　二毛巳に富むと雖も、
万巻徒然貧。　万巻徒然に貧し。

詩の中に「年余朱買臣」という作者の年齢に言及する一句がある。『漢書・朱買臣伝』に拠れば、朱買臣が四十歳の頃生業に無策な彼に不満をぶつけた妻に対して五十歳になれば富貴になると予言したという。一方、敦煌本古類書によれば、朱買臣が離縁を求める妻に対して言うには、「吾年四十ならば将に貴かるべし、今己に三十

九なり。卿、之を待たずや」とある。両者の年が違ってくるが、いずれにしても四十という年齢は割り出せる。よって、宇合が四十歳を過ぎた時の作と考えられる。ちなみに、天平九年四十四歳で亡くなる時から逆算して、天平五年の作になろうか。西海道節度使を拝命したのは天平四年八月だから、両作は近い時期に前後して作られたものと見て間違いあるまい。

さて、詩は始めに賢者が志を遂げず徒に年を取るのを悲しみ、賢明な君主が政治を新たにすることを願うという、そのため周の文王が渭水の辺に隠遁した太公望を見付け（『史記・斉太公世家』）、殷の武丁が傅説という賢者を建築現場から見い出して重用した（『史記・殷本紀』）と歌う。歌い出しの四句はこの詩題の常套な議論ではある。

続いて、「搏挙」「相忘」の二句に関して、既に指摘されたように、『莊子』の「逍遥遊」と「大宗師」とを典拠に用いたと考えられる。[注15]が、上の句は「同翼」の典拠を主に用いたように思われる。『戦国策・斉策』に見える淳于髠が一日にして七人もの賢人を宣王に薦めた故事である。

（王曰く）今、子一朝而見七士、則士不亦衆乎。淳于髠曰、不然、夫鳥同翼者而聚居、獣同足者而倶行。（中略）夫物各有疇。今、髠賢者之疇也。王求士於髠、譬若挹水於河、而取火於燧也。

（今、子一朝にして七士を見えしむ。則ち士また衆ならずやと。淳于髠曰く、然らず、それ鳥は翼同じうする者聚り居り、獣は足同じうする者倶に行く。（中略）それ物は各おの疇有り。今、髠は賢者の疇なり。王、士を髠に求めば、譬えば水を河に挹み、火を燧に取るが若きなりと。）

右の「同翼」なる表現は『淮南子・説林訓』にも「獣は足同じうする者相従遊し、鳥は翼同じうする者相従翔す」とある。つまり「同翼」とは「聚り居る」同類を意味する。が、ここでは政治に関わる見解が同じ仲間と解される。この詩を前作「奉西海道節度使之作」と関連して考えれば、実際遣唐使を務めた宇合が恐らく節度使の設置にあまり賛成しなかったのではなかったかとも思われる。ちなみにこの度の節度使は翌天平六年に廃止された。また『荘子・大宗師』に出典を持つ「相忘」は、

泉涸、魚相與處於陸。相呴以濕、相濡以沫、不如相忘於江湖。
（泉涸れ、魚相與に陸に処る。相呴するに湿を以てし、相濡するに沫を以てするも、江湖に相忘るるに如かず。）

孔子曰、魚相造乎水、人相造乎道。相造乎水者、穿池而養給。相造乎道者、無事而生定。故曰、魚相忘乎江湖、人相忘乎道術。
（孔子曰く、魚は水に相造き、人は道に相造く。水に相造くる者は、池を穿ちて養給り、道に相造くる者は、事無くして生定まる。故に曰く、魚は江湖に相忘れ、人は道術に相忘ると。）

と二度見えるが、いずれも「相忘る」を否定的価値としないことに注目すべきであろう。晋の郭象が「人は道術に相忘る」を注して「各々自足して相忘るるは、天下然らざるものなし。至人常に足る、故に常に忘るるなり」という。従って、この一聯を通して見れば、羽叩く鳥がみな翼（志）の同じ同類なわけはなく、江湖を泳ぎ回る魚が同種であっても相忘れるのは当然のことだと歌い、むしろ人道や政道の一般論を展開しながら、次の聯から転じて不遇の悲嘆に移ったと解せられる。春秋時代、楚の鐘儀が南方の冠を被ったまま晋の囚人となり

（『左伝』成王九年）、蘇武が匈奴に使いして囚われの身となり、節操を曲げなかったが辛苦を嘗め尽くした故事（『漢書・蘇武伝』）を挙げて異郷の苦労を嘆き悲しんだ。この中四句は正しく作者の境遇と慨嘆とを表出し、わけても鐘儀と蘇武の故事が宇合の東山・西海の役と見事に対応しているから、この詩が西海任地で作られたことを示す。

そして後四句は漢の武帝の時に「方正賢良、文学材力」の士として推薦されたが、結局その学問が用いられず、博学・滑稽の才気によって武帝に寵愛された東方朔を譬えに取って（『漢書・東方朔伝』）、自らの学識と不遇とを表現し、また朱買臣が家が貧しいながらも読書を好み晩年九卿に列せられたのを例に挙げて（『漢書・朱買臣伝』）、己が彼よりも年を取ったものの相変わらず不遇でいることを嘆いた。そして最後に頭に白髪が増え、万巻の書物を読破したのも只の徒労に過ぎず、依然として不遇で貧乏であるという。

この詩に関して、「作者の実況を詠じたのではあるまい」（沢田総清・『懐風藻注釈』）、「前の倭判官を慰めてゐるのか、代つて述べてゐるのか、或は題によつて作つたのかと思はれる」（林古渓・『懐風藻新註』）という意見もあるが、やはり辰巳正明氏の指摘する通り、宇合が自らの人生が不幸であることを嘆く詩であると考えてよいであろう。[注16]わけても「博挙」以下典拠を用いた詩句に社会政治の通念と人生の現実とが乖離し、肯定的と否定的価値観が同時に内包されながら、自らの才能と実績が同胞にも忘れ去られた失意が滲み出ていると見られる。そして天平初期「学類東方朔、年余朱買臣」と称することのできる人物といえば、やはり年は四十歳を過ぎ「翰墨之宗」と目される宇合をおいてほかにないであろう。問題は宇合ほどの高官であって貧と言えるのかである。筆者はかつて貧士の思想系譜について考察したことがある。[注17]結論を一言でいえば、貧は不遇の同義語と考えて差し支えないものであった。

そもそも不遇の自覚は自らの才能に対する自他の評価の落差や身を置くところの政治状況についての判断から生まれるものである。確かに、宇合が「悲不遇」という詩を詠む基底に、辺地の要職が京官より不遇の境地であるという既成観念があり、この類の詩賦も少なくなかったこと、また「士不遇」という題材が古くからあったことの影響もあったに違いない。しかし他方、自らの才能と役職のアンバランスすなわち不遇という意識が宇合に確実にあったことは否定できまい。宇合が自らを万巻の書物を読破した賢人と自認しつつ不遇でいると感じるのは、辺地の節度使に任命されたことが一つの切っ掛けであり、「行人一生」という表現に己の生涯を振り返った時に口ずさんだ響きがある。彼は遣唐副使として荒波に難儀しながら大陸の唐に渡り、現地の政治・文化を直接見聞したのみならず、官学の教授にあって学を問い、懐を叩いて書物を大量に買い込んで帰朝している。その後、按察使、式部卿、節度使、参議などを歴任し、新たな政治制度の刷新に大きく貢献したことは明白である。こと文武両道の才能という一点に光を当ててみれば、当時の政権を独占した藤氏四子の中でも彼の右に出るものがいないことは事実であろう。しかるに、いかに己の才学に自負を持つとしても、上に二人の兄がいてはどうしようもない。その詩文から一族意識が相当強いように見られる宇合にしてはなおさらである。

もう一つ宇合に不遇の自覚を齎す理由は、治世理念と政治のあり方に関して兄弟の間でも認識の相違があったように思われる。先述したように、長王政権時代において文治政策を強力に推し進めた風流宰相の王は式部卿の任にあり且つ漢詩文学の第一人者でもある宇合の協力を得なければならない。二人の間に対立というより、むしろ互いに協力し認め合う関係にあったことは、宇合の七言詩「秋日於左僕射長王宅宴」一首の尾聯に「遨遊已得攀龍鳳，大隠何用覓仙場」というのみならず、王邸の詩宴を賑わせた文人墨客のほとんどが大学寮に所属していることからも推察される。こと一族の運命に関わる政争となると、宇合はむろん一族の利益を優先させねばならなかったが、長屋王失脚後の政治状況を考えれば、新しい政治施策がほとんど見られないばかりか、太平の御代を粉飾し謳歌する詩宴文遊の機会も目立って減少した。理由の一つは、自分の長兄で政府首班の武智麻呂が「形容条暢、辞気遅重」「毎好恬淡、遠射憒鬧」(『家伝』)という、弁舌が振るわず寡黙がちで賑やかな宴遊が嫌いな性格にあったと見られる。だが、このような風雅な宴遊は宇合が最も活躍できる場の一つであったことはいうまでもない。

この意味で、藤氏政権の確立により一族にとって政治上の上昇度・安定感が確保される一方で、政治の有り方の変化や張り合う相手がいなくなったことからくる一種の喪失感も宇合の不遇感を深めたに違いないであろう。

七　むすびに

生前当時の「翰墨之宗」と目された藤原宇合は、博識だけでなく、文武両道において傑出した人物であった。彼は若い時に朝廷と一族の嘱望を背負って海を渡り、唐で最新の知識を吸収してきたし、その政治才能は帰朝した後に相次いで新設された重要な役職において発揮された。また詩賦文章でもその五言・七言詩は当時の最高レベルを代表し、中でも詩序や賦等にその多彩で豊富な才能が遺憾なく発揮されている。

大学寮を配下に抱える式部卿の宇合は風流宰相の長屋王と意気投合の一時もあったと思われる。しかし、一族の利益のために前面に出て王の失脚に加担した彼は気鋭な政治家であっただけに、藤氏政権下では自らが重要な役職にあるという自覚も当然のことながらあったにもかかわらず、他方、己一族が牛耳る政治の馴れ合いに不満を感じることもあったろうし、また政治の頂点に二人の兄がいて自分の才能が十分に発揮できないという失意を感じることもあったに違いない。この点、藤四子の中で京家の祖である麻呂が「人と為り弁慧で多能、文を善くす。その才世に推さるる所なれども琴酒に耽り、恒に言う、上に聖主あり、下に賢臣あり、僕の如きは何をか為さん、唯琴酒を事とするのみ」(『尊卑分脈・藤原麻呂伝』)ということで、異なる角度から同様の意思を表している。麻呂が只琴酒に耽り、詩文にさえ欲を示さなかったのは、三兄の宇合がいたからではなかったか。いうならば、不比等の育てた四子はいずれも傑出した人材であったからこそ、一世に現れる時に互いに掣肘を感じることもあったに違いないが、自らの修得した良識によって適度に己を抑制する点では麻呂をもって最とすることができよう。

文学は人間と社会を婉曲に映し出す芸術である。作品の表象や趣向を通り越して、作家の才知のみならず、その時その時の心境や身の置かれる当時の社会政治状況を垣間見ることができる。自らの思想・識見や社会意識を表現することを眼目とする詩文においてなおさらそうである。ここに詩賦が言志の文学といわれる由縁はあったのである。

【注】

(1) 本文は、『新日本古典文学大系・続日本紀』(岩波書店、一九八九年)による。以下同じ。
(2) 杉本直治郎『阿倍仲麻呂伝研究』(育芳社、一九四〇年)
(3) 円仁著『入唐求法巡礼記』(深谷憲一訳、中公文庫、一九九〇年)
(4) 菊地康明「上代国司制度の一考察」(『書陵部紀要・六』一九五六年三月)
(5) 胡志昂「倭琴贈答の歌」(『奈良万葉と中国文学』笠間書院、一九九八年)
(6) 胡志昂「家持の文学観と六朝文論――池主との贈答書簡をめぐって――」(『和漢比較文学・第八号』、後『奈良

万葉と中国文学』笠間書院、一九九八年）

（7）本稿発表後、金井清一先生よりお手紙を頂き、利光三津夫氏の論文「藤原宇合と大和長岡」（『法学研究』40-4）をお教え頂き、学恩篤く感謝致す。ついでに続日本紀に見える大和長岡の卒伝を掲げておく。大和国造正四位下大和宿祢長岡卒。刑部少輔従五位上五百足之子也。少好刑名之学、兼能属文。靈亀二年、入唐請益、凝滯之處、多有発明、当時言法令者、就長岡而質之。勝宝年中、改忌寸賜宿祢。宝字初、仕至正五位下民部大輔兼坤宮大忠。四年遷河内守。政無仁恵、吏民患之。其後授従四位下、以散位還第。八年任右京大夫、以年老自辞去職。景雲二年、賀正之宴、有詔特侍殿上、時鬢髪未衰、進退無：。天皇問之曰、卿年幾、長岡避席言曰：今日方登八十。天皇嘉嘆者久之、御製授正四位下。

（8）林羅山がこの詩を評して「其不拘声律者、当時風体、比々皆然。想夫懐風藻中才子、唯慕文選古詩、而未見唐詩格律之正、則為可疑、嘆之乎」という。懐風藻詩人に関する総体的把握として首肯できるであろう。

（9）小島憲之「懐風藻の詩」（『上代日本文学と中国文学・下』塙書房、一九六五年）

（10）注8に同じ。

（11）胡志昂「風流万葉」（注5前掲書）

（12）松浦友久「藤原宇合『棗賦』と素材源としての類書の利用について」（『国文学研究・第二七集』）、小島憲之前掲書。

（13）胡志昂「真間の手児奈伝説歌を巡って」（『芸文研究』第七十七号）

（14）石母田正「国家成立史における国際的契機」（『日本の古代国家』、岩波書店、一九七一年）『続日本紀』、補注。

（15）沢田総清『懐風藻注釈』、林古渓『懐風藻新註』、小島憲之『懐風藻　文華秀麗集　本朝文粋』古典文学大系、筆者も前稿で同様に考えた。

（16）辰巳正明「行人の詩——藤原宇合」（『万葉集と比較詩学』おうふう、一九九七年）

（17）胡志昂「士の誇りと恥じ」（注5前掲書）

第二部　主題論

第一章　藤原門流の饗宴詩と自然観

一　はじめに

『懐風藻』序において撰者は、日本漢詩文学の源流を近江朝に遡る。天智天皇の治世を「正しい王政が世に広く行われ、ご功績は天地に照り輝いた」と讃えると共に、その具体的施策として、学校の建設、秀才の養成ならびに儀礼制度の整備を取り挙げ、これらの施策を推し進めた結果、天下繁盛し無為の政治が出来、朝廷では四季折々に文学の士を招いて酒宴が催され、そんな時帝自ら詩をお作りになり、賢臣たちが賛美の詞章を奉ったことから、詞藻の麗しい詩文はただ百篇を数えるに止まらなかったという。

右の記述に注目されることは三つ挙げられる。一つに日本漢詩文はその起源から儀礼制度整備の一環として発達したこと、二つに詩作の場は主として宮中の雅宴にあり、王政の謳歌を特徴とすること、三つは最高の治世を無為の政治において褒め讃えたことである。すなわち、近江朝の漢詩文は宮廷儀礼としての饗宴詩を基本的性格とし、無為の治世を賞賛することを特徴とするものであったと考えられる。この序は「文選序」を参照して作られたこと夙に論じられ、そのこと自体疑いない。[注1]しかし、前記の三点に相当する叙述は、「文選序」に見当たらない。この点、撰者の天智治世の謳歌に関して唐の太宗皇帝の文治政策に基づく貞観の治を髣髴させるとする波戸岡旭氏の指摘が正鵠を射ているであろう。注2

大化改新から近江朝に至る日本の古代史を大きく動かしたのは、中大兄皇子のち天智天皇と中臣鎌子のち藤原鎌足のコンビである。近江朝の漢詩文の勃興を主導したのも二方であったことは、『万葉集』巻一に見る「天皇、内大臣藤原朝臣に詔して春山の万花の艶と秋山の千葉の彩を競はしめたまふ」とある額田王歌の題詞から伺い知れる。注3 額田王の歌により彼女の美意識が明らかに示されているが、しかし、当時の詩文は殆んどが壬申の戦火に焼かれた。『懐風藻』に収められた近江朝の漢詩文は完全な作品では大友皇子の絶句二首しか現存しない。そこで本稿は鎌足の遺志を承け継いで文武朝さらに奈良朝において律令制度の整備を主導した不比等をはじめ、房前、宇合、万里の詩を通して藤原門流の饗宴詩に現れる自然観について考えてみたい。

二　不比等の「元日応詔」

藤原不比等の詩は集中に五首を数える。「元日応詔」一首は『懐風藻』序にも取り挙げられた不比等の代表作と見られる。

正朝観万国、元日臨兆民。
斉政敷玄造、撫機御紫宸。
年華已非故、淑気亦惟新。

鮮雲秀五彩、麗景耀三春。

済済周行士、穆穆我朝人。

感徳遊天沢、飲和惟聖塵。

（正月元旦、朝賀の儀に列ねる諸国の臣を接見し、元日に天下万民からの祝賀を受けられる。政を整えるには天地自然の理に則って事が行われ、政務の枢要を紫宸殿で御取りになられる。歳月は既に旧年のそれではなく、春の和気も新しさに満ち溢れている。空に浮かぶ薄雲は目出度い五色に彩られ、麗しい春光が天下に照らし輝いている。古の周王朝に威厳ある賢臣が多勢いたが、わが朝廷にも謹厳な良臣に事欠かない。天子の恩沢に浸って御宴に預り、人を和に化する自然無為の政治に聖人治世の道を思い知らされる。）


「正朝」は正月元旦の朝賀の儀をいい、古代社会の政事と自然季節の関係を象徴する儀礼であった。この詩の制作動機を大宝律令の完成する大宝元年元月元日に朝会の儀が整えられたことに結び付け、そこに「宮廷儀礼の主宰者として現れる天皇の偉大な徳を東アジア的な王の徳として表現する」意図を見る辰巳正明氏の説は卓見であろう。注4

『尚書・舜典』によれば、舜が正月元日に聖帝・尭の譲位を受け、「璿璣玉衡」という美玉で作った天文観測器を用いて、日月火水木金土の七曜を観察し、自らの即位について天意を伺った。これを「斉政」または「七政」という。天文を観察することは、天に対する信仰の篤かった古代で神意を問う大切な政事であったに違いない。が、その実質的意味は歳月季節など天文暦学の知識を掌握し、寒暑風雨など気象上の自然現象を予測して農牧に利用するところにあった。古代社会の政治の基本は生業にあり、天文・暦法・気象上の知識がその根本に関わる。従って、舜は七曜を観察した後、天地の神々を祭り、四季、寒暑、日、月、星、水旱の「六宗」を祭った。ここに天体と暦法と気象が渾然一体となって、古代農牧社会政治の原点が示され、これら天地自然の運行を規定するものは、「玄造」と呼ばれた。

舜の治世は暦法の律や度量衡の制度を整えたに止まらない。祭祀、巡狩、儀礼、刑典など後の儒教の経典に説く様々な制度を制定したとされる。また舜は正月元旦に都の四門を開けて広く賢人を招致し、四方諸侯の長と各州の首長と政を諮り、自らの治世の理念を語った。

食哉惟時、柔遠能邇、惇徳允元、而難任人、蠻夷率服。
（君主は民の食を最重要視し、敬虔な気持ちで農時を告示し、遠近の万民を安心させ、厚く徳治善政を施し、賢人を登用し徳のない小人を退ければ、周辺の異民族も慕ってくる。）

これが「兆民」に臨み、「万国」を観る王道治世の思想であった。そしてこの日に禹をはじめ二十二人の賢者を諸方面の長官に任命し、天下が大いに治まったという。

つまり、尭舜の治世は古代社会の徳政の規範であったのである。わけても舜の実施した諸制度が後に夏・殷・周の三代に受け継がれたのみならず、秦漢以降の集権制国家に至っても、舜の治世理念は常に王道政治の理想であり、回帰されるべき原点であった。貞観の治を讃えられた唐の太宗皇帝も「正日臨朝」と題する詩を詠んでいる。

條風開献節、灰律動初陽。

百蠻奉遐賮、万国朝未央。

雖無舜禹迹、幸欣天地康。

（万物の動き出す立春の節に吹く風が正月の慶びを齎し、節気を測る律管に置く灰が動くと初春の陽気の訪れが知られる。新年元日に多くの異国の使者が遠方の物産を献上し、万国の使者が未央宮に席を列ねて朝賀の儀が行われる。舜・禹の治世に行われたような徳政の実績はないが、幸いにも天地の運行が順調で民が安かに暮らせることが喜ばれる。）


ここで立春の節に吹く風と暦を測る律管に置く灰の動きによって年月季節を測定する方法は七曜を観察するのと異なるが、元日を確定することから政が始まるという政治理念において両者が全く同じことは明らかである。この時、顔師古ら廷臣たちも「奉和正日臨朝」の応詔詩を詠んでいる。


七政璿衡始、三元宝歴新。

負扆延百辟、垂旒御九賓。

粛粛皆鴛鷺、済済盛纓紳。

天涯致重訳、西域献奇珍。

（玉の天文器具で七曜を観察し暦を整える政事は元日から始まり、年月日の三つの元の日に宝物の暦も新しくなる。屏風を背後に立つ王が大勢の諸侯の朝賀を受け、王冠の飾りを垂らして四方からの賓客をもてなす。厳粛な態度で朝会に参列したのはみな立派な臣下、多勢の高官貴人が礼儀正しく朝服を身に付けている。天涯にある異国も通訳を重ねて訪れ、遥かな西域も珍しい物産を献上している。）

不比等「元日応詔」は、太宗皇帝や顔師古らの詩と共通するところが多いこと一目瞭然であろう。[注5] 正月元日に一年四季と年月日の三元を測定して政を整える。これが天地自然の法則に法る治世の王道であった。沈約の梁鞞舞歌辞「明君」に「至徳同自然、裁成侔玄造」（最高の道徳は自然に同じく、天子の治世は天地創造の理に遵う）と歌い、天地自然の法理に則った政治を行う天子の大なる徳を誉め讃えた。「明君」はもと漢世の舞曲であったが、梁の武帝がその辞を改め君の明徳を歌ったという（『唐書・楽志』）。英明な君主の大きな徳は天地自然の法理に則った政治に反映される。ここに不比等をはじめ藤原門流の政治観・自然観の一つの側面を読み解く鍵があるように思われる。

従って、色鮮やかな薄雲が五色に彩られ、麗しい春の光が大地に照り輝くという表現も単なる叙景ではなく、太平の世の瑞祥を表すものであった。五色に輝く雲気は『孫氏瑞応図』に「慶雲」または「景雲」という。これが不比等の活躍した時代の年号でもあったことは偶然の一致ではなかろう。

不比等の「元日応詔」で注目されるもう一点は、結びに『荘子』に拠って無為自然の政治こそ人々を和やかに化する聖人治世の真髄であると歌うことにある。「飲和」は『荘子・則陽篇』に拠ること既に諸注の指摘するところであるが、「聖塵」も実は同じく『荘子・逍遥遊』を典拠に用いていると考えられる。

是其塵垢粃糠猶將陶鑄堯舜者也、孰肯以物為事。

（神人はその塵や垢ででも堯舜を作ろうというのに、世の事など気に掛けるだろうか。）

古の聖帝と称される堯や舜も俗世を超越する神人の塵や垢にも及ばないという荘子の発言に対して、晋の郭象はこう注釈している。

夫堯舜者、豈直堯舜而已哉、必有神人之実焉。今所称堯舜者、徒名其塵垢粃糠耳。

（堯・舜というのは堯・舜そのものの全てではない。真実の堯・舜はその実必ず聖人であり神人であったはずだ。今の人が堯舜を語るのは、ただ徒にその虚名すなわちその塵や垢を賞賛するだけである。）

つまりいうならば、人々が誉め讃える堯舜はその治世の事跡であって、堯舜の真の姿ではない。天地自然と共に逍遙する神人・聖人でもあった真実の堯舜にとって、治世の事績はその「塵垢」に過ぎないというのである。故に「聖塵」と表現されてしかるべきであろう。

郭象の『荘子注』は、魏・晋の頃から流行した玄学の思想を大成し、老荘思想と儒教思想を融合させるところに趣旨がある。玄学の思想は六朝文人の間に深く浸透し、南朝の儒学にも大きな影響を与えた。そして天地自然の理に則り、万民を充足と平和に導く制度を作った堯舜の治世が理想の社会と讃えられた一方で、聖人・至人であった堯・舜自身は世俗の権力には無欲で、常に天地自然と共に逍遙する心を懐いていたと考えられたのである。

このような玄学の社会観と自然観において、老荘思想における自然と対立する観念は名教すなわち社会制度とその基づく政治思想の儒教であるが、玄学の追求する目標は両者の融合にある。そのなかで名教が自然の摂理に遵い、名教の中に自然が包摂されるという融合関係が成立する。そこから名教の行われた朝廷政治の中枢にありながら自然のまま振舞う「朝隠」の観念が生み出された。ここに律令制度を推進した不比等及び藤原門流の自然観の一斑を見ることができることは、東アジア地域の古代政治文化を理解するうえで重要であろう。

不比等にもう一首「春日侍宴」の応詔詩がある。

淑気光天下、薫風扇海濱。
春日歡春鳥、蘭生折蘭人。
塩梅道尚故、文酒事猶新。
隱逸去幽藪、沒賢陪紫宸。

（和やかな春光が大地を照らし、花の香る薫風が海内を吹き渡る。春の日に春を歓ぶ鳥が囀り、蘭が生えれば蘭の香りを好む君子が手折りに寄る。政治の道はなお古のほうがよいが、詩文酒宴の儀礼はいまだ新しい。世を逃れる隠逸の士が山野から出てきて、埋もれた賢人も今は朝廷に仕える太平の世の中なのだ。）

この詩も叙景の描写を穏やかな治世の象徴「淑気」「薫風」「春鳥」「蘭生」に集約している点、先述の作と同じであるが、山野に隠遁した隠士や世を逃れる賢人が朝廷に出仕することを朝廷の政治が清明であったことの象徴として歌い上げたところ、後世に与える影響が大きく、注目すべきであろう。

三　房前の侍宴詩と公宴詩

近江朝以降八十数年の間に吟まれた『懐風藻』の詩は、詩風の上で長屋王の時代を境にして前期と後期に大別されるが、[注6]思想の上でそうした違いは認められるであろうか。後期の藤原氏の公宴詩にまず房前の「侍宴」が挙げられる。彼の詩は集中に三首あり、いずれも詩人の人と為りを伺わせるものであるが、[注7]ここでは「侍宴」一首について見てみよう。

聖教越千祀、英声満九垠。
無為自無事、垂拱勿労塵。
斜暉照蘭麗、和風扇物新。
花樹開一嶺、糸柳飄三春。
錯繆殷湯網、繽紛周池蘋。
鼓枻遊南浦、肆筵楽東濱。

（古の聖帝の教えは何千年もの時間を越えて今に伝えられ、立派なご名声は天地の果てまで満ち溢れている。自然に任せて何も為さねば天下は無事太平となり、手を拱いて世事に骨折りをすることもあるものではない。斜めに差し込んでくる日の光は蘭を照らして麗しく、和やかな春風は万物を吹き蘇らせて一新させる。木々の花は山一面に咲き乱れ、柳の枝は春の風に翻っている。網の三面を開放して禽獣を逃す殷の湯王の仁は錯綜としていて、祭祀の儀礼に用いられる水草は周の王宮の池に生い茂っている。舷を叩いて歌いながら舟を南の浦に浮べて遊び、東の浜辺に催された御宴に預かり楽しむものである。）

宴侍詩は応詔詩と同じく天子の御宴に侍した時の作である。詩の中、「聖教」とは「無爲」と「垂拱」を具体的な内容とするが、「無爲」はいうまでもなく老子思想の根本である。そして「垂拱」して世が治まった古の天子に関しておおよそ三説がある。一つは応劭『風俗通義』に「三皇垂拱無為」という伏義・女媧・神農の三皇である。しかし、司馬遷『史記』にこの伝説時代を記さず、その事績は不明というほかない。二つは『漢書』董仲舒伝に漢の武帝が政を論じて問った舜の治世である。

蓋聞、虞舜之時、游於巖廊之上、垂拱無為、而天下太平。
（聞くところによると、舜の時、天子が宮殿の中で遊び、手を垂いて何もしないで天下が太平に治まった。）

武帝が即位した当初、漢王朝は政治理念として老子の道家思想を信奉していた。そのため舜の治世は無為の政治を行い理想の社会を現出させたと考えられた。対して、董仲舒は舜があくまで天意民心に従い尭の譲位を受け、その徳政と賢臣をそのまま継承したので「垂拱無為」の政治ができ、孔子も虞舜の徳を「美を尽くし善を尽くす」と讃えたと答えた。つまり董仲舒は『尚書・虞書』に記載する尭を補佐する舜の事績を尭の時代の政積に重ね、尭・舜の治世を古の理想社会として武帝の問いに答えたのである。

尭受命、以天下為憂、而未以位為楽也。故誅逐乱臣、務求賢聖。是以得舜、禹、稷、卨、咎繇、衆聖輔徳、賢能佐職、教化大行、天下和洽。万民皆安仁楽誼、各得其宜、動作応礼、従容中道。

（尭が天命を受けて即位すると、天下の政治に心を砕いたが、天子の権威を楽しむことはなかった。ために小人乱臣を放逐し、聖人賢臣を尋ね求めた。舜、禹、稷、契、皐陶など多くの聖人賢臣を得て徳政を補佐し、礼義の教化が遍く行き渉り、天下が和睦した。万民みな仁徳の政治に安心し礼義を楽しみ、それぞれが生業を得て暮らし、行動が礼儀に叶い、ゆったりと自然の道理に符合した。）

三つは『尚書・武成』に見える周の武王の治績である。

建官惟賢、位事惟能、重民五教、惟食喪祭、惇信明義、崇徳報功、垂拱而天下治。

（官位を設けて賢者を任官し、万民の食事と礼儀を重視して、信義と徳政を敷いたので、手を拱いて天下が治まった。）

紂王を倒した武王の取った政策が奏功し手を拱いて天下が無事に治まったという。周の政治思想や文物制度は孔子が理想視した周公旦の手になったものが多い。その施策を見れば、いずれも舜の説く治世理念に基づくことは明らかである。

すなわち、房前「侍宴」は前四句で不比等と同じく虞舜の治世に擬えて今の朝政を褒め称えたものである。ここで注目されるのは、舜の治世に二つの側面があることである。一つはその実現のために制度の整備などの施策と賢人の登用が必要なこと。二つは天子が権力に対して無欲であり、あくまで天意民心に従って無為の政治を行うことである。

『万葉集』巻六に律令制下で初めて任命された節度使として房前や宇合らが派遣される時、天皇自ら酒を賜う歌が見える。

食国の　遠の朝廷に　汝等の　かく退りなば　平らけく　われは遊ばむ　手抱きて　われは在さむ（6・九七二）

とある。天皇の支配する国に節度使が派遣されることで、天下太平となり、天皇は安らかに遊ぶことが出来、手を拱くことが出来ると唱われるこの歌は、正に律令制度の整備によって治世が保障され、無為の政治が出来る思想を表しておられる。[注8]その意味するところ、房前詩「無爲自無事、垂拱勿労塵」と同じであること一見して明らかであろう。

このことは房前詩の結びの四句において再度確認される。そこで殷の湯王の仁を「錯繆」、周の儀礼制度を「繽紛」と捉えている。『文選』李善注によれば、「錯繆」は乱雑の様子、「繽紛」は盛んな様をいう。禽獣を捕獲する網の三面を開放した湯王の仁徳は、堕落した夏王朝に代って殷が天下の民心を獲得した大きな理由であった。にもかかわらず詩人が敢えて殷湯の「仁」を乱雑だと捉え、対して周の儀礼を盛んだと讃えた。この叙述の根拠に『論語・八佾』に見える孔子の証言があったのである。

子曰、周監於二代、郁郁乎文哉、吾従周。

（孔子がいうには、周が夏・殷二つの王朝を参考して制定した儀礼制度は大変完備されたもので、自分は周の制度に従う。)

これは不比等が「元日応詔」において文武朝を周王朝に対比させることに等しい発想であること言うを俟たない。孔子の説く儒教の思想は周王朝の儀礼制度を理想とする。律令制度の基づく思想でもあった。その一方で、孔子は周の儀礼制度を最も完美なものと考えるものの、武力で殷を倒した周の武王の徳を最善とせず、後世に垂拱無為の治績を讃えられた舜の徳を最善最美と賞賛した。

太平の治世に有能な賢臣が不可欠であるが、賢人は利欲に淡泊な君子であり、世の流れを洞察して或いは出仕し或いは隠遁する。彼らは明君に仕えるが、徳のない小人が勢いを得ると、世を遁れて野に隠れる。『易』遁の卦に記される智慧であった。裏返せば、隠遁する賢者が朝廷に仕えるのは治世が太平の証になる。不比等の「春日侍宴」に「隠逸去幽藪、没賢陪紫宸」(隠遁した賢人も山奥から出て来て出仕し、埋没された賢才も朝廷に仕えるようになった)と歌い、隠遁し埋もれた賢者が朝廷に出仕することをもって、今の治世を謳歌したのはこの論理による。

房前も「侍宴」に「鼓枻」を歌い、『楚辞』に因って隠逸の趣意を表わしている。暗愚な楚王によって宮廷から逐われた屈原が憂愁に明け暮れる。『九歌・東君』に「子交手兮東行、送美人兮南浦(君と手を交えて東へ行ったものの、ついに故郷のある長江の南岸に送り返してもらった)」と歌っては河の神と遊行し、そして『漁夫』では憔悴しきった屈原が川辺で漁父に出会う。漁父は憂い苦しむ彼を諭して「聖人不凝滞於物、而能与世推移。(聖人は物事に凝り拘ることなく、世の流れに従い移り変わるものだ)」といい、そして船縁を叩きながら歌った。

滄浪之水清兮、可以濯吾纓、滄浪之水濁兮、可以濯吾足。

（滄浪の河水が清ければ、吾が冠の飾りを洗うことができ、滄浪の河水が濁ければ我が足を洗うことができる。滄浪の河水のように、世が清明ならば出仕し、世が混濁すれば隠遁するのだ。）

隠れる賢者の歌であった。その諭しに従わない屈原は結局、汨羅江に入水するしかなかった。隠遁は世に遺す古人の智慧にほかならない。すなわち、詩人は自らを隠者の漁夫に擬えることによって、御宴に侍する今の世の清明と天皇の英知を謳歌したわけである。

隠遁する賢者は俗世間を離れて山川泉石の自然に親しむことを楽しむ。天道も自然に法るからである。隠遁の論理は自然無為の思想とともに玄学の重要な理念であった。『易』は五経の一つであると同時に、『老子』『荘子』と共に「三玄」といわれる玄学の経典でもあった。また『論語・憲問』にも「賢者避世」（賢者は世を避ける）の教えがある。ここに儒教と老荘とが融合する素地があった。その中で儒教に聖帝と仰がれた尭舜の治世を垂拱無為の規範と考えられたことは、「懐風藻序」の叙述とも一致するので特に注目に値しよう。いうならば、そこに儒教と老荘とを融合する玄学思想の影響が顕著に見出され、律令制度の整備を主導した藤氏の政治思想に内包される自然観・人生観の一面を見て取れる。そして、それは主に儒教思想に基づく文治政策を強力に推し進めた唐の太宗皇帝の治世思想と相違するところがあることを指摘しておきたい。

房前にもう一首公宴詩ともいえる作品がある。「秋日於長王宅宴新羅客」である。『懐風藻』に同席の詩が十首収められているが、その漢文学史上の意味に関して既に先学の論考があり、それらを参照されたい。[注9] 房前の一首は次の通りである。

職貢梯航使、従此及三韓。

岐路分襟易、琴樽促膝難。

山中猿吟断、葉裏蝉音寒。

贈別無言語、愁情幾万端。

（貢物を携えて遥々と山を越え海を渡ってきた使者たちは、これから朝鮮半島へ帰っていくのだ。この別れる時に当って別れを告げることは容易であるが、再び琴と杯を手に膝を近づけて親しく交情を語ることは難しいであろう。山中の猿の泣き声も悲しいあまりに途絶え、木の葉の間の蝉の鳴声も寒そうに心細く聞こえる。別れるに当って見贈るための言葉も見付からず、ただ愁情だけは限りなく込み上げってくるばかりである。）


時に房前は参議を兼ねて内臣であった。首聯は職責に言及したものの、頷聯以降は惜別に移る。叙景の頸聯は実景ではなく、旅愁をそそる「猿吟」と悲秋の意を漂わせる「蝉音」とを配して贈別の心境を髣髴させ、そして尾聯に平明な表現で悲愁の情をしんみり歌い挙げたところ、良く吟翫に堪える佳作といえる。

四　藤原家の私宴詩

『懐風藻』の饗宴詩は、公宴と私宴に大別される。侍宴・応詔などの公宴詩は、主に君主の恩徳と治世の繁盛を謳歌するのに対して、兄弟・親友の集う私宴では同志交遊を理念とするといわれる。[注10]宴は主催者と参会者の相互関係により自ずと性格が異なり、公宴と私宴を区別することに意味はある。
藤原氏の私宴詩には宇合と麻呂との同じ題の二作を取り上げなければならないが、まずは宇合の「暮春曲宴南池」一首を挙げて見よう。平城京近辺の景勝地にある別荘で暮春三月に行われたこの宴集の様子は、詩序に次のように記されている。

則有沈鏡小池、勢無劣於金谷、染翰良友、数不過於竹林。爲弟爲兄、包心中之四海、尽善尽美、対曲裏之長流。

（この南園に鏡を沈めたような澄んだ池があり、美しい景観は石崇の金谷園にも劣らない。ここに集う詩才の優れた友は、昔の竹林の七賢と同数である。この人達は兄弟であり、心中の思いを四海に馳せ、それぞれ善と美を尽くして、曲がりくねった長流に向っている。）

暮春に曲りくねった流に向って行われたこの宴は恐らく曲水の宴であったろう。六、七名の参会者は清流の水辺に座り、上流から流れてくる杯が自分の前を過ぎないうちに詩を作り、できなければ杯を取り上げて酒を飲み、そして次へ流す。終わったら場所を移して改めて席を設け作品を披講したであろう。
この日、南園の景色は大変麗しい。

映浦紅桃、半落錦旆、低岸翠柳、初拂長絲。

（水面に映る桃の花が散り恰も錦の旗のよう、岸に垂れる柳の枝が風に揺れている。）

宴は竹林七賢と同じ人数の主客によって優雅な盛り上がりを見せる。

林亭問我之客、去來花辺、池臺慰我之賓、左右琴樽。月下芬芳、歴歌處而催扇、風前意気、歩舞場而開衿。
(我が庭に訪れる客は、花畑に沿って林の亭と池の台の間に行き来し、左に琴右手に杯を持つ。月が昇り香りが漂うなか、歌舞が演奏され、誘われて客も風に向って襟を開き舞い始める。)

そして宴の参加者とともに宇合は、良い季節と美しい景色に加えて琴の曲と酒の楽しさを自らの詩に朗らかに歌い上げている。

得地乗芳月、臨池送落暉。
琴樽何日断、酔裏不忘帰。
(景勝の地で暮春の節に遇い、池に向って夕日を見送る。琴と酒は毎日の楽しみであるが、酔うても帰ることを忘れないのが礼儀である。)

曲水の宴は元は禊の行事であり、日本では顕宗天皇の時始めて御苑で行われたという。中国では魏晋の頃から宮中や貴族の庭園で盛んに行われるようになり、わけても書聖と称せられる王羲之らの会稽の蘭亭に集う詩宴が名高い。

暮春之初、会于会稽山陰之蘭亭、修禊事也。群賢畢至、少長咸集。此地有崇山峻嶺、茂林修竹。又有清流激湍、映帯左右、引以為流觴曲水、列坐其次。

（暮春の初め、会稽山麓の蘭亭に集い禊をする。賢人達は老いも若きも皆集まった。この地に高い山に聳え立つ峰、茂げた林や美しい竹がある。また流れの速い清流が左右に曲りくね、水面に新緑が映える。それを引いて流觴曲水の場とし、人々は水辺に列ねて坐る。）

そして一杯の酒に詩を一首作り、それぞれに思いを述べた。この日空が晴れ空気が爽やかで風が和やかに吹く。参会者たちは広大な宇宙を仰ぎ見、地上の万物を眺め回して、自然の摂理について思いを馳せ宴を楽しんだ。

この蘭亭の詩宴は『世説新語・企羡篇』によれば、石崇の金谷園で行われた詩宴を倣ったものである。金谷園の宴は主人が親友を送別する会で、音楽が盛んに奏でられた点で蘭亭宴集と異なるが、両者が影響関係にあることは疑いない。宇合が金谷園に言及した意図はもう一つ考えられる。そこは石崇が山林に隠遁するための場所だったからである。すなわち、宇合は南園を金谷に参会者を竹林七賢に擬えることで、宴に超俗・隠逸の雰囲気を盛り込んだのである。わけても阮籍・嵇康ら七賢が酒を呷り琴を弾きながら語り会った清談は老荘思想を発明し、魏晋玄学の発展に大きく寄与したもので、饗宴詩に歌われる自然観を考えるうえで避けて通れない。

宇合の詩序に触れられた金谷園と竹林七賢の意味を更に展開させたのは、万里「暮春於昆弟園池置酒」詩と序である。暮春に兄弟の庭園で開かれた宴席であるから、恐らく長兄武智麻呂の別荘で作られたに違いない。序は冒頭から世俗の名利を軽んずる自らの性分を記す。

僕聖代之狂生耳、直以風月爲情、魚鳥爲翫、貪名徇利、未適冲襟、対酒当歌、是諧私願。

（私は聖代の変人であり、ただ風月魚鳥を楽しみとし、爵位名利を求めるなどは性に合わない。酒を飲み楽曲に合わせて歌い或いは鑑賞するのが私の願である。）

この書き出しは日本漢文学の中で甚だ特異といわれるが、それは「余少有大志、夸邁流俗」（私は若い時から大志を抱き、世俗を超えることを誇る）といい、「晩節更楽放逸、篤好林藪、遂肥遯於河陽別業」（晩年さらに思うままに振舞うのが好きで、篤く山林を好み、ついに河陽の別荘・金谷園に隠遁した）と述べる石崇「思帰引序」を意識したものであろう。石崇は金谷園で林藪清流を造成し、魚鳥琴書を楽しみ、世俗の官爵を煩いとし、隠遁したい思いを歌詞と序に綴った。対して万里は「聖代」を生きながら爵位名利を好まず隠逸しようとする。両者の処する時代は違っても、趣意は殆ど同じといっても過言ではなかろう。

また、竹林七賢の中で万里はとりわけ嵇康と劉伶の名を挙げ、自分の師友として思い慕った。

一曲一盃、尽歡情於此地、或吟或詠、縦逸気於高天。千歳之間、嵇康我友、一酔之飲、伯倫吾師。不慮軒冕之栄身、徒知泉石之楽性。

（一曲引いては一杯飲み、歓楽をここに尽くす。あるものは詩を吟じあるものは歌を詠じ、高邁な意気は天にまで達する。千年もの間、嵇康こそ我が友であり、酒に酔うことでは、伯倫だけ吾が師になる。官位栄誉など考えたことすらなく、ただ泉石山水だけが私を楽しませてくれるのだ。)

嵆康は琴の名人で「声無哀楽論」を著して、老子の説く天地自然の本来の無を音楽理論に盛り込んだ。また劉伶は専ら飲酒に明け暮れ、「酒徳頌」を著して、酔の境地を「無思無慮の状態、その楽しさはうっとりするというほかない」といい、正しく「無」を体験するもののように讃えた。すなわち、彼らにあって琴も酒も天地自然の道を具現するものにほかならない。従って万里が宴会で感受したものもただ園池の景色や琴酒の楽しさに止まらず、果てしない宇宙に広がる光景の一幕となる。

於是、絃歌迭奏、蘭蕙同欣。宇宙荒茫、烟霞蕩而満目、園池照灼、桃李笑而成蹊。
(そこで、琴と歌が代わる代わる演奏され、君子賢人が共々楽しみ喜ぶ。宇宙が果てしなく広がり、見渡すかぎり靄や霞が漂っている。園と池とが輝き合い、桃や李の花が咲き乱れ、その下に小道が出来ている。)

そして酒宴に酔った自分を「陶然不知老之将至也」(うっとりとして己が正に老衰に向っていることも忘れた)という陶酔境にあると表現した。それは嵆康・劉伶らが表象した広義の自然の世界と同じであったことはいうまでもない。

さらに万里は詩においても世俗の礼法を無視する自己を主張し、七賢への同調を強調した。

城市元無好。林園賞有余。

彈琴仲散地。下筆伯英書。

天霽雲衣落。池明桃錦舒。

寄言礼法士、知我有粗疎。

（城市は元より好きではなく、林野山荘に楽しみが余りある。琴を弾けば嵇康と同じ境地にあり、詩文を作れば劉伶に紛う文書となる。空晴れて雲がすっかり散り、池が明るく桃の花が錦を敷き詰めたように美しい。世俗の礼儀作法を鼻に掛けるものに申し上げる、自分はそんなものに全く囚われないのだ。）


竹林七賢の中で礼法の士に最も憎まれたのは阮籍である。『晋書』本伝によれば、彼は世俗の礼教に拘わらず、黒目と白目を使い分けて礼法の士を白眼視した。ために彼らの目の仇となった。その詠懐詩八十一首は当代文学の最高峰であったばかりでなく、『通老』『通易』『達荘』の三論で玄学の枠組みを整え、わけても世俗の虚偽な礼法を一蹴する彼の奇抜な行為が後世に大きな影響を与えた。この阮籍も万里の先達であった。

つまり万里の詩・序は、宇合の触れた石崇の金谷園と竹林七賢の世界を更に具体的に展開したものと見られる。両作に相異なる作者の個性を見出すことは可能であるが、藤原氏の私宴詩を幅広く展望するうえで、二人はむしろ補完関係にあると考えたほうがよかろう。「蘭亭集序」の言葉を借りれば、すなわち各各の性分に見合う認識を語り会う快活な私宴の世界は、宇合と万里の詩・序があって初めて完成されるといっても過言ではない。


雖趣舎万殊、靜躁不同、当其欣於所遇、暫得於己、快然自得、曾不知老之將至。

（人間の趣味好悪は千差万別であり、性格も各々相異なるが、互いに出遇いを喜び、暫く己を知るものを得たなら、自ずと快く相楽しみ、迫りつつある老衰のことも忘れるのだ。）

わけて万里の詩序に二つの注目点がある。一つは「聖代」と「狂生」との組合せである。前者は治世の謳歌、後者は世間の功名よりも自然の風月を好む隠逸趣味を表現するから、ここに房前の侍宴詩との接点を見ることができる。二つは竹林七賢への深い思想的共鳴である。阮籍や劉伶らの礼法を対置する行為の思想的根拠は、嵇康の『君子無私論』に説く「越名教而任自然」（世俗の礼法を超越して自然の道理に身を任ねる）の論理にある。玄学の中でも荘子思想を発明したものであるが、儒教と老荘思想との相関関係の中で儒教に最も遠く、自然を最も強調する思想であった。

藤原氏にとって玄学思想も不可欠な教養であったことは、『藤氏家伝』に明らかに記されている。儀礼制度など社会秩序を重要視する儒教思想に対して、老荘思想は人為的に作られた世俗の礼法に束縛されない人間の自然な生き方こそ大切だと説く。藤原兄弟の私宴詩に見る隠逸趣味は、主にそうした玄学の思想を拠り所とする。他方、賢者が時勢を見計らい山野に隠遁することは『易経』や『論語』に記された君子の智慧と品格の証でもあった。ここに儒教と老荘とを融合する玄学思想の根拠があり、公宴詩にも隠逸趣味が歌われる論理があったのである。従って藤原門流の饗宴詩に現れる自然観を一言でいえば、それは玄学の思想に拠って立つものと言うことができるのではなかったか。

五　むすびに

東アジア文化圏を視野に入れてみれば、饗宴詩の源流は『詩経』に遡る。礼・楽・刑・政を枢軸とする王道政治において、饗宴で演奏される楽詩は、内容が君臣、兄弟、朋友、旧知などに分かれても、「和楽」の役割を果たす点で共通する。この点、雅詩巻頭「鹿鳴」を見れば知られる。その趣旨は臣下及び四方の賓客と親和を図り、共に世の道を論じ、政を修めるところにあった。饗宴は君臣にせよ主客にせよ和楽を図ることで礼楽の一端を担ったものである。

饗宴詩に広義の自然観が取り込まれるのは、古代の祭祀儀礼が自然を敬い擬えることに起因する。聖人が自然の摂理を体得して政を治め、賢者は自然に親しみ従い治世を補佐する。両者が和親を通して協力すれば世が治まると考えられた。ここに饗宴詩にみる自然観の原点があったといってよい。

漢代以降、中国の饗宴詩に幾つかの変化があった。まず漢武帝「秋風辞」に宴の歓楽の極まりから寿命の儚さを嘆く抒情が後の宴詩に大きな影響を及ぼした。次に建安年間、曹丕が曹植及び七子らと「良辰・美景・賞心・楽事」を唱和し、「君臣和楽」を図った遊宴・公宴詩が文章経国の主張と相まって雅詩の伝統を新たにする一方で、文章不朽を提唱して生の限界を超克しようとした。そして王羲之らの蘭亭詩宴に玄学の清談が集約され、人間の性情が自然の一端に包摂されることで生の儚さを解消し、自然が歌い語られたのである。

饗宴雅詩の伝統を新たな次元に復興したのは唐の太宗皇帝らの宮廷饗宴詩である。そこに儒教思想に基づく文治政策が貫かれ、人生の感傷も玄学の浮華も排除され、自然への関心も治世の一端または象徴として詠み込まれたのである。

『懐風藻』に見る藤原門流の饗宴詩は時代的または儀礼制度を整備する政治的背景においても唐に近い。不比等の「元日応詔」が太宗皇帝らの同題詩を意識していたのはこのことを物語る。その一方で、不比等詩は名教と自然を調和する玄学の表現で一首を結んでいる。そして房前ら藤氏兄弟の侍宴詩や私宴詩では無為自然の政治や山水自然を好む隠逸趣味が朗らかに歌われ、その玄学思想への傾斜は唐よりも六朝の詩に近い。それは『文選』の影響によるところもあったに違いはないが、もっと根本的原因はむしろ聖徳太子の南方仏教導入による国家体制の建設に遡れるのではなかろうか。注11 そこに藤原氏の饗宴詩と同時代の初唐の宮廷饗宴詩とがいささか異なる主な理由があったように思われる。

【注】

(1) 吉田幸一「懐風藻と文選」(『国語と国文学』第9巻12号、昭和七年十月)、小島憲之『上代日本文学と中国文学・下』(塙書房・昭和四六年)

(2) 波戸岡旭「懐風藻と中国詩学——『懐風藻』序文の意味するところ」(辰巳正明編『懐風藻　漢字文化圏の中の日本古代漢詩』笠間書院、二〇〇〇年)

(3) 額田王当該歌の制作の場として近江朝の詩宴が想定されることは、夙に多くの万葉学者に指摘されている。毛利正守「額田王の春秋競憐歌」(神野志隆光・坂本信幸編『セミナー万葉の歌人と作品・第一巻』所収。和泉書院、平成十二年)に詳しい。

(4) 辰巳正明「懐風藻——東アジア漢字文化圏の漢詩」(辰巳正明編『懐風藻　漢字文化圏の中の日本古代漢詩』笠間書院、平成十二年)。

(5) 井実充史「文武朝の侍宴応詔詩——唐太宗朝御制・応詔詩との関わり——」(『国文学研究』一一五、一九九五年三月)

(6) 小島憲之「懐風藻」(日本古典文学大系『懐風藻・文華秀麗集・本朝文粋』解説・岩波書店、昭和三十九年)

(7) 胡志昂「旅人と房前の倭琴贈答歌文と詠琴詩賦」(『上代文学』第七十一号。後、拙著『奈良万葉と中国文学』笠間書院、一九九八年)

(8) 胡志昂「奈良王朝の「翰墨之宗」――藤原宇合」(池田利夫編『野鶴群芳―古代中世国文学論集』笠間書院、平成十二年)↓本書第一部第六章所収。

(9) 波戸岡旭「『懐風藻』の自然描写――長屋王邸宅宴関連詩を中心に」(辰巳正明編『懐風藻―日本的自然観はいかに成立したのか』笠間書院、二〇〇八年)

(10) 波戸岡旭「侍宴詩考――作品構造とその類型――」(『上代漢詩文と中国文学』笠間書院、平成元年)、井実充史「君臣和楽と同志交遊と――『懐風藻』宴集詩考」(辰巳正明編『懐風藻　漢字文化圏の中の日本古代漢詩』笠間書院、二〇〇〇年)等に詳しい。

(11) 口頭発表・胡志昂「釈智蔵の詩と江南文化」(東アジア比較文化研究国際会議中国大会・二〇〇六年九月於復旦大学、後「釈智蔵の詩と老荘思想」『埼玉学園大学紀要・人間学部篇・第十号』平成二十二年十二月)↓本書第一部第三章所収。

第二章　暮春三月曲水宴考

一　歳時上の春

四季折々に行われる歳時行事は暦の上の節目を表すことが多い。正月一日の元日、三月三日の上巳、五月五日の端午、七月七日の七夕、九月九日の重陽といった月日が同数の五節句もその例に漏れない。東アジア古来の太陰太陽暦では陽暦の一年と陰暦の十二ヶ月の間に十一日強の差があり、このずれを節気と節句で調整する必要があった。そこに月日の重なる五節句の成立する理由があったのである。そして、十一月にそれがないのは、九が最大の単数と考えられたほか、旧暦ではこの月に冬至が来るので、夜の最も長いこの日が暦数計測上の基準点であったからである。

実際、周暦では旧暦十一月が正月であった。これより先の殷暦では冬至より一ヶ月後の最も寒い大寒を中とする十二月、さらに先の夏暦では冬至より二ヶ月後の雨水を中とする一月を正月とする。ちなみに雨水は立春より十五日ほど遅れ、雪が雨に変わる時節を意味するので、冬至を中とする十一月を正月とする周王朝でも農政上では一月を事始めとするのであった。そして、漢の武帝の時に改定された太初暦（太初元年、紀元前一〇四年）が用いられてから、旧暦の正月はずっと一月に固定されて今日に至っている。

陰暦の月は月の満ち欠けに従って計測され、十二ヶ月は三五四日になる。それと陽暦の年間日数との差は閏月を置くことで調整されるが、その間最大で約一ヶ月ほど前後にずれる。旧暦の正月は二十四節気の雨水を中とするが、大晦日がこれに近づくと、節の立春が旧年の十二月中にはみ出してしまう。『古今集』開巻の歌に「年のうちに春は来にけり一年を去年とやいはん今年とやいはん」と歌ったのはこの不合理さを詠んでいる。ともあれ、正月は立春を節とすることから早春や孟春と称され、正月を迎えるのを迎春、新年を新春というのも旧暦からくる表現である。

歳時行事の中で最も大事に扱われる季節は春季。春は四季の始めであり、あらゆる生命が発生する季節である。[注1] しかし、立春の節気は陽暦に基づくが、新年は陰暦の晦（みそか）朔（ついたち）の確定に始まる。元日、七日、十五日、晦日と続く正月の行事も、月の暦に従って見れば、一日は月が太陽と同じ方向にあって暗く、七日は半円の弦月、十五日は満月、そして晦日は月の光が隠れて見えない、というふうに月の満ち欠けに見事に対応するが、晦日が大寒に近づくと元日は正しく真冬に訪れるから、年始行事ではあっても、厳密な意味で春の行事とは言い切れない。

対して、三月三日は紛れもない春の節句である。諺に「暑さ寒さも彼岸まで」という。冬の寒さがすっかり和らぎ暖かい春が訪れるのは、昼夜の長さが同じ春分を中日としてその三日後になる。これが旧暦の三月三日に当たる最初の可能な日である。つまり、仲春の中日の春分が二月末日に当る年には、その三日後が暮春三月の三日になる。ここに三月三日の節句となる暦法上の根拠があった。しかし、三日の節句は初め上巳といって三月の三日に決まったわけではなかった。その移り変わりを辿ってみたい。

二　暮春上巳の祓禊

三月三日の節句ははじめ上巳といって三月一日から十二日までにくる巳（み）の日に禊が行われていた。のち魏の時から三月三日に固定され、いわゆる五節句の一つとなったが、上巳の禊は古くから伝えられた春の歳時行事であった。

周の官職制度を記す『周礼』に「女巫掌歳時祓除釁浴、旱暵則舞雩。」（女巫は歳時の祓を司り香草を使って沐浴する。旱魃になったら天を祭り雨乞の舞を舞う）とある。ここに「祓除釁浴」とはすなわち上巳の日に水辺で行われた禊の祭りをいう。歳時の上で雨乞は夏の祭りであり、祓禊は春の祭りであった。

『詩経・鄭風』に鄭国の上巳の風俗を歌う詩篇「溱洧」が収められている。

溱与洧　方渙渙兮、
士与女　方秉蕑兮。
女曰観乎。士曰既且。
且往観乎。
洧之外　詢訏且楽。
維士与女、伊其相謔、
贈之以勺薬。

（溱水と洧水は正に春になって河水が溢れ流れ、男と女は香草の蘭を採って遊び賑わう。女は祓禊を見に行こうよと誘い、男はもう見て来たよと言う。もう一度見に行こうよ、洧水の辺は本当に広くて楽しいよという。男と女は睦み戯れあい、別れに互いに勺薬の花を贈って情を結ぶ。）

漢の韓嬰（韓詩）によれば、これは鄭国の桃の花びらを浮かべる川水が盛んに流れてくる三月上巳の日に、溱水と洧水の河辺で香草の蘭を取って禊を行い、魂を招ぎ魄を繋ぎ、不祥を祓い除く風俗を詠むものであった。また、毛詩鄭注ではこの詩を仲春の時節、婚姻を結ばない若い男女が陽気に浮かれ、川辺に出て遊び香草を採って戯れあい夫婦の事を行う鄭の淫乱な世相を風刺するものと解く。中国少数民族のヤオ族などでは今も三月三日に若い男女の自由な恋愛や婚姻に結び着く歌垣が行われていることから、鄭風に詠まれた様子は歳時行事としての上巳の本来の姿だといわれるが、[注2] 俄かに断じえまい。確かに『周礼・媒氏』に、

仲春之月、令会男女。於是時也、奔者不禁。

（仲春二月に未婚の男女を結婚させる。この時は親の許可を得ない駆け落ちも禁止しない。）

と記し、鄭注も「溱洧」を仲春の詩とし『周礼』を考慮に入れている。しかし、上巳はその日のみの歳時行事であって、仲春を期間とする通過儀礼と性格が異なる。ただ時期上相重なりあるいは連続するとき、両者が習合することは起こりうる。

春秋時代、鄭は北の大国・晋と南の大国・楚の勢力争いに板挟みとなり、戦が絶えず適齢期の男女は安定した

結婚生活が出来なかったので婚姻風習が乱れたとされる。鄭は地理的に王都の洛陽に近い。王室の権威が衰微するにつれ、周の儀礼制度も崩れ、常に大国に脅かされる小国は鄭に止まらず、「溱洧」に歌われた上巳の様子は鄭に限った風習ではなかったはずである。実際、上巳の日に人々が連れ立って水辺で禊ぎを行い、若い男女が誘い合って遊び楽しむ光景は、後世の詩文にもよく描かれたもので、特に鄭の淫風と断ずることはできない。

一方、「溱洧」と対照的な禊の様子も記されている。『論語・先進篇』に孔子が弟子たちにそれぞれ志を述べさせたところ、曾晳がこう語った。

莫春者、春服既成、冠者五六人、童子六七人、浴乎沂、風乎舞雩、詠而帰。

（暮春の時には春の単袷の服に着替えることが既にでき、成人した青年五六人、少年六七人を連れて、魯の南を流れる沂水の川で沐浴をし、天を祭り雨乞いを行う祭壇の上で風謡を口ずさみ、古の聖王の道を詠いながら帰っていきたいものだ。）

曾晳の言葉を聞いた孔子も至って感心してその志に賛同した。暮春の時、魯の沂水で沐浴することは、いうまでもなく暮春上巳の禊を指す。青年五六人、少年六七人というのは、曾晳が孔子に就いて修得した自らの学問を伝える弟子を意味すると思われる。「風乎舞雩」について、従来は天を祭り雨を祷う祭壇の上で風に涼むと解釈されたが、恐らく違うのではなかったか。「風」は「諷詠」に等しく「口遊む」意味であろう。周の礼制で春と秋は子弟に学芸を習わせる季節でもあった。孔子は周の儀礼制度を学問の理想とし、その学問を悠然と伝えていきたいという曾晳の志に大層感心したのはもとよりである。ここに注目されるのはこの記述から暮春の禊祓いに学制の影響が及んでいることが見て取れるのである。

ともかく、『論語』に垣間見る魯の上巳は鄭と大きく異なるに違いはないが、当地の代表的な川で禊を行い沐浴する点では同じ。ここに上巳の一つの原点があったことは疑いない。

三　漢代の上巳と禊

応劭『風俗通義』に『周礼』の記す女巫の掌る祓禊をこう解釈する。「禊」は「潔」であり、川で洗い潔めることによって疾病を祓い除く祭事である。また「己」は「祉」に通じ福を招く意味だという。よって、上巳は暮春初めの吉日に、人々が河辺に出て穢れを洗い清め福を招くのが祓禊の元来の意味であった。この風習は漢代にも受け継がれていた。

『西京雑記』によれば、漢の高祖皇帝の戚夫人が毎年正月上辰の日に池の畔に出て洗い清め蓬の菓子を食して邪気を祓い、三月上巳には流れる水辺で音楽を演奏したという。正月の洗い清めは禊の予祝であったが、漢代で禊は暮春三月のほか、中秋の八月や孟秋の七月に行われたこともあった。一方、上巳の音楽演奏は先の曾皙が暮春の禊に詩歌を風詠するのに等しい。古代の詩はすべて歌われたもので、曾皙も当時楽器を演奏していた。周の学制で春秋の期末試験は、楽に合わせて詩を歌い舞を舞う形で行われ、これを「合楽」という。戚夫人が上巳の日に楽を奏でたのはその名残と思われる。しかし、彼女の行った歳時行事はあくまで個人の行為であり、前漢の宮廷行事として整備されたわけではなかったらしい。

漢の上巳の風習は都が洛陽に遷った後漢に至ってますます盛んに行われた。『後漢書・礼儀志』によれば、この日に官民が一斉に東に流れる水に出て洗濯沐浴し、溜まった「宿垢」を洗い流し「疾病」の災厄を取り除くのである。これを「大潔」という。暮春の初め暖かい陽気が隈なく行き渡り、万物が悉く発生するこの時節に、長い冬の間に溜まった垢や汚れを思いきり洗い清めることができ、新しい春衣に着替えるとなると、本来は厄除けとはいえ、禊に臨む古人の気持ちが推し知られよう。

杜篤「祓禊の賦」に当時洛陽都の上巳の祓禊の様子をこう描いている。

王侯公主、暨乎富商、用事伊洛、帷幔玄黄。於是旨酒嘉肴、方丈盈前、浮棗絳水、酹酒醲川。若乃窈窕淑女、美媵艶姝、戴翡翠、珥明珠、曳離袿、立水涯。微風掩埃、纖縠低徊、蘭蕤肹蠁、感動情魂。若乃隠逸未用、鴻生俊儒、冠髙冕、曳長裾、坐沙渚、談詩書、詠伊呂、歌唐虞。

（王侯公主および巨富豪商たちが伊水洛水の辺で禊を行い、黒と黄色文様の帷を廻らし、美酒と珍味を処狭しと並べ、赤い棗を水に浮べ、濃厚な美酒を川に注ぐ。そこでたおやかな淑女、艶やか麗人や令嬢は、翡翠を髪に飾り、明珠の耳飾をつけ、美しい衣裳を引きずりながら水辺に立ち並び、微風が起ち吹くと、薄絹の裳裾が揺れ動き、彼女たちが春蘭や紫蘇など香草を振り動かせば、心や魂まで揺り動かされる。また隠逸の賢者や博学な儒士たちは、高い冠を頂き、長い裾を曳き、砂浜の渚に坐って、詩書を談論し、殷・周王朝を補佐した伊摯や呂尚の賢才を風詠し、古の聖帝・尭舜の治世を歌う。）

杜篤の描いた漢代洛陽の祓禊の様子と、『論語・先進篇』に見る孔子と弟子らの対話とを読み合せれば、曾皙の志が一層明らかであろう。後世の賢者儒士たちは正しく彼の志を受け継ぐものであった。また、鄭風「溱洧」に詠まれた鄭国の風俗と見比べても、さすが統一王朝の後漢の都だけあって、鄭の士はここに王侯や富商となり、女は公主や淑女となったばかりでなく、水辺に立つ彼女らの華やかな衣裳と艶やかな姿が文人墨客の文才を大いに奮わせた。が、男女が連れ立って河辺に出て禊を行い、その日を楽しむことにおいて鄭詩も漢賦も殆んど変わらない。ここに暮春の行事を集約した上巳の光景を見ることができる。

漢の時、王侯富商たちが禊に用いた酒食の贅沢さは既に宴に近い。実際、名門豪族の家で上巳の日に宴を張ることもあった。しかし賦に描かれた川に棗を浮かべ酒を注ぐことには禊の歳時祭事としての性格が色濃く反映されている。『荊楚歳時記』によれば、三月三日に四民が一斉に水辺に出て清流に臨んで曲水流觴の飲をし、この日黍と麦の粉を菜汁と蜜で混ぜ合わせた菓子を食べる。それで邪気を祓禊うのである。酒や棗も薬用効果があって禊に用いられたのであろう。

四　三月三日と上巳

上巳の祓禊は魏晋以降に様相が大きく変わる。沈約『宋書・礼志』によれば、上巳の禊は魏の時からもっぱら三日を用いたという。暦の上で上巳が三日に重なることはあるが、巳が祉すなわち福に通じるから、巳の日ではなく三日を用いることは、福を招く呪術的性格から脱却して、それを宮廷儀礼に整備することを意味するにほかならない。魏の明帝が洛陽宮中の天淵池の南に流杯の石溝を設けて群臣に宴を振舞ったのがその始まりであったらしい。

三月三日の祓禊の宮廷行事としての整備は、次の晋の初に行われた。晋初の詩人・張華が「三月三日後園会詩」に暮春の雅宴をこう描いている。

暮春元日、陽気清明。
祁祁甘雨、膏沢流盈。
習習祥風、啓滞導生。
禽鳥逸豫、桑麻滋栄。
纖條被緑、翠華含英。
於皇我后、欽若昊乾。
順時省物、言観中園。
讌及群辟、乃命乃延。
合楽華池、祓濯清川。
汎汎龍舟、遡遊渚源。

（暮春始めの吉日、陽気が清らかで明るい。豊かな恵みの雨が大地を潤い川に満ち溢れ、和やかに吹く春風が冬の停滞を解き、様々の生命を生き蘇らせる。鳥たちは喜び囀り、桑や麻は茂り栄え、細い草にも緑りが覆い、翠りの花にも穂を含む。天子陛下は、恭しく天の道に従い、時節に依って万物の生育を観察し、御苑の風景を遊覧する。そして群臣に宴を振舞い、賢人を招いて舞楽を池の畔で演奏させ、清い河原で禊をし、龍舟を浮かべて渚や流れを遡り楽しむ。）

この詩は四言の形を取るだけあって、趣意は殆んど『礼記・月令』に拠って立っている。それに従って暮春の気候・風物を描き述べたばかりでなく、農政祭礼の全般にわたって『礼記』を踏まえている。『月令』によれば、季春の月に天子は菊紋様の衣を先祖に奉げて養蚕の順調を乞い願い、舟乗りの儀礼を執り行い旬の魚を宗廟に供えて麦の実りを祈る。また諸侯群臣を励まし、名士賢者を招いて楽曲に合わせて歌舞の演出を行い、歳時の祭礼に基づく王道の教化が天下に行き届くよう務めるのである。よって、張華の詩は、禊の由来を先祖に魚を供えて麦の豊作を祈る儀礼であった舟遊びに求め、暮春の歳時儀礼の定立を図ろうとする作意であったと知られる。

しかし、魏晋以降、暮春の祭日として上巳の日を全く用いなかったわけではない。張華が前記の三月三日後園会詩のほか、「上巳篇」も作っている。

仁風導和気、勾芒御昊春。
姑洗応時月、元巳啓良辰。
密雲蔭朝日、零雨灑微塵。
飛軒遊九野、置酒会衆賓。

(南風が和やかな空気をもたらし、春の神が春の季節を携えてくる。三月は正に暮春の月に当たり、上巳の日が好い日時を啓いてくれる。空を覆う雲が朝日を曇らせ、雨の滴が土埃を濡らす。馬車を飛ばして郊外に遊行し、酒を出して賓客と宴会に集うのだ。)

詩中、「姑洗」は三月の別名、「元巳」は上巳のことである。この日、密雲が朝日を曇らせ、雨の滴が微塵を濡らすとしても、人々は馬車を飛ばして原野に遊興し、賓客を集っては酒会を催すのである。上巳の日が三日に当たることもあるから、上巳の習俗が簡単に消え失せることは考えにくい。

一方、『続斉諧記』に次の有名な話を記している。

晋武帝問尚書郎摯虞曰、三日曲水其義何指。答曰、漢章帝時、平原徐肇以三月初生三女、至三日倶亡、一村以為怪、乃相携之水濱盥洗、遂因水以汎觴。曲水之義起於此。

(晋の武帝は尚書郎の摯虞に三日の流觴曲水の意味は何なのかについて質問したら、摯虞は漢の章帝の時、平原の徐肇というものが三月初めに三人の娘が生れたが、三日になって一度に亡ったので、村人がそれを不祥とし、連れ立って水辺に行って沐浴洗濯をした。ついにそこで河に杯を浮かべた。曲水の由縁はこのことによると答えた。)

摯虞は当代有数の博識であったが、三日の禊の意味についてのその説明に武帝は面白くなかった。確かに摯虞の答えは禊の由来を説明するのに不足であったが、洗い清め不祥を祓い除くという禊の本来の意味を語ったことには間違いない。且つ『風土記』にも漢末に郭虞というものが三月三日上巳の日に生れたばかりの女児三人を一度に亡くしたので、村人たちはこの日を忌み、婦女は家に止まらず、遠く離れた東へ流れる水辺に行って祓禊を行い、「自らを潔め濯う」風俗を記述している。ここに禊の風習が民間に根付いた理由があったことは疑いない。

ところで、摯虞が武帝の機嫌を損ねたのを見て、尚書郎の束晳が別の答えを出した。

昔、周公城洛邑、因流水以汎酒。故逸詩曰、羽觴隋波。又、秦昭王、三日置酒河曲、見有金人出奉水心劍、曰令君制有西夏。及秦霸諸侯、乃因此處立為曲水祠。二漢相縁皆為盛集。

（むかし周公が洛陽の城を造築するとき、流れる水に酒を汎べた。故に散逸した詩句に「羽の文様を彫った杯が波に浮かぶ」という。また、秦の昭王が三日に黄河の折れ曲がるところの水辺で酒宴を催したら、金人が出て来て水心劍を奉り、君に中国西部を征服させるといった。その後秦は果たして諸侯の覇者となり、よってその地に曲水祠を立てた。前漢後漢もこれを受け継ぎますます盛大な祭りとなった。）

この記事は『晋書・束皙伝』にも見え、史実であったに違いない。束皙は博学多識で知られ、且つ汲郡の古墳で発掘された竹書を解読した人物である。彼は自らの答えが禊の由来を説いたと思っていなかったであろう。周の儀礼は周公が造ったと伝えられたことから、宴を歌う逸詩が周公に結び付けられるが、洛陽の築城に関連するものなら、禊と直接の関係はないはずである。また秦の昭王が三日に黄河の辺で酒宴を張った話は、『三秦記』に見えるが、これも暮春の禊に関わる根拠は見当たらない。そもそも禊は上巳の祭りであって三日とは限らなかったのである。つまり、束皙の挙げた二つの話は宴の故事であって、禊と直接的関わりはないものである。だが、当時暮春の祓禊は宮廷儀礼に整備される過程で酒宴を結び付ける必要があったので、束皙がもっともな故事を引き出して取って付けたのであろう。彼がそうした理由の一つに古くから禊に酒が用いられたことがあったことは確かである。

いずれにせよ、暮春上巳の祓禊は魏に至ってようやく三日に固定されるのにともない、晋初にその歳時行事としての位置付けと定式が図られたことは既に見たとおりである。

五　流觴曲水の宴

暮春の禊は六朝の時最も盛んに行われたといわれる。[注3]この見方は恐らく南朝の蕭穎士に遡るであろう。彼は「蓬池禊飲序」にこう記している。禊は周の古礼で、「鄭風」の詩篇にも歌われ、暮春の陽射しが温かく照らし万物が発生する時節に、水辺で穢れを潔め福を招くことにその本義があった。晋朝に始めて宴楽を取り入れ、東晋および南朝以降さらに詩文の風流が加わって遂に盛んな歳時行事となったという。

南朝は詩文学の高潮期なので、風和やかで日麗かな暮春を詠む風流が盛んであったのは自然な成り行きともいえる。ただ、西晋よりも詩文創作の面でむしろ後退したと見られる東晋がここに取り挙げられたのは、書の名人王羲之の主催した蘭亭詩会が名高いことに負うところ大きいのではなかろうか。

歳在癸丑、暮春之初、会于会稽山陰之蘭亭、修禊事也。群賢畢至、少長咸集。此地有崇山峻嶺、茂林修竹。又有清流激湍、映帯左右、引以為流觴曲水、列坐其次。雖無絲竹管絃之盛、一觴一咏、亦足以暢叙幽情。是日也、天朗気清、恵風和暢、仰観宇宙之大、俯察品類之盛、所以游目騁懐、足以極視聴之娯、信可楽也。夫人之相与、俯仰一世、或取諸懐抱、晤言一室之内、或因寄所托、放浪形骸之外、雖趣舎万殊、静躁不同、当其欣於所遇、暫得於己、快然自得、曾不知老之將至。

（暮春三月の初め、会稽山麓の蘭亭に集い、禊を行うのである。旧知の諸賢が老いも若きも皆駆けつけてくれた。この地に高い山並みに聳え立つ峰、緑の茂げた林や見事な竹林がある。流れの速い清流がめぐり、左右の新緑が水面に映える。この水を引いて流觴曲水の会場とし、人々は水辺に列ねて坐る。管弦音楽を盛んに奏でる華やかさはないが、一杯の酒に一首の詩を詠じ、各々思いを述べることができる。この日は、空が晴れ空気が澄み和やかな風がのびやかに吹く。仰げば大空の限りない広がり、俯けばあらゆる生命の盛り栄える光景を観察できる。これこそ四方を見晴らし思いを馳せ、耳目の楽みを尽くすのに最高。誠に楽しいものである。おおよそ人間は同じくこの世に処し生きているが、あるものは友と一室に会い、修得した見識を語り合い、あるものは自然の道に従い、しがらみを破って思うまま生きようとする。)

流觴曲水の宴はこの蘭亭詩会になると、形式の上でも整えられたといって差し支えない。宮中で開かれる公宴なら民に時節を授く天子の恩徳を讃える粉飾が加わって行われるが、宴の次第は殆んど変わらない。序に記された賢人の参集、当日の時節光景についての叙景ないし談論および詩歌の誦詠など、いずれも遠くは『論語・先進篇』、近くは杜篤「祓禊の賦」にその源流を見ることができる。ここに蘭亭詩会が私宴でありながら風流の雅宴として名を馳せた一因があった。ただ序に述べられた思想は明らかに魏晋玄学の洗礼を受けているから、趣旨は経書や漢賦と食い違う。『晋書』によれば、王羲之は元から養生長寿に心掛け、京の生活を喜ばず、会稽に赴任してからここに隠退して晩年を送る意思でいたという。会稽（今の浙江省紹興）は山水の美に恵まれ、多くの名士が住んでいたので、その日の禊に孫綽・李充・許詢・支遁など当代一流の名士が一堂に集った。世俗の外に逍遙するものが賢人だと見られる風潮が当時にあり、序に人の処世の仕方を述べる辺りはそうした雰囲気を伝えているが、ここでは深入りしない。

しかし、六朝の時三月三日の禊が盛んであった理由を文学にのみ認めるのは、あくまで文人の見方に過ぎず、実際は江南の風土に基づく民俗の風習が背後にあったこと、『荊楚歳時記』の記述が物語っている。東晋政権が江南に遷ってから、南方の風俗に従う必要もあって、公私とも流觴曲水の宴を盛り上げる風潮が流行ったと思われる。謝恵連「三月三日曲水集詩」を見れば、

四時著平分、三春稟融爍。
遲遲和景婉、夭夭園桃灼。
携朋斯郊野、昧旦辞街郭。
斐雲興翠嶺、芳飈起華薄。
解轡偃崇丘、藉草繞廻壑。
際渚羅時蔌、託波泛軽爵。

(四季は均等に分れるが、春三ヶ月の中でも暮春が暖かい。うららかな春の日差しが和やかで、咲き誇る桃の花が眩しい。友と連れ立って郊外に遠足するため、早朝から城郭を出て行く。色鮮やかな雲霞が緑の山頂に掛かり、薫風が新緑の草むらを靡かせる。轡を解いて高い山の麓に臥せて、草を莚に曲りくねる渓流の畔に座る。水辺に旬の野菜を並べ、流れに杯を軽やかに浮かべる。)

表現は違っても詩に歌われた光景は、『荊楚歳時記』に記された三月三日に士人が一斉に水辺に出て流杯曲水の飲をする風習と全く変わらないこと、一見して明らかである。

六　日本上代の曲水宴

曲水の宴が日本の宮廷儀礼として行われたのは顕宗天皇の時が初見、『日本書紀』によれば天皇在位の三年間に計三回、いずれも三月上巳の日を用いた。そのうち、二年春三月上巳の日、後苑に幸して開かれた曲水の宴には「公卿大夫」や「臣連」のみならず「国造伴造」まで集い、「群臣頻りに万歳を称えた」という。

しかしその後、暮春上巳の行事の記録が途絶える。持統六年に三月三日の伊勢行幸を中納言の大神高市麻呂が官位を賭けて諫止した事件が起こり、三日の行事が未だ定着しなかったことを物語る。[注4] 曲水の宴が宮廷儀礼として定着を見たのは文武天皇の大宝律令が成立した後と見られる。

『懐風藻』に収められた曲水宴の詩は五首を数える。うち二首は藤原家の私宴詩、それについては既に別稿に書いた。[注5] その他三首の中、三月三日が二首、上巳が一首である。また応詔詩が二首、もう一首は私宴詩であったと思われる。まず大学頭調忌寸老人の「五言、三月三日応詔」の詩は次の通りである。

玄覧動春節、　　玄覧春節に動き、
宸駕出離宮。　　宸駕離宮に出づ。
勝境既寂絶、　　勝境既に寂絶にして、
雅趣亦無窮。　　雅趣も亦無窮にあり。
折花梅苑側、　　花を折る梅苑の側、

酌醴碧瀾中。　醴を酌む碧瀾の中。
神仙非存意、　神仙意に存くるに非ず、
広済是攸同。　広済是れ同じくする攸ぞ。
鼓腹太平日、　腹を鼓うつ太平の日、
共詠太平風。　共に詠ふ太平の風。

（天子の遊覧は春の節気に従って行われ、御駕は離宮に向かって出発された。景勝の地は絶妙な静寂さを保ち、優雅な風趣もまた窮まるところを知らない。梅苑の横で梅花を手折り、清流の上から美酒を酌んでは詩を口ずさむ。長寿を求める神仙のことなど全く意に留めず、天下を広く救済することにこそ心を同じくするところである。民が腹鼓を敲いて安泰な生活を喜ぶ時、共に太平を謳歌する歌を詠おう。）

作者の調忌寸老人は持統天皇の時、撰善言司に務め、大宝元年八月、律令撰定の功により正五位上に叙せられた知識官僚。その詩に「広済是攸同」と歌ったところ、暮春三月の曲水宴は律令整備とともに宮廷行事として定着したことを如実に示している。

一方、同じく大学頭の山田史三方の「三月三日曲水宴」一首の趣向は異なる。

錦巖飛瀑激、　錦巖飛瀑激り、
春岫曄桃開。　春岫曄桃開く。
不憚流水急、　流水の急きことを憚れず、

唯恨盞遲來。　唯盞の遲く來ることを恨むらくのみ。

（錦の花が彩る岩の上から滝の飛瀑が激りながら降り注ぎ、春の山間には鮮やかな桃の花が開いている。曲がりくねる流水が速いことを全く恐れないが、ただ杯の流れ来るのが遅いことばかりは歯痒く思ってしかたがないのである。）

山田三方は養老五年正月東宮に侍講した文章博士、この詩は作者の詩文に関わる自信が突出していて面白い。私宴での競争心の現れであろう。また大学助背奈王行文の「五言、上巳禊飲応詔」は応詔詩であるが、自らの文才を気にしている点で三方に同じく、曲水宴で詩作りに力点が置かれたことを示す。

皇慈被万国、　皇慈万国に被り、
帝道沾群生。　帝道群生を沾らす。
竹葉禊庭滿、　竹葉禊庭に滿ち、
桃花曲浦軽。　桃花曲浦に軽し。
雲浮天裏麗、　雲は浮かびて天裏麗しく、
樹茂苑中栄。　樹は茂く苑中栄ゆ。
自顧試庸短、　自ら顧みて庸短を試みれど、
何能継叡情。　何ぞ能く叡情に継がむ。

（天皇の仁慈が万国に行き渡り、天道に則った王道政治は遍く人民に恩恵をもたらす。竹葉の浸み込んだ美

酒が禊の場に満ち溢れ、桃の花びらが曲りくねる流水に軽やかに浮かんでいる。雲は麗らかに青空に浮かび、木々は御苑に生い茂て栄えている。天皇の詔を受け自らの非才を顧みずに作詩を試みたが、どうして素晴らしい御製詩を奉けて和するような詩が作れようか。)

背奈王行文も養老五年正月明経第二博士の任にあった。その頃、曲水の宴は宮中だけでなく、貴族の私邸や律令官人の官邸でも行われるようになったのであろう。『万葉集』にも大伴家持が任地で同族の同僚池主と上巳の詩を詠んでいる。

七言、晩春遊覧一首

余春媚日宜怜賞、上巳風光足覧遊。
柳陌臨江縟袨服、桃源通海浮仙舟。
雲罍酌桂湛三清、羽爵催人流九曲。
縦酔陶心忘彼我、酩酊無処不淹留。

(暮春の麗らかな日和りは賞玩するに最適であり、上巳の日の風景は遊覧して飽きないものである。柳の枝垂れる道に沿う川岸は色彩鮮やかな衣装を纏う人に溢れ、祭りの舟を浮べた川は海に通する桃源郷のようである。雲の文様を施した杯に春の新酒を湛え、羽を飾った杯が人を促すかのように曲がりくねる支流を流れてくる。思う存分酒に陶酔して彼我の分別も忘れて、酩酊してどこにでもところ構わずに止まりたいものだ。)

その日、実際に家持が曲水宴を開いたわけではなく、文学論議に興じる興趣の高揚に伴い虚構の光景を吟詠したものであろうが、[注6]序に三月三日と記しながら、詩句に「上巳」と歌ったところにこの節句の享受される実際が反映されて面白い。ちなみに池主は四日に唱和の詩を作り、同じく「上巳」を詠んでいる。そして三日と上巳の両方が用いられたのは唐でも同じであった。

七　歳時行事の移り変わり

周の古代儀礼に遡る三月上巳の祓禊は、魏晋以降主として三月三日に行われるようになり唐に至る。この日、長安の人々はこぞって都城の東南にある曲江に出て禊をし酒を飲んでは新緑を踏んで遊び楽しんだ。長安年間（七〇一〜七〇四）、武后の愛嬢の太平公主が楽遊原に亭を立てて遊楽の地とし、上巳と重陽の日に華やか衣裳を纏う都の士女が車を連ねて訪れ、その時作られた賦詩が翌日早くも京師に伝わったという。[注7]杜甫「麗人行」に三月三日長安の水辺の賑わいをこう歌っている。

三月三日天気新、長安水辺多麗人。
態濃意遠淑且真、肌理細膩骨肉勻。
繍羅衣裳照暮春、蹙金孔雀玉麒麟。

（三月三日天気が麗しく、都長安の水辺に数多くの美人で賑わっている。彼女たちは濃い化粧をして愛嬌を振り撒く淑やかな様子が綺麗に見て取れ、滑らかな肌がきめ細かく骨肉に均整がとれている。刺繍を施した薄絹の衣装は暮春の光に輝き、頭上には金の孔雀の簪に玉の麒麟を飾っている。）

「麗人行」冒頭六句だけからでも三月三日長安の水辺での華やかな賑わいが読み取れるが、彼女たちはむろん一人ではなく、家族や親友連れ立っての春遊びだから当時の光景が思い知られよう。

一方、唐になって新たな暮春の歳時行事が脚光を浴び始めた。寒食と清明である。『荊楚歳時記』に拠れば、冬至から百五日目に疾風と大雨があり、これを寒食といって三日間火を禁ずる。その間飴や大麦でお粥を造り卵に画を書き、闘鶏や打毬をする風習であったという。冬至から百五日目は二十四節気の清明節の二日前に当る。従って、寒食の火禁明けが清明節であったことになる。

寒食の由来について、春秋時代晋の公子重耳の亡命に追随した介子推が棉山に隠遁し山火事で焼死したのを哀悼するためだといわれるが、固より後人の付会である。歳時行事は季節の折々に行われる農事や厄払いに関わる予祝であって、一過性の事件に起因するものではない。寒食の風習は『周礼』司烜氏の掌る仲春の火禁儀礼に遡るが、[注8]ここで注目したいのは、清明の行事は唐以前に殆んど行われず、火禁明けの暮春の歳時行事として上巳の祓禊が行われたことである。実際、張華の詩に上巳を「暮春の元日、陽気清明たり」といい、歳時の上で上巳も三日も暮春初めの清明な時節に相重なる。それにしても、寒食・清明を歳時行事の前面に推し出た唐代で陽暦に基づく節気を民間に普及させた意味は重く大きいといわねばなるまい。

韓翃の七言絶句「寒食」が寒食の火禁明けの夕暮れに宮中から蝋燭の灯が大臣の家に伝えられる様子が見事に描かれている。

春城無処不飛花、寒食東風御柳斜。

日暮漢宮伝蝋燭、軽烟散入五侯家。

（春の都城では至るところに花々が散り紛い飛び交う、寒食時期の東風に吹かれて御園の柳が斜に揺れる。清明前夜の日暮に宮中から蝋燭が伝えられ、その軽やかな烟が四方に分かれて諸侯の家に入った。）


そして、寒食・清明の歳時行事が盛んに行われるにつれ、暮春の祓禊は次第に寒食・清明に習合されていった。王維「寒食城東即事詩」がその様子をこう詠んでいる。


清渓一道穿桃李、演漾緑蒲涵白芷。

渓上人家凡幾家、落花半落東流水。

蹴鞠属過飛鳥上、秋千競出垂楊裏。

少年分日作遨遊、不用清明兼上巳。

（一筋の清い渓流が桃や李の畑を縫い、水辺に揺れる緑の蒲が白芷を覆う。渓流の上に何軒の人家があろうか、半ば落った落花は東に流れる水に浮かんでいる。蹴り上げた鞠は屢ば飛ぶ鳥を超え、競い合うぶらんこは枝垂れ楊の中から飛び出してくる。少年たちは日を重ねて遊びまわり、清明や上巳などには全く構わないものだ。）

桃李の花が流水に浮かぶのは上巳の風物であるが、蹴鞠や秋千は清明の遊びであった。ここに上巳と三日が清明節に習合され、若者が連日遊び回る様子が見事に表現されていること一読して明らかであろう。

八　むすびに

都市社会が発達した北宋以降、暮春の歳時行事は既に清明節に集約されていた。このことは『東京夢華録』に描かれた京師開封の清明節の光景から見て取れる。四方の郊外では市が立つように賑わい、樹林や田園の間に杯や皿が処狭しと並べられ、人々は互いに酒を勧め、至る所で歌ったり踊ったりして遊び楽しんでいる。日が暮れてようやく帰宅していく。そうした都城郊外に溢れる賑わいが、実際汴河の流れに沿って展開された有様は、同じく宋の都を描いた名画「清明上河図」と照らし合わせれば、一層明らかに看取される。

清明節は今でも中国の主な歳時行事の一つである。この日に墓参りをしたり、青汁で作られた団子を食べて健康を予祝し、新緑を踏む遠足が楽しまれるが、そこに「魂を招ぎ魄を繋ぐ」祭事も含めて禊の名残りが習合されていることは確かである。そして桃の花が咲く頃、産地や公園で桃花節が催される記事を新聞に見たりすると、誰もが覚えるであろう心の小躍りが伝統の歳時行事が移り変わりながらも長く続いてきた理由を語っているのではなかろうか。

【注】

（1）王充『論衡・祭意篇』（四庫全書本）
（2）陳久金・盧蓮蓉「社日節和上巳節」『中国節慶及其起源』（上海科技教育出版社、一九九〇年）
（3）張承宗「上巳節」『六朝民俗』（南京出版社、二〇〇二年）
（4）胡志昂「大神氏と高市麻呂の従駕応詔詩」（『埼玉学園大学人間学部紀要』第十一号、平成二十四年十二月）↓本書第一部第四章所収。
（5）胡志昂「藤原門流の饗宴詩と自然観」（辰巳正明編『懐風藻　日本的自然はどのように成立したか』笠間書院、二〇〇八年六月）↓本書第二部第一章所収。
（6）胡志昂「家持の文学観と六朝文論」（『和漢比較文学』第八号、平成三年十月。後、拙著『奈良万葉と中国文学』笠間書院、一九九八年）
（7）彭大翼『山堂肆考』時令（四庫全書本）
（8）陳江風「清明・寒食的淵源」『古俗遺風』（上海文芸出版社、一九九八年）

第三章　遊士と風流

一　はじめに

石川女郎、大伴宿禰田主に贈る歌一首

遊士とわれは聞けるを屋戸貸さずわれを還せりおその風流士

大伴田主、字曰仲郎。容姿佳艶、風流秀絶。見人聞者、靡不歎息。時有石川女郎、自成雙栖之感、恒悲独守之難、意欲寄書、未逢良信。爰作方便而似賤嫗、己提堝子而到寢側、哽音蹢足叩戸諮曰、東隣貧女將取火來矣。於是、仲郎暗裏非識冒隠之形、慮外不堪拘接之計。任念取火、就路帰去也。明後、女郎既恥自媒之可愧、復恨心契之弗果。因作斯歌以贈謔戲。

（大伴田主、字を仲郎といふ。容姿佳艶にして、風流秀絶なり。見る人聞く者、歎息せざることなし。時に石川女郎といふもの有り。自ら雙栖の感を成し、恒に獨守の難きを悲しぶ。意に書を寄せむと欲ひて未だ良信に逢はず。ここに方便を作して賎しき嫗に似せて、己れ堝子を提げて寢の側に到りて、哽音蹢足して戸を叩き諮ひて曰はく、東隣の貧女將に火を取らむとして來れりといへり。ここに仲郎暗き裏に冒隠の形を識らず。慮外に拘接の計りごとに堪へず。念ひのまにまに火を取り、路に就きて歸り去りぬ。明けて後、女郎すでに自媒の愧づべきを恥ぢ、また心の契の果さざるを恨む。因りてこの歌を作りて謔戯を贈る。）

大伴宿禰田主、報へ贈る歌一首

遊士にわれはありけり屋戸貸さず還ししわれそ風流士にはある

同じ石川女郎、さらに大伴田主中郎に贈る歌一首

わが聞きしに好く似る葦のうれの足痛くわが背勤めたぶべし

右、中郎の足の疾に依りて、この歌を贈りて問訊ふそ。

『万葉集』中に「遊士」と「風流士」を「みやびを」と訓読し、両語を同じ意味に用いる例が少なしとしない。いずれも漢風文化を享受する時代の先端を行く「風流」の趣味を示す万葉歌語として、これまで多くの研究者の注目を集めてきた。[注1]

しかるに、古代中国で「遊士」はその歴史的展開のある段階において、「風流士」と主役交代し或いは交わり合うことはあっても、両者が異なる志向を有するので同一に見られることは少ない。従い『万葉集』においてもたとえば右に掲げた石川女郎と大伴田主との掛け合い歌で「遊士」と「風流士」の意味が全く同じように使われたと思うには少し躊躇を感じる。本稿は万葉歌の提示した事象を手掛かりに、「遊士」の性格とその史的展開ならびに「風流士」との接点を巡って些か考察を加えてみたい。その結果、右の贈答歌群に見る万葉風流の解明に些か資するところがあれば、望外の喜びに思う。

二　先秦遊士——その発生と活躍

遊士はその活躍する歴史時期において様々な様相を呈する。先秦の遊士を定義するのに次の二書が最適かと思われる。まずは『商子・農戦』にこう記す。

夫民之不可用也、見言談游士事君之可以尊身、商賈之可以富家也、技芸之足以距口也、民見此三者之便且利也、則必避農戦。

（人民が君主に使われなくなる。言談を弄する游士が君に仕えて高い身分が得られ、商人が商売によって富を作ることができ、工匠が技術をもって生計を立てることができるのを見たからである。人民はこの三種の人間が都合よく且つ有利なのを見ると、必ずや農事・戦事を嫌い避けるようになる。）

商鞅が重農思想を説く一段である。戦国時代、故国に役職を得られない士人が自らの才能を用いてくれる君主を求めて諸国を渡り歩くようになり、彼らを指して「游士」という。また『史記・留侯世家』に、

天下游士、離其親戚、棄墳墓、去故旧、従陛下游者、徒欲日夜望咫尺之地。

（天下の游士がその親戚と離れ離れになり、父祖の墳墓を顧みず、故人や旧友のいる故郷を離れて、陛下に従って天下を馳せて争ったのは、ただ日夜して僅かばかりの封地を貰おうと望むためである。）

この二つから戦国「游士」の比較的完全なイメージを提示してくれたといえよう。すなわち、游士は商売で富みを得る商人、手工技術で生活の糧を得る手工芸者、また戦時は兵士、平時は農事に携る平民と違い、一族の墓地のある故郷を離れ、父母親戚とも別れて、自らの学識と弁舌をもって他国の君主に仕え、富国強兵の術策や外交戦略を説き、その成功によって栄華富貴を手に入れる遊説の士であった。

遊士は元より士の身分である。『周礼』によれば、彼ら国子は師氏に「至徳」「敏徳」「孝徳」の「三徳」と「孝行」「友行」「順行」の「三行」、保氏に「礼」「楽」「射」「馭」「書」「数」など「六芸」と「祭祀之容」「賓客之容」「朝廷之容」「喪紀之容」「軍旅之容」「車馬之容」など六儀を教わり、徳行と共に文武両道に渉る教養を身につけ、封建政治の一端を担うものであった。故国を離れ立身出世を謀る遊士の興りは春秋時代に遡る。その背景に周の封建制度の疲弊からくる王室の衰退、諸侯の勢力消長に伴う士の生存環境の変化と競争の激化に刺激された私学の発達があったと思われる。中でも学問との関わりは、遊士の発生のみならず、その性格と変貌を考えるうえで重要な手掛かりになる。

春秋時代の主な学派は墨家と儒家であった。「非攻」「兼愛」の説を特徴とする墨家の学説は戦争に走る諸侯を説得するための主張にほかならず、楚王に向かって、「私の弟子三百人が既に必勝の武器を持って宋城の上で楚の来寇に備えている」(『墨子』公輸盤)といい、宋への侵攻放棄を説伏した墨子は、「最も勇ましく激しい遊士」といわれてしかるべきであろう。[注2] 墨家は弁術を重視し、その「同異」「堅白」の弁は後に起きた論理学派の名家に共通する。胡適氏が名家を別墨に分類したのは墨家思想のほか、その雄弁ぶりを考慮したためであった。[注3]

遊士の発生と活躍に一層深く関わったのは儒家である。孔子が三度も故郷の魯を去り、前後十数年かけて諸国を歴遊し、「祖述堯舜、憲章文武」という儒学を説き歩いた。孔門十哲の中で「言語」を得意とする子貢（端木賜）は、人と為り「利口巧辞」、斉の田常が魯を伐とうとした時、彼は孔子の命を受けて諸国への遊説に出た。先ず斉に行って田常に魯を置いて呉と戦うよう説得し、次いで呉に行って魯を助けて斉を伐つことを勧めた。次に越に行って兵を出して呉に従う策略を語り、そして晋に行って呉の進攻を迎え撃つ方策を説いて回った。その結果、斉の軍勢を大いに破った呉は、兵を進めて晋と争い、敗れて帰国したらまた越の復讐に遇って破れた。そして呉を滅ぼした越は三年後、東に進み覇を成したのである。『史記・仲尼弟子列伝』に記す。

故子貢一出、存魯、乱斉、破呉、強晋、而覇越。子貢一使、使勢相破、十年之中。五国各有変。（そのため、子貢が一度遊説に出れば、魯国を保護し、斉国を掻き乱し、呉国を破滅させ、晋国を強くして越国を覇者にした。子貢が一度使いに出たら、諸国の勢力を相破らせ、十年の中に五国の運勢をそれぞれ大きく変わらせた。）

子貢の遊説ぶりは、正に戦国の縦横家の祖といってよいであろう。[注4] そして政治と商売を好み、常に魯・衛の相を務め、家に千金を積み、斉で生涯を閉じた子貢の派手な生き方も遊士そのものであり、儒家の名声が子貢のため大いに揚がった（『史記・貨殖列伝』）という。その後、儒学を大いに発揚した孟子や荀子も諸国を遊学し遊説していたことは周知のとおりである。

かくして遊士は、周の封建制度の破綻と諸侯の勢力争いの激化に刺激され、学問の発達に伴って力を伸ばし、政争と戦乱に如何に打ち勝つかが常に彼らの学識と弁舌を試す課題であった。戦国時代に至って遊士は全盛を誇り、諸子を輩出させ、百家争鳴をもたらした。『漢書・芸文志』に当時の有力な学術流派を儒、道、陰陽、法、名、墨、縦横、雑、農の九家としたうえ、次のように指摘した。

可観者九家而已。皆起於王道既微、諸侯力政。時君世主、好悪殊方。是以九家之術、蠭出並作。各引一端、崇其所善、以此馳説取合諸侯。
（観るべき論理をもつ学派は九家のみである。その学説はいづれも王道が衰微し、諸侯が勢力を争う時代に提唱された。時の君主の好き尚みがそれぞれ異なる。そのため、九家の学説が一度に競って現れ、自説の一端を取って善とし、馳せて諸侯に説くのである。）

つまり諸子の学説はいずれも遊士の学問であったというのである。よって戦国遊士の盛行と諸子百家の活躍とは正に表裏の関係にあった経緯が知られる。そして班固の今一つの重要な指摘は、諸子にそれぞれ長短あるが、帰する所はいずれも「六経」にあり、君主を補佐する相互補完の関係にあるという認識である。斉の稷下に遊学する諸子が互いに学問を切磋琢磨したのは、ここに共通の基盤があった。

ともあれ、戦国の世で最も活躍したのは、やはり諸侯に富国強兵の策を勧めた商鞅や李斯ら法家と七雄の間に合従連衡の策を遊説した蘇秦・張儀らの縦横家であったに違いない。『戦国策・魏策』に彼らの勇ましい姿が描かれている。

天下之遊士、莫不日夜搤腕、瞋目切歯、以言従之便、以説人主。

（天下の遊士が日夜して腕を捲くり目を吊り上げて、盛んに諸国の君主に向かって自らの策の優れたところを説く。）

彼ら遊士こそ時代を突き動かし、歴史を統一国家へと導いた風雲児であったことは、「蓋し戦国の遊士その策謀を記す」（『隋書・経籍志』）という、この『戦国策』が立証している。

洪邁『容斉隋筆』巻二に先秦の諸侯が競って「四方游士」を招致したことに触れ、戦国七雄が天下を争う中、六国はいずれもその宗族及び国人を宰相としたのに対して、秦のみが商鞅・張儀・呂不韋・李斯など他国出身の賢人を起用したから、遂に統一の大業を成し遂げたという。しかし秦王も国人の輿論に惑わされて一度は游士なる客卿を逐う「逐客令」を出した。それを諫める李斯の反論を読めば、自らの学識によって立身出世を図る遊士にとってその目指すところ、諸国を超克した天下統一しかなかったことは明らかである。

秦の宰相となった呂不韋が天下併合を図るため、賓客・游士を招致して、天地・万物・古今の諸事を八覧・六論・十二紀に編纂させ、『呂氏春秋』と名付けたが、この書は高誘序に拠れば、「道徳を以て標的と為し、無為を以て綱紀と為し、忠義を以て品式と為し、公方を以て検格と為す。孟軻、孫卿、淮南、楊雄と相表裏す」といわれ、儒家を主とし道家と墨家の説を兼ねて取ったものである。よって当時、呂不韋の門下に集まった三千人もの賓客・游士は、諸子百家の中でも儒家の学を修めるものが多かったことが知られる。

つまり、六国が統一されていく過程で縦横家や法家の活躍が歴史の脚光を浴びたが、游士の厚い層を構成したのは、春秋以来活躍してきた儒家と墨家それに道家であった。『呂氏春秋』の学術的傾斜は、編纂の目的にもよるほか、参加者数に比例する游士の一般的傾向と考えるべきであろう。彼らが天下の形勢に従って次第に秦の都に集まってきたのである。

三　秦漢遊士の変質

ところが、秦が中央集権の国家体制を確立すると、諸侯の間を渡り歩いて諸国の君主に国政施策の方略を談論する遊士の自由な生き方は否定されねばならない。秦都に集まった遊士に儒者が多かったことを考えれば、始皇帝の「焚書坑儒」は集権政治と遊士の対立、そして後者に対する弾圧といっても差し支えないであろう。[注5]

その後秦が滅び、楚漢が天下を争う時、多数の遊士が劉邦に付いたことは、先に挙げた留侯・張良の言葉から伺われる。そして郡国制を敷いた漢初にも遊士が活躍していた。『漢書・鄒陽伝』に記す。

> 漢興、諸侯王皆自治民、聘賢。呉王濞招致四方游士、陽与呉厳忌、枚乗等倶仕呉、皆以文辯著名。
> （漢王朝が興ると、諸侯王がみな各自で領民を統治し、賢人を招く。呉王の濞が四方の游士を招致すると、鄒陽と呉厳忌、枚乗らはともに呉に仕えるようになり、彼らはみな巧みな文章と弁舌とによって名を著わした人物である。）

呉王の濞、梁孝王の武や淮南王の安といった皇族の諸王が自ら郡国の政治を行い勢力を保つ間、なお四方の游士を招致していた。だが、天下の形勢に対する遊士の見方はすでに戦国時代と変わっていた。呉王らが朝廷の郡国抑制策に対抗して七国の乱を企てようとする際、鄒陽が諌めて「鷙鳥百を累ねれども、一鶚に如かず」（鷙鳥は諸侯を譬え、鶚は天子を譬える）といった言葉にそうした遊士の認識が代弁されている。

そのため、遊士たちは自らの才知を政争や陰謀の策略よりも治世の学問や文芸に傾けていった。「梁孝王が忘憂館に游び、諸の游士を集めて、各々に賦を為らせた」（『西京雑記』巻四）時、嘗て呉王に仕えた枚乗と鄒陽も賦を作っている。司馬相如もこの梁国に客游して「諸生游士」と交わり（『史記・司馬相如伝』）、その文遊に加わった。また淮南王や衡山王らが「文学を修め、四方の遊士を招けば、山東の儒墨咸く江淮の間に聚れり」という。がしかし、淮南王らの下に集まった遊士も文辞を粉飾し書物を著作するものがほとんどであった。

淮南・衡山修文学、招四方遊士。山東儒墨、咸聚於江淮之間。講議集論著書数十篇。然卒於背義謀叛逆、誅及宗族。『塩鐵論』巻三

（淮南王・衡山王らが文学を振興し、四方の遊士を招致すれば、山東一帯の儒家や墨家の学者がみな長江と淮河の間に集まってきた。彼らは日々講議をしたり論を集めて書を著すこと数十篇に上った。しかし遂に義に背いて謀叛の罪を犯してしまい、刑罰が一族のものにまで及んだ。）

郡国の勢力を削り弱め、朝廷の権威を高める策は、漢の文帝の時から既に提案された。武帝に至って諸侯の領地をその子孫に細かく分割する「推恩令」が実施され、そのうえ士人が諸侯に使えるのを禁ずる「左官律」「附益法」が施行された後、諸侯が「惟だ衣食税租を得て、政事に与らず」（『漢書・諸侯王表』）となり、遊士が諸侯に仕える道が完全に閉ざされたのである。

その一方で、選挙・召辟により朝廷に仕官する制度が整備されると共に、京都に太学が設置され、故郷を離れ

て立身出世を目指す士人が都に一極集中するようになった。彼らは司馬相如や枚乗らのように天子に召されて仕えるほか、太学に学んだり自らの才知により公卿の門を潜ったりした。[注6] そして都の風習に馴染むにつれ、彼らの識見と振る舞いは都城の繁栄の象徴ともなった。班固・西都賦に「都人士女、殊異五方、遊士擬於公侯、列肆侈於姫姜」（都に住む士女は、他の地方とまるで違う。遊人の車や服は王公貴人のように豪華であり、市場に列ねる店に出入りする女性の装束は姫様のように華麗だ）と描かれた都の遊人には太学や経学の大家に学ぶ遊士も交じっていたことは想像に難くない。

漢の武帝が諸子百家を抑え、専ら儒学を尊んで国学に立てたので、京城に遊学する士人たちは固より儒学の徒が殆んどであった。儒学の遊士は春秋戦国の世にも多かったが、先秦の遊士は学術思想によって仕える君主を選ぶ自主精神に富んでいたのに対して、漢の遊学する儒士は朝廷の政治に自らの望みを託すほかなかった。だから、後漢の朝廷政治が暗黒の度を強め、学者の仕官する道が絶たされるにつれ、儒士の政治批判も痛烈さを増し、ついに党錮の禁に遭った。『後漢書・申屠蟠伝』に記す。

先是、京師游士、汝南范滂等、非訐朝政。自公卿以下、皆折節下之。太学生争慕其風、以為文学将興、処士復用。

（先に京師の游士、汝南の范滂らが朝廷政治を批判した。公卿たちは、みな身分に構わずに彼らに礼を尽くした。太学の学生らは競って彼らの風格を敬慕し、これからは学問が盛んに興り、学者がまた重用されるようになると思った。）

一方、反対派が「京師游士」と交わる李膺ら清流派の官僚に攻撃をしかける。「牢脩、因りて上書し膺等を誣告す。太学遊士を養ひ、諸郡に交り結ぶ」（党錮列伝）と訴える。よって党錮の禁が布告された。彼ら「京師游士」「太学遊士」は、故郷の郡を離れ、立身出世を目指して都に集り、朝廷政治を批判するその志向が諸侯割拠の戦国遊士と異なるが、清廉な政治を訴え、強い功利性を帯びる点でそれと殆ど変わらないといって差し支えない。

そして後漢の末、朝廷が統制力を失い戦乱の世になると、四方の遊士を招致する有力者が再び現れ、曹操の三度に亙って発した「招賢令」が賢才たる遊士を招致する文書の典型でもあった。その結果、曹操の下に馳せ参じた遊士賢才が数多い。中でも建安年間の鄴下に集い、曹丕・曹植に付いて朝な夕な琴・詩を交えて華いだ宴遊を盛り上げた王燦ら建安七子が文学史上に名高い。後に梁の庾肩吾らが「陳王遊士を従へ、高宴して承華に入る。並び載せば連璧に同じく、文を雕るは沙を簡ぶるに類す」（侍宴餞湘東王詩）と歌い、自分達の宴遊を陳思王の曹植に従った建安七子の文遊に準えて詩文の才を競った。それが建安文学の後世に与える影響がいかに大きかったかを示すと同時に、漢初に現れた遊士の文学化が建安年間に至って決定的となったことを物語る意味で特筆すべきであろう。

四　魏晋風流の展開

自らの才知と識見によって立身出世を求める遊士は、身分階級の固定した貴族社会になると、歴史の表舞台で色が褪せざるを得ない。その代わりに登場してきたのが風流士であった。遊士が政治参画に積極的な姿勢を取るのと対照的に、風流士はむしろ世俗政治に対して超越した淡白な態度を貴ぶ。東晋の劉毅が詩に「六国に雄士多く、正始より風流出づ」（『晋書・劉毅伝』）と歌う。ここに六国の雄士とは戦国の遊士を指す。それと風流士との主役交代はおおよそ魏の正始年間であったと見てよい。

魏正始中、何晏王弼等、祖述老荘、立論以為、天地万物皆以無為為本。無也者、開物成務、無往不存者也。陰陽恃以化生、万物恃以成形。賢者恃以成徳、不肖恃以免身。（『晋書・王衍伝』）

（魏の正始年間、何晏、王弼らが老荘思想を祖述し、論を立てて天地万物みな無為を本と為すという。無は物を啓いてその務めを成就させ、ありとあらゆるところに存在する。陰陽は無によって生を化し、万物は無によって形を成す。賢者はそれによって徳を成し、不肖者はそれによって罪から免れる。）

その頃、何晏・王弼等が老荘を祖述し、天地万物はみな無為を本とする思想を発明し殊に清談を好んだ。ここに魏晋名士の清談の風流が流行った理由が三つ考えられる。一つに「王侯に事えず、其の事を高尚す」（『後漢書・逸民列伝』）という王莽の簒奪によって脚光を浴びた隠遁気風の流行、二つに好んで人倫を議論する後漢の清議、三つには魏の文帝が慕った漢の文帝の時の無為政治が挙げられる。隠遁と無為は主に老荘思想を支えとし、郷党の清議は儒学の政治理念に基づくから、両者は一見対立するように見えるが、儒道の融合を図るのが何晏・王弼らの清談の特徴であった。[注7] そして談論はもとより遊士の本領であったことから、ここに風流の談士が遊士の系譜に繋がる一面が認められる。

何晏は魏室の縁戚であり、当時吏部尚書という官吏を選抜する要職にあった。彼は好んで虚無を談じたが、時の清談の議題は老荘の無為玄虚のほか、人物の「才性」も大いに論じられた。無為を「賢者は恃みて以て徳を成し、不肖は恃みて以て身を免る」（『晋書・王衍伝』）と論ずる何晏らの清談も才性論と密切に関わると思われる。『晋書・傅玄伝』に「正始の中、何晏を任じて選挙を以てし、内外の衆職、各々その才を得て、粲然たるの美、斯に於いて観るべし」といい、何晏が選挙の任にあって内外の役職に各々適切な人材を得たという史実もこの推察を裏付ける。つまり、無為玄虚の清談を通して人物の清潔な「才性」を見極め、選挙に適用するところに儒道の融合を図る正始清談の本質があり、それに九品中正制度により固定しつつある名門世族の優雅な振る舞い・豊かな学識に何晏の麗しい容姿が加わったのが正始風流の実際であった。

それに対し、何晏らと殆ど同時に、阮籍・嵆康ら七賢人が竹林の下に集い、飲酒弾琴しては老荘を談論する風流が世に持て囃された。都会に近い幽閑な林園に遊んで世俗を超越する彼らの風流は、新たな隠遁の様式を作り出したことでやがて後世に大きな影響を及ぼす。[注8]阮籍らが身なりや振舞いを飾らず、「任真逍遥」を説く荘子思想に対する発明が著しく、名教礼法に囚われない点でも何晏らと対照される。が、両者は「顕」と「隠」の対立よりも映発関係にあったと見るべきであろう。ところが、間もなく司馬氏の政権簒奪に絡んで曹爽・何晏らが誅せられ、魏室と繋がりの深い名士の多くが命を落とした。『晋書・阮籍伝』に拠れば、彼は元もと出世の志を懐くが、魏晋の間に遭って政治異変が多く、命を全うする名士が少なかったので、「遂に世事に与からず、酣飲を常と為す」ようになったという。彼らは儒教の礼法を無視する奇矯な行為で世俗社会に反発を示すと共に、現実の政治から逃避し、養性保身に徹するが、それでも出仕を拒否した嵆康が殺害され、阮籍はやむなく仕官し、時事について意見を聞かれる度に泥酔してやっと難を免れた。また『荘子』の「奇趣を発明し、玄風を振ひ起こし」た向秀も「官に在るも職を任ぜず、身を置くのみ」（『晋書・向秀伝』）であった。彼らの仕官しながら職に務めないいわば「朝隠」のような生き方は、一種の保身術であったに違いないが、阮籍の「詠懐詩」八十一首に虚偽に満ちた世俗礼法に対する批判や世を憂う心中を表している。
下って西晋の世に王衍・楽広らの風流が風靡した。楽広と王衍は倶に世俗の政事の外に心を用いたことで高い名声を得、天下の風流といえば、二人が最高だと評判された。王衍は何晏の清談に憧れたが、思想上深い造詣はなく、ただその美貌と機智の利いた弁舌が聞くものを引きつけた。彼が長らく要職にあったため、後進の士は皆彼に倣い、その高踏浮華な振る舞いが「遂に風俗と成し」たのである。

衍、既有盛才美貌、明悟若神、常自比子貢。兼声名籍、甚傾動当世。妙善玄言、唯談老荘為事、毎捉玉柄麈尾、与手同色。
（王衍は、優れた才知と美貌に恵まれ、神の若き智慧をもち、よく自らを子貢に比えた。加えて名門の出身なので、その名声は世に轟いた。巧みに玄妙な言葉を発して専ら老荘を談論し、玉柄の麈尾を持つその手は玉と同じように色白い。）

彼は子貢を崇拝し初め縦横の術を好んで論じたが、辺境遼東の太守に推挙されるとそれを断り、その後「世事を論ぜず、ただ玄虚を雅詠するのみ」になったという。ここに老荘趣味は単なる保身術と化したこと明らかである。一方、楽広は「性格が淡泊で簡約であり、見識高く嗜欲少なく、尤も談論をよくし、簡潔な言葉で事理を解析して人気を博した」。当時尚書令の衛瓘が彼の談論を聴いて至って感心し、「この人の識見はまるで水鏡で、彼に合うと、綺麗に雲霧を払って青天を見るようだ」と讃えた。

尚書令衛瓘、朝之耆旧、逮與魏正始中諸名士談論、見広而奇之曰、自昔諸賢既沒、常恐微言將絶、而今乃復聞斯言於君矣。命諸子造焉。曰、此人之水鏡、見之瑩然、若披雲霧而睹青天也。

（尚書令の衛瓘は当時の長老で、魏の正始年間の名士たちと談論したら楽広と逢い驚いて言った。昔、清談の名人達が亡くなってから清談が絶滅するのかと恐れたが、今その談論を君に復聞いたのだ。そして一族の子弟に楽広を訪ねるように命じていった。「この人の識見はまるで水鏡で、彼に合うと、綺麗に雲霧を払って青天を見るようだ」という。）

だが、楽広も世道の乱れに逢い、ただ「誠心に任ねて身を保つだけ」（『晋書・楽広伝』）であった。「名教中にも自ら楽地有り」（『世説新語・徳行』）という儒教も肯定する彼の認識は『論語集解』を著した何晏らに近いと見られる。が結局、楽広は八王の乱に巻き込まれて憂え死に、王衍は石勒に殺される際、「昔もし虚無を語らず、戮力一心して政治を正せば、今日のような悲劇になるまい」（『晋書・王衍伝』）と歎いたという。

してみれば、魏晋の名士風流は談論を得意とする点で先秦遊士に通じるが、彼らは名士であって遊士ではないこと、功利に淡泊で老荘思想を語って世俗を超越することで政争から身を守ること、弁舌だけでなく綺麗な容姿と優雅な気品で人気を博したことにおいて、むしろ先秦遊士と対照的でさえあった。

永嘉の乱で中原の士人が大挙して南遷し、江南に東晋政権が成立すると、痛切な亡国教訓と脆弱な政権基盤とから、政権中枢にある門閥貴族が自らの教養に恃んで清談を好み、高踏な振る舞いは続けるが、世事に全く無関心な態度を貫くことはできなくなった。東晋の成立に最も大きく貢献した王導は限られた論題でしか清談せず、風流宰相と言われる謝安は前秦の大軍を撃破する淝水の戦を指揮した。一概に論ずることは難しいが、「唯た風流のみに非らず、兼ねて為政の実有り」（『晋書・庾亮伝』）というのが東晋風流士の一般的状況といってよい。そこに政権を支えた門閥大族の共通する危機意識と共同責任が反映されている。風流名士の殷浩が王衍を評して「吾その名を立つること真に非らざるを薄む」（『晋書・殷浩伝』）といい、保身のみを図った王衍の風流を批判した。彼らが好んで取り挙げた前代の風流は、何晏らの正始の清談であったが、前朝への忠誠と表裏をなす竹林の風流も東晋の隠逸趣味と文芸嗜好に大きな影響を与えた。

つまり東晋の風流は、正始の清談と竹林の隠遁を取捨し、前者に内包される世事・人物に対する鑑識と後者に象徴される利欲に淡白な性格と豊かな学芸の嗜みを汲み取ったといっても差支えない。『晋書・外戚伝』に晋の簡文帝が会稽王であった時、名士の孫綽と当時の風流人について議論した際、孫綽は「劉惔は清蔚にして簡令、王濛は温潤にして恬和、桓温は高爽にして邁出、謝尚は清易にして令達」といって四人の人と為りを評価した。これは魏晋風流にも共通する「才性」の談論であったことは明らかである。そして、彼らの風流を保障するものに安定した門閥大族の政治経済基盤と恵まれた知識教養の蓄積があったことは言うを待たない。

五　斉梁風流の成立

南朝宋・斉・梁・陳の文化事情を考えるのに避けて通れない状況変化が二つ挙げられる。豪族門閥政治の終焉と四学わけても儒学と文学の復興である。南朝の帝王はいずれも寒族・素族の出身であり、魏晋以来の貴族社会はなお存続するものの、東晋の門閥政治が崩れたことの影響は大きい。そのため、魏晋風流もその影が完全に消えたわけではなかったものの薄れたことは紛れもない。

宋・斉に仕えて宰相に昇りつめた王倹が好んで語ったのは東晋風流であった。『南史・王倹』に拠れば、彼は常に自分を風流宰相の謝安に準えたが、その得意とするところは儒学であった。

倹常謂人曰、江左風流宰相、唯有謝安、蓋自比也。世祖深委仗之。

（王倹はよく人に東晋の風流宰相はただ謝安だけだと言う。恐らく自らを比えるものであろう。宋の世祖皇帝は彼を深く信頼し頼りにしていた。）

また呉郡の張緒（字は思曼）も少い時から「清簡寡欲」で名が知られ、「今時の楽広」と言われ（『南斉書・張緒伝』）、南斉の名臣に名を連ねた。

一方、宋の文帝元嘉十五年（四三八）に、儒・玄・史・文の四学が官学に並び立てられ、学問の研修と詩文の創作が活況を呈し始める。従来儒学と文学の関わりに注目するものが少ないように思われるが、両漢以来、文学とは儒学わけても孔門四科の文学を指すのが普通なので、南朝文学の高揚に儒学復興の及ぼす影響を考えねばならない。ちなみに孔門の文学を担う子遊と子夏が伝授した経典は主に『礼』と『詩』であり、元嘉十五年、鶏籠山に四学館が開かれ、儒者が諸生を総監するなか、宋の文帝に召し出された儒学者・雷次宗の得意とするところも『周礼』『儀礼』『礼記』の三礼と『詩経』であった。南朝文学と『詩』『礼』との関わりが深い。元嘉文学の代表的な詩人に謝霊運、顔延之と鮑照が挙げられるが、謝霊運の山水詩が東晋の玄言詩の流れを引くとすれば、詩文に豊富な典故を織り込む顔延之の詩文は、正に経典や文史の知識を博く求む時代の気風を反映する。そして、楽府歌辞の世界を取り入れた鮑照の詩風は、楽詩と歌謡との関わりを示す作風として、次の斉梁詩風の端を開いたものと考えられる。

『宋書・謝霊運伝論』は初めて詩の韻律声調に言及した文論として知られるばかりでなく、中国文学つまり詩賦の源流を捉え描いた論述としても名高い。

然則歌詠所興、宜自生民始也。周室既衰、風流彌著。屈平宋玉、導清源於前、賈誼相如、振芳塵於後、英辞潤金石、高義薄雲天。

（詩歌の興りは民衆の生活から生まれたであろう。周王朝が衰退した後、風雅の詩篇が作られなくなった。屈平・宋玉が先に楚辞を作って清源を開き、継いで賈誼・司馬相如らが辞賦を作り、優れた文章が銅器や石碑に彫り込まれ、高邁な意義は蒼天の雲よりも高遠である。）

文中、『詩経』風雅の詩篇を「風流」と記し、屈原の「離騒」とともに文学の源流とした。著者の沈約は宋・斉・梁の三朝に仕え、斉の竟陵王子良が西邸を開いて文学の士を招き、「天下の才学みな遊集する」なか、彼は謝朓、王融、蕭琛、范雲、任昉、陸倕、蕭衍と共に遊び「八友」と号され、後に蕭衍が梁王朝を開くと、沈約は范雲とともに台閣の柱となった。よって彼の文学論は南朝の主流認識と考えてよく、南朝の風流は文学に関わって語られることが多い。『南史・文学伝』に記す。

於時武帝毎所臨幸、輒命群臣賦詩、其文之善者、賜以金帛。是以縉紳之士、咸知自励。至有陳受命、運接乱離、雖加奨励、而向時之風流息矣。

（その時、梁の武帝が行幸する度毎に、群臣に詩賦を作らせ、作品の傑出した者には金帛を賜った。そのため士人は悉く自から勉学に励んだ。しかし陳帝が受命すると、国運に混乱が続き、朝廷が文学を奨励するにしても、往時の風流はもう見る影もない。）

南朝の文学は斉・梁に至って最盛を極めるが、斉梁詩を語るのに二つに区別して論じられるのが普通であった。一つは魏の文帝が「詩賦麗ならんと欲す」と提唱して以来、心情を表現するのに美辞麗藻を彫琢する詩賦の流れを汲み、そのうえ韻律声調の抑揚清濁の美を加え「永明体」と称せられた詩風、もう一つは美辞麗藻を用いて佳人の艶情を歌ういわゆる「宮体詩」である。『南史・徐摛伝』によれば、徐摛の詩は文体が斬新で東宮の女官が悉くそれを倣ったことから始めて宮体と号されたという。徐摛は当時東宮侍読にあり、簡文帝の宮体詩も彼の影響によると思われる。『隋書・文学伝論』に撰者の魏徴は斉の永明・梁の天監年間の斉梁詩を「文雅尤も盛なり」と褒め称えるとともに、精巧新奇な詞藻表現を衒う軽艶淫靡な宮体詩風を「亡国之音」と厳しく批判した。

徐摛の宮体詩は当初から梁の武帝に怒られ、士の情思を述べるに相応しくないと考えられたことは確かであった。しかし武帝が徐摛の学問を質していくと、彼に対する信任はますます篤くなったから、宮体詩もその学問体系において正当に位置づけられたのではなかったか。つまり、韻律声調の清濁抑揚を唱導する「永明体」も女性の美姿艶情を過度に精緻に表現する「宮体詩」も新奇精緻な表現技巧を追求する斉梁詩の一端を成すものと考えられる。

郝経『続後漢書・文芸伝』に実学ならぬ詩賦の濫觴を楚辞に遡ると共に、魏文帝の時、学士や公卿大夫らが専ら文章を務め、宋・斉・梁・陳に至って「簡文・元帝・長城公の輩の如きは、益ます浮艶を為し、君臣ともに宣淫し、自らを風流天子と謂ふ」とし、そのために国家が傾き覆ったという。文学そのものを否定するその論断が偏頗に失するのは否めないが、宮体詩の制作を個別の帝王に限定するのではなく、君臣を含めて一つの時代風潮として捉えることは頷ける。「長城公」とは陳が隋によって統合された後、後主陳叔宝が封ぜられた爵号であった。彼が在位中、日々近臣を宮中に招じ入れ、妃嬪に交えて宴を催しては詩を賦した。その褻臣の筆頭が江総であり、『陳書・江総伝』に後主が彼を「風流のお手本」と称して与えた「策」を記している。

惟爾、道業標峻、宇量宏深。勝範清規、風流以為准的、辞宗学府、衣冠以為領袖。
（貴方は修業が秀でて優れ、気宇が雄大で奥深い。その優れた風格品行は風流人の標準となり、学識詩賦は貴人の首領とならん。）

従来「宮体詩」の発生する背景として恋愛歌が殆んどであった呉声西曲の影響と斉梁貴族の淫らな生活風習を挙げることが多い。[注9] しかし、呉声西曲の流行は東晋からあり、貴族生活の乱脈も西晋以前に遡る。もし東晋の玄言詩を魏晋玄学の文芸化と捉えることができれば、「宮体詩」の起因は、むしろ四学の振興わけても儒学の復興と文学の独立にあったのではないかと思われる。理由は幾つか挙げられる。

1、『梁書・太宗紀』に（簡文帝）「雅に好んで詩を題し、その序に云はく、余七歳にして詩癖有り、長じて倦かず、然れども軽艶に傷き、当時號して宮体と曰ふ」とある。蕭綱が幼時から詩癖があって軽艶な「宮体詩」を流行せしめたが、梁の皇族の素養教育は、幼少啓蒙期には儒学、個性成長期には玄学と道書、思想成熟期には仏典を学ぶという学問修得の状況にあり、貴族文人の教養修得の一般的な傾向でもあった。[注10] 儒学五経の中で『詩経』が幼学で最初に誦読するものであった。『論語・泰伯』に「子曰く、詩に興こる」とある。これを包氏注に「修身は先ず詩を学ぶべきを言ふ」と解釈している。従って、七歳の時にできた蕭綱の詩癖及びその宮体詩風は詩経と密接に関わると想われる。

2、『詩』と『礼』を結ぶものは礼楽・詩楽といわれる楽である。わけても『詩経』巻頭の「周南」「召南」が人倫の「始めを正すの道、王化の本なり」（詩序）といわれ、射礼や燕礼など様々な儀礼の場で郷楽として、また淑女が君子に仕えることを歌う房中楽として、さらに「郷楽唯た欲するのみ」（『儀礼・郷飲酒礼』）の女楽として演奏されたが、この二南の楽歌は、元もと南方の長江流域に生まれた地方歌謡が多かった。[注11] 永嘉以降、南遷した士人が江南に移住してから度重なる「土断」により、寒族士人から土着化が進み、江南の呉声西曲は次第に彼らの郷楽となった。そのうえ『詩』『礼』が盛んに学ばれたから、二南楽歌と呉声西曲との近縁関係が改めて認識され、南楽に倣って作った文人の艶曲艶詩も「性情の正しさ」を得たものと考えられ、ここに斉梁に艶歌が流行した大きな理由があったことは恐らく疑いないであろう。

3、魏晋風流の「任真率素（本性に任ねて本質に従う）」思想や嵆康「声無哀楽論」等の影響により儒教の道徳説教の束縛が開き放たれ、「亡国の音」とされた鄭・衛の楽詩も性情を吟詠するものとして受け入れられ、艶歌の領域が更に広がった。蕭子顕・烏栖曲に「裳を褰げて相求めざるを憚るる莫かれ、漢皐なる遊女は風流に習へり」と歌い、『詩経・国風』の鄭風「褰裳」と周南「漢有遊女」を取り合わせ、斉梁の文人制作の艶曲と詩楽との関係を示す好例である。後に唐の太宗皇帝が南朝の清楽を「亡国の音」とする非難に対し、「悲悦は人の心に在り、楽に由るに非らず」（『貞観政要』巻七・礼楽）と反論したが、そこに南朝楽歌を鄭声と同一視する認識が根強く反映されている。

自ら宮体詩人でもあった徐陵が『玉台新詠』序に歴代の史書詩文に描き歌われた麗人を挙げつつ、次のように記した。

説詩敦礼、豈東隣之自媒、婉約風流、異西施之被教。弟兄協律、生小学歌、少長河陽、由來能舞。

（詩を愛好し礼を尊重する彼女らは、自ら進んで宋玉と結ぼうとする東隣の女性と違い、その婉然たる風流な容姿もまた教え込まれた西施に異なる。兄弟で音楽や歌舞を嗜むのは、生れて小さい時から歌を学ぶためであり、貴族に家に育て教えられたから舞ができるのである。）

つまり、宮体詩に描かれた麗人はみな詩を悦び礼を尊ぶ宮中や深窓の美人、彼女たちは音楽や歌舞の嗜みがあり幼い時からそれを習ったのだという。前者は漢武帝の頃の李延年と李夫人兄弟、後者は石崇の歌女緑玉を指す。宮体詩はそうした宮廷や深窓の佳人を対象とする詩歌であった。学識に裏打ちされる才智と優雅な姿態が必須要素であった魏晋風流がここに至って詩楽・歌舞を嗜む婉麗な佳人の風流となり、宴会で彼女らを詩に歌う文士の風流となったことは注目されてよいであろう。

『玉台新詠』序に更に言う。

選録艶歌、凡為十巻。曾無参於雅頌、亦靡濫於風人。涇渭之間、若斯而已。

（艶歌を撰集し、全部で十巻とする。かつて詩経の雅・頌に並べることはないけれども、国風の詩篇より乱れることもない。良し悪しの区別はそのぐらいのものだ。）

撰者の徐陵は集中の艶詩を「曾て雅頌に參うる無かれども、亦た風人より濫るる靡し」といい、『詩経・国風』に引き付けて解説した。これは梁の簡文帝の認識でもあった。『玉台新詠』の選集経緯をめぐって『唐新語』巻三に次のように記している。

梁簡文帝為太子、好作艶詩、境内化之、浸以成俗、謂之宮体。晩年改作、追之不及、乃令徐陵撰玉台集、以大其体。

（梁の簡文帝が太子であった時、好んで艶詩を作った。国中これを模倣し、広がって風習となり、これを宮体詩といった。簡文帝が晩年作風を改めようとしたが間に合わず、そこで徐陵に命じて玉台新詠を編集させ、その詩体を大きく広げた。）

梁の簡文帝が晩年作風を改めようとしたが艶詩を否定したわけではない。雅頌のような詩を作りたかったに違いない。それが侯景の乱に遭って叶わず、徐陵に『玉台集』を編集せしめ、宮体の範囲を大きく広げ、国風のような作品に繋げたいと願ったのである。簡文帝・蕭綱は幼少から儒学の教養を嗜んだこと、国風の性格が「色を好みて淫らならず」といわれること、更に当時の東宮侍読が徐陵の父徐摛であったことから、彼が徐陵に艶歌詩集の編纂を命じた意図は、正しく自らの遍歴から宮体詩と『詩経・国風』との関係を明らかにするところにあったといっても差し支えあるまい。

従って言うならば、宮体艶詩の盛んに作られた梁陳の風流は、『詩経・国風』に比定される南朝の清商歌詩の流行を意味するにほかならず、それが宴遊の場で郷楽としてまた享楽として制作され演奏され歌われたのである。そして国風も清曲も主に女性を主役とし、且つ佳人によって演奏され演唱された艶情の詩歌であったことはいうまでもない。

宮体艶詩が制作され演奏される場は宮廷を中心に行われた文人墨客の集う宴遊であった。後の陳の後主と嬖臣たちの乱れた宮廷宴遊を挙げるまでもなく、梁の簡文帝の「湘東王（後に梁の元帝）に答ふるの書」に「時ゝ楽事有り、游士文賓、比べて談賞するを得、宴終ふるまで追隋す」と記し、宮中よく行われる楽事として談論と詩文を楽しむ宴遊を取り上げ、魏文帝、陳思王と建安七子らの文遊を偲んでいる。その中「游士」は「文賓」と同義並列にあり、すっかり宴遊の「文賓」と化した斉梁の遊士がここに登場する。彼らは「青槐金陵の陌、丹轂貴遊の士」（沈約・長安有狭斜行）と歌い、京都の金陵（南京）を漢代の長安に準えて謳歌し派手に豪遊する貴遊の士でもあった。それと同時に宴席に侍しては艶曲艶詩を作り競い、またその代作や似作もした。これらの「游士文賓」は、当然のことながら艶情の風流に慣れ親しんだはずである。そうした風流が儒学の『詩』『礼』に相関わり、しかも詩賦文章が「経国の大業」、「情に縁りて麗しからんと欲す」ると考えられたから尚更流行をし、影響を深く大きくしたことは想像に難くない。ここに游士と風流、詩文と琴樽が重ねて一体と化した経緯があり結果があったと思われる。

六　むすびに

戦国の世を最も活躍し天下を統一へと突き動かした遊士は、中央集権王朝の漢代に入ると遊学の儒士、遊宴の文士と変身した。そして老荘の「無」に依って立つ談論の弁舌と優雅な容姿を必須とする魏晋の名士風流を経て、斉梁に至って詩文表現の精緻新奇さを追求する遊宴の文士が辞藻を彫琢し艶詩を作り競ったりする風流へと移り変わり、ここに遊士と風流とが重ねて交わり合った。

南北を統一した隋・唐の社会は、主として北朝の政治と南朝の文化を受け継いだといわれる。科挙が制度化され、試験科目に詩文が加わると、京都に集まる遊学の士人が益々自らの文才を磨く一方で、彼らの集う宴席で美人が琴瑟を奏でつつ舞い詩を歌った。その遊びはもはや宮廷の場を離れ、私的な交友の時の楽しみとなった。新人の進士が「紅牋名紙を以てその中に遊ぶ」（『雲仙雑記』巻十）「風流の藪沢」と呼ばれた長安の平康坊が、街坊に流入した南朝の宮廷風流の変質を物語る。唐代の風流に詩・酒・琴・妓が不可欠な要素では確かにあったが、[注12]その源流は六朝を遡り、漢代にかつて富国強兵の策を説き回る戦国の遊士が既に詩賦を吟制する遊宴の文士と変わった経緯があったものである。

『万葉集』中の「風流」はまず日本上代の貴族社会の文化様相を反映せねばならない。それは遣唐使船の頻繁な往来に伴い、唐と共時性を有すると同時に、古代中国文化を通時的に捉える知識が蓄積され、独自の表象が形成されたものである。従って、万葉の風流と中国文学の関わりは先秦の典籍を盛んに修学した両漢から魏晋を経て隋唐に至る風流の移り変わりにおいて全般的に捉える視野が必要である。こと「遊士」と「風流士」を交互に用いた石川女郎・大伴田主贈報歌に限って言えば、女郎の「自媒」が問題となることから、「遊士」と「風流」の関わりに関して通時的に考察する必要があるであろう。

【注】

（1）蔵中進「石川女郎・大伴田主贈報歌」『万葉集を学ぶ』第二集、呉哲男「万葉の『風流士』——石川女郎・大伴田主贈答歌をめぐって」（『相模国文』第二十号、辰巳正明「風流論——万葉集における古風と今風」『上代文学』第七十六号）
（2）楊柳『先秦遊士』第三章（当代中国出版社、一九九六年）
（3）胡適『中国哲学史大綱』第一篇第十一章（上海古籍出版社、一九九九年）
（4）例えば、西晋の宰相・王衍が縦横の術を好み子貢を慕った（『晋書・王衍伝』）という。
（5）于迎春『秦漢士史』第一章（北京大学出版社、二〇〇〇年）
（6）卜憲群『秦漢官僚制度』第六章（社会科学文献出版社、二〇〇二年）に遊士と遊学の士を区別するのが通説であるが、稷下諸子も遊士ならば、遊学の士も遊士の一種と見るべきであろう。
（7）劉大傑「魏晋学術思想界的新傾向」（『魏晋思想論』上海古籍出版社、一九九八年）
（8）小尾郊一「自由へのあこがれ」（『中国の隠遁思想』中公新書、一九九六年）
（9）王瑤「隷事・声律・宮体—論斉梁詩」（『中古文学史論』北京大学出版社、一九九八年）
（10）胡志昂「思想の歌人・山上憶良論」（『奈良万葉と中国文学』笠間書院、一九九八年）参照。
（11）胡志昂「房中楽考—南音風始序説」（『埼玉学園大学・人間学部紀要』第二号参照）
（12）小西甚一「風流とみやび——琴・酒・詩・妓の世界」（『解釈と鑑賞』二七巻十四号）

「付記」本稿は東アジア比較文化国際会議第六回日本支部大会における口頭発表を加筆したものである。ご教示賜った先生方に篤く御礼を申し上げる。

所収論文一覧

総論

古代漢詩文の思想理念とその展開

原題「近江朝漢詩文の思想理念」(『埼玉学園大学紀要　人間学部篇』第十一号、平成二十三年十二月)

第一部　詩人論

第一章　大友皇子の詩と伝──近江風流を今に伝える詩人──

原題「大友皇子の詩と伝」(『埼玉学園大学紀要　人間学部篇』第十四号、平成二十六年十二月)

第二章　大津皇子の詩と歌──詩賦の興り、大津に始れり──

(『埼玉学園大学紀要　人間学部篇』第十三号、平成二十五年十二月)

第三章　釈智蔵の詩伝と老荘思想

(『埼玉学園大学紀要　人間学部篇』第十号、平成二十二年十二月)

第四章　大神氏と高市麻呂の従駕応詔詩

(『埼玉学園大学紀要　人間学部篇』第十二号、平成二十四年十二月)

第五章　遣唐使の最盛期を支えた詩僧──弁正

(『埼玉学園大学紀要　人間学部篇』第九号、平成二十一年十二月)

第六章　奈良王朝の「翰墨之宗」――藤原宇合
（池田利夫編『野鶴群芳――古代中世国文学論集』笠間書院、平成十四年十月）

第二部　主題論

第一章　藤原門流の饗宴詩と自然観
（辰巳正明編『懐風藻―日本的自然観はどのように成立したか』笠間書院、二〇〇八年）

第二章　暮春三月曲水宴考
原題「暮春の禊祓考」（東アジア比較文化国際会議日本支部編『東アジア比較文化研究・7』二〇〇八年六月）

第三章　遊士と風流
（東アジア比較文化国際会議日本支部編『東アジア比較文化研究・3』二〇〇四年六月）

第三部　国際学会論文

第一章　遣唐大使多治比广成的述怀诗
――透视遣唐使最盛期的政治与文学――
（王勇编《东亚视域与遣隋唐使――１４００周年国际学术会议论集》光明日报出版社、二〇一〇年六月）

第二章　关于少女投水传说歌辞的几点探讨
（杨栋梁・严绍汤主编《变动期的东亚社会与文化》天津人民出版社、二〇〇二年八月）

第三章　古今集两序与中国文论
（林秀清编《现代意识与民族文化――比较文学研究文集》復旦大学出版社、一九八六年十一月）

後書

昨年度一年間、本務校よりサバティカルの機会を給わり、これまで発表してきた論文に資料の調査補足と整理加筆のための貴重な時間を得、誠に幸甚に存じる次第である。

この期間を有効利用して資料調査と同時に、遣唐使団に加わって唐に渡った後各地に滞在しあるいは訪ね歩いた留学生・留学僧の足跡を辿ってみた。図書館や博物館で調べた史料とは違った視角で旧跡の地を足で歩いた実感から得るものが少なくなかった。

『百人一首』に阿倍仲麻呂が帰朝する際、明州で詠んだ和歌「天の原ふりさけ見れば春日なる三笠の山に出でし月かも」を思い出しつつ、港町として発展した寧波の原点であった姚江と奉化江が甬江に合流する三江口公園を訪れた。そこに立てられた巨大な石碑に当地の歴史を綴った中にも阿倍仲麻呂に触れたところがあり、彼もこの港街の繁昌を見証した感を新たにした。海を背に寧波から南へは天台、北へは会稽（今の紹興市）に通ずる。三論教学を集大成した嘉祥大師・吉藏が天台智者大師・智顗と交際するにも、会稽の嘉祥寺や天台山国清寺にいた留学僧もたびたび寧波の街を歩いたに違いない。思えば、後に福岡または五島列島から海原を横切って江南に至る遣唐南路が開かれた前に、港街としての蘇州や寧波についての知見はこれら留学僧によって既に蓄積されていたのであろう。

呉越地方の会稽嘉祥寺に留学した智蔵は伝に拠れば、三蔵の要諦を竹筒に封入し気が触れたふりをして道路を奔走したという。彼も南下しては天台山に登り、北上しては三論宗の本山・摂山棲霞寺を訪ねたに違いない。会稽から蘇州を通り、南朝の都建康（南京）に行く途中、必ず京口（今は鎮江市）を通らなければならない。ここは北岸の広陵（今の揚州江都市）に通ずる長江下流南岸に栄えた港街で、その渡し場（西津渡）左横の北府山上にも阿倍仲麻呂の歌碑が立っている。長安から江南に下るにはここで長江を渡るので仲麻呂も同じ経路を取ったのは固よりである。

京口は南朝・宋を開いた劉裕の北府兵の発祥地で南都建康の入口に当る。後に隋の大軍がここを突破して南朝・陳を滅ぼし、陳の後主を捕らえて長安に連行した際、後主が「臨行詩」を詠んで建康を離れたのである。智蔵師が摂山を訪れる次いでに南都の街を歩き、そこで南朝についての様々な伝説を見聞し、帰朝してから弟子達に語ったのではなかったか。梁・陳末期の皇帝は詩作りに情熱を傾けたものが多い。隋の文帝も陳後主の作詩力を目の当たりにして、その力を政に入れたら陳も滅ばずに済むだろうというほどである。

建康城北の玄武湖中の人工島に梁の昭明太子が『文選』を編修した遺跡があるほか、郭璞の博物館を発見したのは意外な収穫であった。郭璞は『文選』に江賦と遊仙詩七首が見え、遊仙詩人として名高い。数万言にも及ぶその詩賦の多くが散逸したが、『爾雅』『山海経』などを注釈した訓詁学者として誉れ高いのみならず、陰陽卜筮の名人でもあった彼の伝説に伴い民間に流伝していたものも少なくなかったに違いない。その中の一首が大津皇子の「臨終詩」と同じ韻を用いたとしても不思議はない。

一方、唐都の長安に留学した釈弁正は碁の嗜みによって臨淄王李隆基の知遇を得たが、近年長安一帯で考古学上の大発見の一つに上官婉児の墓碑出土が挙げられる。中宗朝廷の宮廷詩壇を大いに盛り上げ、文臣たちの詩篇を見事に評判した無類の才媛であったが、その墓志によれば、中宗末年に皇后韋氏の専権及び安楽公主の立皇太女について彼女も中宗に諌言し、終には自ら毒を飲んで諌めた経緯が明らかになった。当時李氏唐朝はある意味で存亡の危機に瀕していたとも言える。その頃李隆基の側近にあった弁正が五言詩「与朝主人」を作り、唐隆政変に関わったのは、そうした時代の情勢が為させることであったともいえなくはない。

西安の興慶宮遺址に阿倍仲麻呂の記念碑が建てられたのは一九七九年。この地はかつて李隆基が藩王であった時の邸宅で弁正も出入りしていた。玄宗皇帝が即位後その規模を大きく拡張して、長安三大宮殿（大極宮、大明宮、興慶宮）の一つに作り上げ、開元・天宝の繁盛を彩った。阿倍仲麻呂はもちろん、藤原宇合も多治比広成も訪れたところであった。

思えば、唐代約三百年の間に遣唐使者に従ってどれだけ多くの留学生や留学僧がこの古都を訪れたことか。管見で知り得たのはそのほんの一部で、正に九牛の一毛に過ぎない。昔日の西京長安から東京洛陽一帯はこれまで何回も訪ね歩いたが、その度毎に新たに得るところがあったし、昨日も後書を執筆しているところ、父中宗皇帝を毒殺した安楽公主の墓誌が発見されたとのニュースを聞いた。本書を纏める際今一度古都西安を訪ねる必要を切実に感じたわけである。

本書を作成する際、執筆時期の早かった第一部第六章と第二部第三章に比較的大幅な加筆をした。その他の章も発表当初枚数制限のために割愛した資料の増補や体裁を整えるための書き足しをした。が、論文の原形や主旨を大きく変えるほどの変更はない。とはいえ、古来「詩無達詁」（詩には究極的な解釈がない）とは『詩経』に限って言うものではなく、言語作品に就いて一般に言えるものである。従い、学ぶ者にできることは作品の成立に関わる諸要素をなるべく広く視野に収めつつ作者の意図するところにできるかぎり近づくことしかない。そのように痛感しながらの作業であった。
なお、本書の上梓は勤務する大学の研究助成を受けて実現されたものである。そして論文を執筆する度毎に師友方々の教示と激励を承り、日々家族の支持があっての賜物である。また本書の刊行は出版を快くお引き受けくださった笠間書院の池田圭子社長のご厚意による。書稿を作成するに当って大久保康雄氏に大変お世話になった。ここに記して深く謝意を表す。

平成二十七年九月十五日

胡　志昂

【著者紹介】

胡志昂（こ・しこう）

1955年、上海市生。復旦大学日文科卒。慶應義塾大学大学院博士課程単位取得退学。博士（文学）。第十一回上代文学会賞受賞。現在埼玉学園大学教授。
著書『日藏古抄李嶠詠物詩注』（上海古籍出版社、1998）、『奈良万葉と中国文学』（笠間書院、1998）他。

埼玉学園大学研究叢書　第12巻

古《こ》代《だい》日《に》本《ほん》漢《かん》詩《し》文《ぶん》と中《ちゅう》国《ごく》文《ぶん》学《がく》

2016年（平成28）2月10日　初版第1刷発行

著　者　胡　志　昂

装　幀　笠間書院装幀室
発行者　池　田　圭　子

発行所　有限会社 **笠間書院**
〒101-0064　東京都千代田区猿楽町2-2-3
☎03-3295-1331　FAX03-3294-0996
振替00110-1-56002

ISBN978-4-305-70792-5　組版：ステラ　印刷／製本：モリモト印刷

第三部　国際学会論文

第一章　遣唐大使多治比广成的述怀诗

——透视遣唐使最盛期的政治与文学——

一、律令制度与诗文风雅

中日交流源远流长，自七世紀初日本向隋朝而后向唐朝频繁派遣使节，从而翻开了中日文化交流史上辉煌的一页。这段持续了近三百年的文化交流涉及广泛，大致可分两个方面：首先是促成了日本古代国家制度的建设，其次是促进了文艺学术的交流。这两个方面密切相关既不可分割又有所区别。日本最早的汉诗文集《怀风藻》序文对此表述得十分明白。

> 逖聽前修，遐觀載籍，襲山降蹕之世，橿原建邦之時，天造草創，人文未作。至於神后征坎，品帝乘乾，百濟入朝，啓龍編於馬厩，高麗上表，圖烏冊於烏文，王仁始導蒙於輕島，辰爾終敷教於譯田。遂使俗漸洙泗之風，人趨齊魯之學。
>
> 逮乎聖德太子，設爵分官，肇制禮義。然而專崇釋教，未遑篇章。及至淡海先帝之受命也，恢開帝業，弘闡皇猷，道格乾坤，功光宇宙。既而以爲，調風化俗，莫尚於文，潤德光身，孰先於學。爰則建庠序，徵茂才，定五禮，興百度，憲章法則，規模弘遠，夐古以來，未之有也。於是三階平煥，四海殷昌，旒纊無爲，巖廊多暇，旋招文學之士，時開置醴之遊。當此之際，宸翰垂文，賢臣獻頌，雕章麗筆，非唯百篇。

序文叙述日本古代始作人文的“神后”，《日本书纪》古注以

为即《魏志・倭人传》记载曾向曹魏派遣使者的邪马台国女王卑弥呼。“品帝” 即应神天皇，学者推论系《宋书・倭国传》记载倭五王中的第一王“讚” (1)。据《续日本纪》记载“王仁”是移住百济的汉高祖子孙，由他开启在应神朝皇都“轻島”教授经典，从此儒学传入日本逐渐生根开花。这些是圣德太子摄政派出遣隋使，提倡佛教而以礼义设制官阶的前史。至“淡海帝”近江朝廷造“庚午年籍”制定法令制度，同时日本汉诗文学勃然兴起，表明日本汉诗文学自其伊始就与律令制度建設密切相关，是其不可或缺的重要一环。

淡海帝即天智天皇以为風俗教化必须由“文”，修身树德必须由“学”，两者并称即为“文学”。因此需要设立学校选拔秀才制定礼仪法度，造成天下繁荣朝廷无事的政治局面。于是时常招集“文学之士”开设风雅之宴，帝王制文群臣献诗，歌功颂德粉饰太平盛世。这里“文学之士”的“文学”与前文并称“文”“学”意思连贯，在古代东亚文化的语境中近乎同义可以通用。近江朝是遣唐使和唐使往来最密切时期，正是历史社会自身发展的需要和东亚国际交流关系决定了日本汉诗文学勃兴的条件和性质。

近江朝汉诗文现在《怀风藻》里仅存大友皇子的绝句二首，从中不难透视当时朝廷风雅文学之一端。

侍宴

皇明光日月。帝德載天地。
三才並泰昌。萬國表臣義。

述懐

道德承天訓。鹽梅寄眞宰。
羞無監撫術。安能臨四海。

诗人传称:“皇子博學多通，有文武材幹。始親萬機，群下畏服，莫不肅然。年二十三，立爲皇太子。”又称:“太子天性明悟，雅愛博古，下筆成章，出言爲論。時議者歎其洪學。未幾，文藻日新。”在此称赞皇子风雅博学的“議者”当即包括唐使刘德高。大友皇子生母并非名门望族出身，他始任太政大臣后又被立为太子，无疑是因其博学多才擅长文藻，符合继承新创律令制度建设的要求。

但是近江朝廷盛行诗文风雅并非一帆风顺。天智天皇崩后发生“壬申之乱”，前皇太弟大海人皇子起兵击败大友皇子执政的近江朝廷，当时数逾百篇的“雕章麗筆”，或许还包括与唐使酬答唱和的诗篇尽焚毁于一旦，因此感到“軫悼傷懷”的绝非仅止古人而已。

二、大宝律令重启遣唐使节

“壬申之乱”以后天武朝廷政治倾向出现了明显的变化和反复。这在大津皇子事件上反映得比较清楚。《怀风藻》诗人传称大津皇子“幼年好學，博覽而能屬文。及壯愛武，多力而能擊劍。”正反映了两个朝廷截然不同的风气。《日本纪·持统纪》记载天武帝崩后一月大津皇子因谋反被赐死，時年二十四岁。又说大津幼时“容止墻岸，音辭俊朗”，为外祖天智天皇所钟爱，“及長辨有才學，尤愛文筆。詩賦之興自大津始。”日本汉诗文学始兴于近江朝是不争的事实，因此学者历来多以为《持统纪》所记非是(2)。但是，这里恰好反映了天武朝廷不作诗文已久的史实。

《怀风藻》收录大津皇子诗四首，第一首是《春苑言宴》

開衿臨靈沼，遊目步金苑。
澄清苔水深，晻曖霞峰遠。
驚波共絃響，哢鳥與風聞。
群公倒載歸，彭澤宴誰論。

这首诗吟咏的不是朝廷宴会，至多只能算是一首豪放的公宴诗。《天武纪》十年记载敕命编撰律令，立皇后所生草壁皇子为太子总揽一切政务。十二年又记“大津皇子始听朝政”。大津吟制《春苑言宴》当在此时。或许这就是所谓“詩賦之興自大津始” 的原由。大津皇子还有《遊猎》一首：

朝擇三能士，暮開萬騎筵。
喫臠俱豁矣，傾盞共陶然。
月弓輝谷裏，雲旌張嶺前。
曦光已隱山，壯士且留連。

遊猎在近江朝是朝廷重要礼仪之一，天皇以下文武百官都得参加，《日本纪》《万叶集》多见记载。但大津吟咏的遊猎虽规模场面堪比前朝盛事，内容格调却似遊猎宴私，这里面正包含了他后来被以谋反赐死的矛盾。

这种情况到了文武朝有了根本改变。文武朝的最大政绩在于制定、实施了大宝律令，最终完成律令制度建设。文武天皇（683～707）博览经史，今存御制三首。其《述懷》一首云：

年雖足戴冕，智不敢垂裳。
朕常夙夜念，何以拙心匡。
猶不師往古，何救元首望。

然毋三絶務，且欲臨短章。

林古溪指点此诗引据典故为：第一句用《礼記》、第二句用《周易》、第三四五六句根据《尚书》、第七句用《史記》，称其“所以荘重森厳”(3)。文武天皇博览经史由此可以得到证实。这正说明大宝律令在文武朝得以完成并非偶然。

《文武纪》四年（700）敕命“刑部親王、藤原不比等、粟田眞人等撰定律令”，至翌年大宝元年八月始告完成。其间“元年正月元日、天皇御大極殿受朝。其儀、正門樹烏形幢，左日像、青龍、朱雀幡、右月像、玄武、白虎幡。蕃夷使者、陳列左右。”史称“文物之儀、於此備矣。”这天，藤原不比等应诏作诗一首(4)。

元日應詔

正朝觀萬國，元日臨兆民。
齊政敷玄造，撫機御紫宸。
年華已非故，淑氣亦惟新。
鮮雲秀五彩，麗景耀三春。
濟濟周行士，穆穆我朝人。
感徳遊天澤，飲和惟聖塵。

此诗气象与贞观年间唐太宗朝廷里的应制诗十分近似，这里可以举颜师古《奉和正日临朝》作一比较。

七政璿衡始，三元寶歷新。
負扆延百辟，垂旒御九賓。
肅肅皆鴛鷺，濟濟盛纓紳。
天涯致重譯，西域獻奇珍。

"七政"即 "齐政"，指元日观察日月五星，以确定年、季、月之三始。"周行士"本指周代卿、大夫、士，这里指以西周制度为规范的唐朝官员，与"我朝人"相对。可见两诗表述的政治理念大体一致。(5) 大宝元年正月朝廷还任命了参与撰定律令的粟田真人为遣唐执节使以及大使、副使一行，翌年六月起航赴唐。《旧唐书・日本传》称粟田真人"好讀経史，解属文，容止温雅"，说明编撰律令与制作诗文与遣唐使节之间有着必然的联系。此次遣唐使少录山上憶良是著名歌人，《万叶集》里存其汉诗、诗序各两篇，汉文一篇。此外还有汉文歌序两篇，他的汉诗文学造诣对其和歌创作、对当时和歌创作的体裁、风格和内容均产生了极大影响(6)。

可以说自近江朝开始建设律令制度并兴起诗文风雅到文武朝才臻至成熟。在近江朝廷的风流雅宴上帝王御制，群臣应诏制作的"非唯百篇"的"雕章麗筆"，虽然因壬申之乱一旦焚毁，但从诸多文武朝中侍宴应制诗里不难看到近江风流的余韵。众所周知，执掌文武朝廷实权的是藤原不比等，其父藤原镰足曾与天智天皇一同推行大化改新，经营近江朝廷制度创建，不比等去世后谥号"淡海（近江）公"，从而可见他的政治理念与近江朝廷是一脉相承的。

三、遣唐大使咏诗述怀

大宝以降之遣唐使节相比以前大有不同。首先由四艘海船五六百人组成的遣唐使团规模庞大，比起以前不可同日而语。其次主要使节官位级别明显提高，不乏名门望族出身。第三是主要遣唐使节中多有擅长诗文的文人。大宝元年（701）任命第七次遣唐使之后，灵龟二年（716）任命的第八次遣唐使押使・多治比县守、

大使·大伴山守、副使·藤原马养皆出身名门，尤其是藤原马养乃不比等第三子。此人极富文才，有文集两卷行世，当时称为“翰墨之宗”。

天平四年（732）任命第九次遣唐使没有押使，以多治比广成为遣唐大使，五年四月起航出发，六年归国途中遭遇风暴，七年三月方抵达京都。九年任议政府参议，不久升任中纳言，十年兼任式部卿。《怀风藻》收录其诗三首，其中《述怀》一首云：

少無螢雪志，長無錦綺工。
適逢文酒會，終恧不才風。

诗中作者自愧不学无才，无疑是一种自我谦逊的表现。这点从他兼任式部卿这一非饱学之士不能胜任的职位可以得到印证。日本汉诗史上“述懐”一体本来多有谦逊的风气。

如大友皇子《述怀》云：

道德承天訓、鹽梅寄眞宰。
羞無監撫術、安能臨四海。

此诗作于皇子立为太子后，太子职责在于辅佐帝王“监国抚军”，故云“监抚术”。“羞无监抚术”自然是一谦虚的表现。但是当时前东宫皇太弟出家在吉野，政治根基十分深厚，大友皇子能否顺利接替皇位实在不无担心，所以这种谦虚并非无所由来，也是一种内心不安的反映。

再如文武天皇《述怀》一首。

年雖足戴冕，智不敢垂裳。

朕常夙夜念，何以拙心匡。
猶不師往古，何救元首望。
然毋三絶務，且欲臨短章。

文武天皇效仿西周成王故事年仅十五岁加冕继承大位，《述怀》当即作于此时。古代社会的理想政治如黄帝、尧、舜那样垂裳拱手无为而治，选拔贤人建立制度是大前提，当时日本社会律令制度建设虽然已经启动，但是包括皇位继承制度都尚未最终确定，所以“智不敢垂裳”既是谦虚也是实话。再说“三絶務”，孔子读《易》韦编三绝已在晚年大器既成，任何人都不能与孔子比读书这是实话。但是从此诗引经据典博涉经史可以得知作者虽然年未及弱冠，读书应该是相当用功的。因此“毋三絶務”又是一种谦虚。

由此可见，述怀诗作者目标志向高远则多作自我谦虚，多治比广成《述怀》一首亦不例外。他能够兼任式部卿自然说明他决非不学无术。那么，让他确实自觉“不才”的又是什么呢？这里或者可以举一前任式部卿藤原马养的诗篇《悲不遇》作一比较。

賢者悽年暮，明君冀日新。
周占載逸老，殷夢得伊人。
搏擧非同翼，相忘不異鱗。
南冠勞楚奏，北節倦胡塵。
學類東方朔，年餘朱買臣。
二毛雖已富，萬卷徒然貧。

藤原马养遣唐归国后更名藤原宇合，可知他自负甚高。《怀风藻》收录其诗六首，为集中收诗最多的诗人，又有文集两卷行世，

为当时 “翰墨之宗”。“悲不遇”与“愧不才” 意正相反也是一种述怀。藤原宇合身居要职，长兄次兄分别为当朝内外大臣，四弟亦居高位，史称“藤原四子”时代。因此他吟咏“悲不遇”，学者大都以为并非自述境遇。但从作者虽然学富万卷才兼文武出身高贵屡建功勋，任式部卿十多年竟成极官的经历看，他自悲不遇当并非故作姿态(7)。

藤原宇合自悲不遇并非一般的不遇，而是一种无可奈何的不遇。多治比广成自愧不才也不是一般意义的“不才”，而是一种相比较下的“不才”。 相比藤原宇合，作者自愧不才并非仅仅是谦虚。这里我们不难看出诗文才华已经成为遣唐使节不可或缺的必要素养了。

四、诗文风雅遍及名门望族

自近江朝兴起诗文风雅至文武朝以后，诗文素养已经普及多数名门望族。其中藤原氏当然处于领袖地位，其次是纪氏。从《怀风藻》现存作品看，纪氏出身的作者有三人：纪麻吕、纪古麻吕和纪男人，大神氏、安倍氏各二人，石川氏、巨势氏、大伴氏、石上氏、丹墀（多治比）氏各一人。丹墀氏不惟不显得突出，就其在朝廷中的地位而言几乎有些稍欠风骚了

丹墀广成的父亲多治比岛在持统・文武朝历任右・左大臣，兄长多治比县守即第八次遣唐使押使，后来官至大纳言。兄弟五人在朝为官，而且皆至高位，但有诗文传世的唯有丹墀广成一人。这点是否也让他自觉家门没有凭螢火雪光刻苦读书之志呢？这里我们无法断言。但是，丹墀广成既然在《述怀》里提到“螢雪志”“錦綺工”说明他在这方面是有目标志向的，要求改变这种境况超越他人。当时藤原氏在任何方面都是不可超越的，让丹墀广成

感到不以为然，可以赶超的是纪氏。其中纪男人与丹墀广成年纪、官位都差不多，自然成为他的竞争对手。

《怀风藻》收录纪男人的诗也是三首，其中两首吟咏吉野山水。

遊吉野川

萬丈崇巖削成秀。千尋素涛逆折流。
欲訪鍾池越潭跡。留連美稻逢槎洲。

扈從吉野宮

鳳蓋停南岳、追尋智與仁。
嘯谷將孫語、攀藤共許親。
峰巖夏景變、泉石秋光新。
此地仙靈宅、何須姑射倫。

《怀风藻》收录丹墀广成的另外两首也是吟咏吉野之作。

吉野之作

高嶺嵯峨多奇勢。長河渺漫作廻流。
鍾池越潭異凡類。美稻逢仙同洛洲。

遊吉野山

山水隨臨賞、巖谿逐望新。
朝看度峰翼、夕翫躍潭鱗。
放曠多幽趣、超然少俗塵。
栖心佳野域、尋問美稻津。

两人的作品不是同时之作，纪男人在前丹墀广成在后，前者诗风比较古雅，后者诗风比较新派；前者多用隶事略显滞涩，后

者语句平易气势流畅。并且两者用韵相同，尤其是七言绝句两诗取韵用典几乎如出一辙，手法近乎中唐的“和韵”。显然丹墀广成意在追和纪男人诗。比较两者经历或许可以发现其中一些缘由。

纪男人　慶雲二年（705）十二月従五位下，和銅五年（713）正月従五位上。養老元年（717）正月正五位下，二年正月正五位上，五年正月东宫侍读，七年正月従四位下。天平三年（732）正月従四位上大宰大弐，八年正月正四位下，九年兼右大弁，十年十月没。

丹墀広成　和銅元年（708）正月従五位下，五年正月従五位上。養老元年正月正五位下，三年七月任越前守，兼能登・越中・越後三国按察使，四年正月正五位上。神亀元年（724）二月従四位下，天平三年従四位上，四年八月任遣唐大使，翌年四月出発，六年十一月归国，翌年三月入京，九年八月任参議正四位上，九月任中納言従三位。天平十年正月兼式部卿、十一年四月没[8]。

两人官位晋级虽然略有前后，但和銅五年皆列従五位上，养老元年为正五位下，天平三年再次并列従四位上。不同的亮点是养老三年丹墀广成出任越前国守，兼任能登・越中・越后三国按察使，五年纪男人被命东宫侍读。当时被命侍读东宫的除纪氏为名门望族，其余多为来自百济的异国学者。由此可知纪男人属于文人学者型的廷臣，而丹墀广成走的则是历任地方官长推进律令制度的务实型官员的仕途。丹墀广成被命遣唐大使同他对于学识文才的追求有直接关系，因此更能够反映出时代的趋势，代表多数律令制官员的思维。

五、选拔使节与汉诗文学

丹墀广成是现存诗篇的第一位遣唐大使。前次遣唐副使藤原宇合虽然后来成为“翰墨之宗”，初任副使年纪尚轻故为副职。而且第八次遣唐使主要任务在于修订养老律令，这点有遣唐押使丹墀县守、大使大伴山守、副使藤原宇合一回国即出任地方国守兼任邻近三国按察使可以为证(9)。或许是因为藤原宇合学识文才出众，那次遣唐收获甚多，于是具备诗文才华就成了以后选举遣唐大使的必要条件。这点可以从《怀风藻》所记石上乙麻吕传中得到一些印证。

石上中納言者左大臣第三子也。地望清華，人才穎秀，雍容閑雅，甚善風儀。雖勗志典墳，亦頗愛篇翰。嘗有朝譴飄寓南荒，臨淵吟澤寫心文藻，遂有銜悲藻兩卷今傳於世。天平年中，詔簡入唐使，元來此擧難得其人，時選朝堂，無出公右，遂拜大使，衆僉悦服。爲時所推，皆此類也。然遂不往，其後授從三位中納言。自登台位，風采日新。芳猷雖遠，遺列蕩然。時年若干。

传中记载石上乙麻吕曾于天平年中被推选为遣唐大使，此事不见其他文献记录，当属事先推举予选，但不得确定是在何年。任命第九次遣唐使时，乙麻吕的官品还只是從五位上，距离遣唐大使品位应在從四位上或正四位下尚差四五个级别。他的官位升至從四位上是在天平十五年（743），十六年出为西海道巡察使，十八年（746）三月任治部卿，四月晋升正四位下，九月任右大弁，二十年晋升從三位。由此可以推测石上乙麻吕被推选为遣唐大使当在天平十五年至二十年之间，最有可能是在天平十八、九年，

距离天平胜宝二年（750）实际任命第十次遣唐使只相差三、四年。因此可知选派第十次遣唐使最初选中的遣唐大使应该是石上乙麻吕。

石上乙麻吕传与《尊卑分脈》所载藤原宇合传的事迹颇多相似。

> 気宇弘雅，風範凝深，博涉墳典，傍達武事。雖経営軍国，特留心文藻，当時為翰墨之宗。有集二巻傳世，以其為式部卿，世称式家。

两人都“博涉墳典”又“頗愛篇翰”，而且皆有文集行世。《怀风藻》收录乙麻吕诗四篇，藤原氏以外属他最多。天平九年京都疫病大流行，藤原四子相继去世之后，当时朝廷中诗文风流无出石上乙麻吕之右当属事实。因此可以说从藤原宇合到石上乙麻吕是一代文宗当选遣唐使节，不过副使大使轻重不同而已。第七次至第十次遣唐使正是最盛时期，如果说其间的交流往来有一个从重在引进律令制度向吸收文化学术转变的过程，那么可以说第九次遣唐使是一个转折点。遣唐大使丹墀广成的述怀诗正透露出了这么一个信息。

注：

1　直木孝次郎《日本古代国家の成立》(講談社学術文庫、2008)。上田正昭《大和朝廷》（講談社学術文庫、2007）

2　林春斎《本朝一人一首》（岩波書店、1994)。岡田正之《近江奈良朝の漢文学》（養徳社、1946）

3　林古溪《怀风藻新注》（明治書院、1958）

4　辰巳正明《懐風藻—東アジア漢字文化圏の漢詩》（辰巳正明編《懐風藻　漢字文化圏の中の日本古代漢詩》笠間書院、2000）

5　胡志昂《藤原門流の饗宴詩と自然観》（辰巳正明編《懐風藻 日本的自然観はどのように成立したか》笠間書院、2008）

6　胡志昂《奈良万葉と中国文学》（胡志昂著《奈良万葉と中国文学》笠間書院、1998）

7　胡志昂《奈良王朝の“翰墨之宗”—藤原宇合》（池田利夫編《群芳野鶴—古代中世国文学論集》笠間書院、2000）

8　本项资料参照小岛宪之校注《懐風藻・文華秀麗集・本朝文粋》（岩波書店、1964）编制。

9　胡志昂《奈良王朝の“翰墨之宗”—藤原宇合》（同注⑦）

第二章　关于少女投水传说歌辞的几点探讨

一、引言

《万叶集》里歌唱少女因求婚者们争斗不休而不胜烦恼，最后自绝性命的叙事诗歌为数不少。如卷十六中的樱儿传说，因两男子争婚不休，樱儿最后悬树自经。

> 昔者，有娘子字曰樱儿。时有二壮士，共娉此女，舍生相竞，贪死相敌。于是娘子唏嘘曰："自古至今，未闻未见，一女之身，往适二门，方今壮士之意难以和平，妾不如死，永息相害"。于是，寻入林中，悬树经死。其两壮士不甚哀恸，血泣涟襟，各陈心绪，作歌二首。
>
> 我欲樱花插两鬓，　未及芳春已落英。　其一
>
> 妹子名谐樱花绽，　年年春至定思恋。　其二

《万叶集》里还有三篇关于菟原少女传说的作品。其中高桥虫麻吕的传说歌辞叙事具体，形象生动，作为《万叶集》叙事歌的代表作，历来受到许多研究者的关注。他的传说歌辞与中国文学关系十分密切，尤其是他的少女传说歌辞显然受到汉乐府叙事诗的影响。以前我曾就高桥虫麻吕以及其他歌人的真间少女传说歌辞写过一篇文字[1]，此次拟就《万叶集》里有关菟原少女的传说歌辞做些探讨。通过对于日本旧时婚姻及其信仰风俗与歌人的境遇及其心理思想、作品的艺术表达与乐府叙事诗之关系的分析，对至今仍在五里雾中的菟原少女传说的

真相做些探索，并就古代律令制社会的时代意识与地方村落社会生活习俗的落差作些讨论。

二、菟原少女传说歌辞

关于菟原少女传说的作品《万叶集》里有三篇。一是田边福麻吕歌集所收《过苇屋处女墓时作歌》一首及短歌二首。

相传古昔两壮士，　竞相求婚争菟原。
如今唯见处女墓，　筑在通衢大路边。
愿得永世传此事，　后人闻说常思念。
行人过此每探访，　或者叹息或者泣。
世世传说至如今，　处女墓冢即在此。
我今见之亦悲戚，　不胜哀愁思往昔。
短歌二首
信太壮士求婚处，　此冢原处女墓。
但闻传说已感恋，　士当年更缠绵。
（出自田边福麻吕歌集）

田边福麻吕的长歌吟咏的对象是传说古时曾有两个壮士竞相求婚的菟原少女墓冢。行人路过墓冢时必须做歌以抚慰死者灵魂，这是日本古代的信仰风俗。从短歌里我们不难看出这篇作品的主人公是来自外乡的求婚者・信太（即小竹田）壮士。这就表明这个传说原是一出异乡求婚的悲剧。旧时去外乡求婚会遇到来自传统风俗的诸多险阻，需要极大的勇气和魄力。因而在这类恋爱悲剧中，外乡求婚者往往成为传说的主角。从灵魂信仰的角度看，勇士的亡灵较之常人更具威力，从而成为奠祭抚慰的对象。

因此我们认为田边福麻吕的歌辞内容比较接近这个传说的原型 。

《万叶集》里吟咏男女三角关系的歌辞更早可以追溯到中大兄皇子的《三山争婚歌》，把男争女夺的源流推到遥远的神话时代。但是在这类作品中，确确凿凿的以外来求婚者为主人公的却不多见 。这篇作品的另一创新是在第二短歌里吟咏了外乡求婚者的缠绵爱情。

二是高桥虫麻吕歌集里所收《见菟原处女墓歌》一首及短歌二首。

苇屋菟原有好女，长年养在深闺里。
女童八岁始披发，直至长成束发时。
邻家隔壁尚不见，乡里少年徒相思。
求婚人众围成墙，中有勇猛两壮士。
一名血沼来他乡，一名菟原居本地。
两人竞相争求婚，猛烈争斗如火炽。
手执百练锋利刀，肩负檀木弓与矢。
水里火里无所惧，搏生搏死相斗时。
少女戚戚对母语，小女微贱如粗衣。
勇士为女相争斗，即令生存难相依。
唯有九重黄泉下，相逢相见方可期。
草地隐蔽泥沼泽，少女暗自长叹息。
少女是夜方行去，血沼壮士梦见之。
遂即追赶随女去，不求同生求同死。
菟原壮士既落后，仰天高声恨切齿。
跺足叫唤不甘输，悬佩短剑亦寻去。
家族亲属行集会，欲令世世传此事。
处女墓冢造中间，壮士坟丘左右置。

闻此由来虽不识，如遇新丧长悲泣。

短歌二首

苇屋菟原处女墓，往来见之自悲哭。

闻说墓上树叶枝，长向血沼勇壮士。

（出自高桥虫麻吕歌集）

高桥虫麻吕此作的特点在于非常具体而且生动地描绘了同时向菟原少女求爱的两个男子拼死争斗以至悲剧性结局的整个过程。日本学者曾经提及这篇作品显然受到《孔雀东南飞》的影响(2)。但是两者之间的影响关系仅仅止于词句表达层面，抑或是深入于作品的意趣甚至于主题?对此至今很少有人触及。我们认为高桥虫麻吕的《菟原处女传说歌辞》受到乐府诗歌影响至少有三点：一是少女对母亲言及将在黄泉之下等待情郎的部分。《孔雀东南飞》中刘兰芝与焦仲卿相约“黄泉下相见”，接着焦仲卿对母亲亦说要去自尽。尽管焦仲卿语中含有对母亲的抱怨，而菟原少女则是内心的吐露，这里反映了两者所处的社会婚姻制度不同，但是歌词里插入人物对于悲剧性结局的选择与表白，使得双方在叙事布局上趋向一致。因此不仅为第二短歌布下伏笔，并将少女提升为作品的主人公了。二是死者家属聚集商定造墓同葬一段。

菴菴黄昏後，寂寂人定初。

我命絶今日，魂去尸長留。

攬裠脱絲履，舉身赴青池。

府吏聞此事，心知長別離。

徘徊庭樹下，自挂東南枝。

兩家求合葬，合葬華山傍。

東西植松柏，左右種梧桐。

枝枝相覆蓋，葉葉相交通。
中有雙飛鳥，自名為鴛鴦。
仰頭相向鳴，夜夜達五更。

在《孔雀东南飞》里因焦刘两人本是夫妇，两家商量合葬合乎情理，菟原处女歌中二男争一女，最后同葬必然会有纷争。这点后来在《大和物语》里有所反映。该物语中《生田川》一篇题材取自同一传说。与万叶集歌相比，虽然距离传说产生时代比较久远，但其中的细节描写无疑具有参考价值。在《生田川》篇里，会葬时菟原壮士家族提出血沼勇士非本乡人，不得动用本乡土地，结果血沼父母只得从其本乡运来土壤，才把血沼葬在菟原处女墓旁。从旧时风俗看，这样写有其一定的真实性。虫麻吕的这段文字虽然可说是略写，但相比之下显然更接近《孔雀东南飞》。三是第二短歌吟咏少女墓上长出树木枝叶伸向血沼壮士。《孔雀东南飞》最后描述墓边种植的松柏树上有 二只鸳鸯相对而鸣，这段文字原本出自《韩冯传说》。韩冯妻貌美，为宋康王所夺，夫妻相约自杀，康王怒而不许合葬，于是墓上分别生出两树枝叶相交，上有二鸟相对而鸣，昼夜不息。

搜神記曰：宋大夫韓馮取妻而美，康王奪之。俄而，馮自殺。妻乃陰腐其衣，王與登臺，遂自投臺下。左右攬之，衣不中手。遺書於帶，曰：王利其生，不利其死。願以尸骨賜馮而合葬乎。王怒，弗聽。使里人埋之，冢相望也。宿昔，有交梓木生於二冢之端，旬日而大，合抱，屈體相就，根交於下。又有鴛鴦雌雄各一，恒棲樹上，交頸悲鳴。宋人哀之，遂號其木曰相思樹。（《藝文類聚》卷四十．冢墓）

韩冯故事早在汉代已有流传，《搜神记》云：当时（晋代）仍有歌谣传诵，若是则相当于民间乐府。《韩冯传说》早就传至日本，在《古事记》里有所反映。但从整个作品内容结构看，认为虫麻吕的《见菟原处女墓歌》主要受《孔雀东南飞》影响是比较妥当的。

由此三点我们可以看出高桥虫麻吕歌与田边福麻吕歌不仅内容结构不同，而且主题发生变化。田边是因处女墓歌唱外来求婚勇士，高桥则是吟咏因情自尽的少女。这一变化除作者的创新意识外，乐府叙事诗的影响无疑是十分重要的。

吟咏菟原少女的另一作品是大伴家持所作的《追同处女墓歌》一首及短歌。

自古传说有奇事，血沼菟原两壮士。
为争世间名誉声，搏生搏死无所惜。
两男舍命求一女，闻说但觉悲伤极。
少女容光如春花，少女红颜比霜叶。
年华正茂尤不堪，壮士言语痛心彻。
告辞父母离家行，行来海边自悲切。
潮涨潮落有朝夕，波起波伏玉藻披。
玉藻节短命可惜，化作霜露既消逝。
遂定墓冢在此处，后代闻者得远思。
黄杨小梳作标志，长成高树因风靡。
　　短歌
黄杨梳作后世志，更生成树因风靡。
（右，五月六日大伴家持依兴作）

大伴家持的这首“依兴作歌”是因虫麻吕的菟原处女歌辞

引发了他的诗兴而作的，主旨在于推陈出新创出新意。关于大伴家持的文学创作意识与“依兴作歌”，以前我曾做过论述(3)，这里不再赘述。这组和歌值得留意的有两点，一是证实了菟原少女是虫麻吕吟咏的主人公。二是说明少女是因“壮士言语痛心彻”才告辞父母离家出走，来到海边投水自尽的。

通过以上三个作品我们对万叶集中这一少女投水传说的大致内容有了比较全面的了解，同时确认了高桥虫麻吕歌与田边福麻吕歌在内容结构以及作品主题上都有所不同。通过比较我们可以肯定虫麻吕歌的艺术取向与乐府叙事诗是基本一致的。

三、少女投水的真相

《菟原少女传说歌辞》与《孔雀东南飞》的不同在于前者取材于口头传承，后者吟咏的则基本属于确凿的史实。古老的神话传说或文学传承不直接等同于历史事实，但其背后必然有相应的现实事件或者旧时习俗存在。透过神话传说以及有关语言文学作品的折射，人们可以对当时的生活风俗，社会真实有所发现有所认识。

关于菟原少女投水自尽的真相，除了从文学表现人情心理反映社会现实的角度，对作品人物、作者境遇及其社会背景进行纯文学的研究外，还有一种民俗学的方法论不容忽视。后者认为处女一语是对从事神职女子即巫女的称呼。她们只能嫁给神灵，不得做人妻子，菟原处女的投水自尽反映了古代严厉的信仰戒律。这种观点无疑有其一定的道理。任何宗教信仰都是对人们行为的一种规戒，在科学知识尚未发达的古代，原始宗教信仰在人类生活中占有极为重要的位置，这是尽人

皆知的。但是在日本古代的信仰生活中，是否曾有毕生从事神职因而不得结婚的女子尚无确证。池田弥三郎认为已婚女子经过一定期间的斋戒可以返归为处女以从事神职(4)，这样就解决了一般从事神职的女子能否结婚的问题。日本古代文学的民俗学研究肇始于折口信夫，在折口的著作中，直接提及菟原处女传说的部分很短，而且语焉不详(5)。他的古代社会文学研究系统地体现在对信仰与文学起源的思考上，他认为古代文学起源于对客神(まれびと)来访与群神巡游的记忆。后来在村落祭祀活动中群神游行由部落里的男青年们扮演，接待事奉神的处女即巫女不得违抗神的意志，于是便做了一夜“神妻”，古代村落里男女之间的婚前交涉便是在这么一种信仰风俗中保持下来的(6)。这样透过古代村落祭祀活动的神圣灵光，我们可以发现部落共同体内男女群婚风俗的痕迹。这可以从日本近代前后许多地方村落仍然保留婚前男女青年群居合宿以及流行村内婚的风俗得到印证。

近代以后对地方民间婚姻风俗的调查表明，明治维新以前日本各地尤其是西日本的部落共同体内普遍存在排外的村内婚风俗(7)。如对马岛南端的一些村落认为女儿嫁到村外会激怒祖神触犯禁忌，村内男女交往完全自由，与外村人交往则是品行不良，紊乱风纪，将受到村里男青年们的严厉制裁。在滋贺县仰木村，女子如与外村青年私下交往，同村青年便会冲进她家斥责姑娘品行轻浮，要求以酒赎罪，否则全村与之绝交。在三重县志摩地方的村落里视村外婚为罪恶。在石川县能登岛若姑娘与外乡人发生关系，就会被折磨得在村里呆不下去。由于从前女子婚嫁由村里男青年们决定，父母无权过问，因此男青年们诉诸武力制裁姑娘的资料很多。如在濑户内海高见岛内，每年盂兰盆节与春节召集姑娘们进行制裁，姑娘触犯规矩，

便命她背负沉重的石块爬到山顶；在大分县海边津留村则将与外村人交往的姑娘抛入海中。总之，各地方村落青年对同村姑娘的支配意识很强，对姑娘的制裁皆因与外村青年发生交情，可以说村内婚是当时的普遍原则。

这种村内婚在自给自足的部落共同体为主要社会组织形态的年代里自有其必然性，但这并非绝对唯一的旧时地方婚姻风俗。一般说来，地方长者家女并不受此限制，往往嫁与他地富贵子弟。有财有势的外人亦可娶得地方上的貌美女子。这点我们可以从古代文献里找到许多这样的例证。而且一旦外来贵客娶得地方女子，便获得当地部落共同体成员的资格，这一部落便成为其支持势力。所以统治势力远征，每至一地往往娶当地女子为妻，便是扩大势力范围的一个有效手段。

在日语中“上”与“神”发音相同，嫁给上层贵人就等于是嫁给了神。神的妻与人交往就会受到信仰戒律的制裁。《肥前风土记》里记载这样一个故事可以给我们提供一些启迪。

（宣化天皇时）派遣大伴狭手彦连出镇任那国，兼救百济国。（他）奉命来到此村，即娶筱原村弟日姬子成婚。（她）容貌美丽，殊绝人间。

大伴狭手彦连发船远渡任那时，弟日姬子登此山峰，挥巾振招，因名振巾峰。然而弟日姬子与狭手彦连分别，经五日后，每夜有人来与女共寝，至晓早归，容止形貌似狭手彦。女觉其怪，不能默忍，窃用麻线系其衣裙，随线寻往，遂至此峰顶沼泽边，见一寝蛇，身为人而沉于沼底，头为蛇而横卧沼岸。忽化为人，即与女语曰：

筱原美女弟姬子，共寝一夜放汝归。

是时，弟日姬子侍女走告亲族，亲族发众登看，蛇与

弟日姬子并亡不在。探视沼底，但有人尸耳。皆谓乃弟日姬子之骨。遂就此峰南，治造墓冢，其墓见在。

这个弟日姬子又名佐用姬，《万叶集》卷五里有吟咏她与狭手彦离别悲伤的组歌颇富文学寄托。关于弟日姬子的奇异传说可以做这样解释：她原是地方长者的女儿，嫁给外来贵人为妻。同时她又是一个神职女子，她挥巾告别是一种祈祷波平浪静的巫术。因此她成了神的妻，成了神的牺牲。蛇是水神的真身。但是透过信仰传说的灵光，我们可以看出另外一种可能的事实：弟日姬子嫁给上层贵人为妻。但她告别丈夫不久，又接受别的男子夜访走婚，因此受到制裁而丧生。既为贵人的妻子，便是神的妻，再接受其他男子夜访就会受到制裁，这种制裁更容易被涂上一层信仰的色彩。

高桥虫麻吕的《菟原处女传说歌辞》中少女说在黄泉之下等待情郎，显然与来自外乡的血沼壮士已有交情。无论是《韩冯故事》或是《孔雀东南飞》，墓上树枝都是伸向已婚夫妇的，菟原少女与血沼壮士亦当如此。日本旧时婚姻以男子夜访女家为主要形式。除非女子怀孕双方公开关系，一般他人是不知内情的。然而，荒原壮士与血沼壮士争斗，则必然会导致两人的关系暴露。比如《日本书纪》里武烈天皇为太子时，与平群大臣儿子平群鮪争婚影姬，结果发现影姬已是平群鮪的女人了。大伴家持的歌词说“壮士言语痛心彻”也暗示了这种可能。如果菟原少女与外乡青年血沼壮士的交情被发现，则触犯部落共同体内的禁忌将受制裁必不可免。这里面包含着少女投水其父母都无法阻止的真实原因。

四、争婚壮士之死

前面已经提到日本旧时村内婚是普遍存在的地方婚姻风俗，但并非绝对的。富贵弟子、势力压倒本地的外人亦可娶得地方上的貌美女子。菟原壮士与血沼壮士“手执百练锋利刀，肩负檀木弓与矢。水里火里无所惧”的相斗便是这样一场势力较量。既然是生死搏斗自然可能发生死伤。《大和物语·生田川》篇里的日后谭便暗示了两人可能是搏斗致死的。

> 有一旅客夜宿冢边，闻有争斗声，甚觉奇怪，问之他人，皆曰无有。心觉其怪而寝，遂见一人，浑身血迹，前来长跪曰：吾为仇敌攻杀，不得反击。愿暂借佩刀，报仇雪恨。客虽觉恐惧，遂借与之。觉，以为是梦，而实以佩刀借之。有顷，复闻争斗声如前。有顷，是人复来，甚喜，曰：“承汝相助，积年仇敌，得以杀之。自今往后，愿为汝佑。”并述事情颠末，客觉恐惧，然亦好奇，遂或问或答，至晓，不见人影。天明，见冢边流血，佩刀亦血染焉。

在这场争斗中，来自他乡的血沼壮士处境自然比家住本地的菟原壮士艰难得多。篇中说“吾为仇敌攻杀，不得反击”便是因他没有佩刀，对手则有，所以被人攻杀而不得反击。在《生田川》篇里，两人有无佩刀是因菟原家人将佩刀放入墓中，血沼壮士则无陪葬。但是在高桥虫麻吕的歌辞中，菟原壮士是佩带了短剑去追赶血沼与少女的。“少女是夜方行去，血沼壮士梦见之。遂即追赶随女，不求同生求同死。菟原壮士既落后，仰天高声恨切齿。跺足叫唤不甘输，悬佩短剑亦寻去”。这里“行”

“去”两词皆有“去世· 过世”的意思，但本意仍是“行”“去”。据大伴家持歌云“行来海边自悲切”，则是到了海边尚有一时的徘徊悲愁。若血沼壮士“遂即追赶随女去”，则在海边尚有相会可能。所以菟原壮士才会“仰天高声恨切齿”。这时如他是“悬佩短剑亦寻去”的，必然会在遭遇之处与血沼壮士展开一场恶斗。那时血沼壮士手中没有武器，菟原壮士则有短剑。其情景与生田川篇的描述实相吻合。否则，菟原壮士追随殉死为何要带佩剑，便无法解释。在这种争婚斗杀中， 得到爱情的往往丧失性命，如前面提到的武烈天皇为太子时与平群大臣之子争夺影姬，平群鲔得到了影姬的爱却被太子杀死了。《古事记》里收载一说云：歌会之后鲔与影姬共寝，太子与其兄乘机杀死了鲔。

《万叶集》中吟咏数个男子同向一女子求婚相争不已，结果女子自尽身亡的作品并不罕见，但是男子追随殉情身亡的事例却是绝无仅有的。所以大伴家持称高桥虫麻吕歌唱的传说为“奇事”。在他和田边福麻吕吟咏菟原处女墓的歌辞里都没有言及争婚的壮士追随殉情。此外，如卷十六中的樱儿传说，情节与菟原处女如出一辙， 但两个争婚的男子都没有殉情自尽，只不过各作了一首无关痛痒的短歌而已 。

樱儿传说还有别传：

或曰：昔有三男，同娉一女。娘子叹息曰：一女之身易灭如露，三雄之志难平如石。遂乃傍徨池上、沈没水底。其时，其壮士等，不胜哀颓之至，各陈所心作歌三首。（娘子字曰在缦儿）

无耳池塘实可恶 ，吾妹来投水应枯。 其一
缦儿若告今日去 ，吾必归来止住汝。 其二
如玉缦儿今何在 ，我寻山径凄凄来。 其三

这里，争夺缦儿的虽有三个男子，结果投水的还是缦儿一人。缦儿投水与菟原少女更为近似，说明在旧式夜访走婚习俗中，女子受害的情况相当普遍。

通过以上种种分析，我们以为菟原处女传说的原型并非一如高桥虫麻吕所歌咏，后者是经过歌人艺术加工的。至少作者在处理数种有所异同的传说时是有所选择有所偏向的。在此过程中，《孔雀东南飞》等乐府叙事诗显然是歌人决定其艺术取向的重要参照。

五、结语

万叶集中歌咏的少女投水传说多起因于日本旧时以男子夜访女家的走访婚为主要形式，以及地方村落共同体禁止女子外嫁的村内婚风俗。因此能够突破村落共同体的禁戒，娶得当地美女为妻的男子便是英雄，反之则成为风俗禁忌的牺牲。菟原少女情有独钟的血沼壮士便是一个兼具英雄性格的悲剧人物。

这种婚姻风俗与汉唐时代中国的家父长制婚姻不同。然而，在日本引进唐朝律令制度，制定大宝律令以后，由于文物制度的变化及其理论根据儒教思想的渗透，与婚姻风俗习惯不尽相符的要求女性贞节，从一而终的思想，在理论上逐渐成为律令制度下的官吏阶层的共识。与此同时，体现汉唐文物制度的汉诗文学成为上自天皇下至史生必须具备的教养。这种风气必然刺激和歌创作，引起和歌文学的新变化（8）。奈良时代最具代表性的歌人大都能作汉诗，以诗作歌可以说是一种时代倾向。高桥虫麻吕的菟原处女传说歌辞不仅在词句表达上，而且在叙事结构以

及主题上具有与汉乐府叙事诗相通的特点正是日本古代律令制兴盛时期的思想和文学潮流的反映。

高桥虫麻吕歌颂的菟原少女是个敢于反抗共同体内婚姻戒律，忠实于爱情的女子。这里面也包含着作者对当时这种婚姻风俗的实际感受。他是个出身东国地方职位低微的小吏，后随藤原宇合来到京畿任职。因是外乡人更因身分卑微，他在京畿地方很难加入当地青年自由婚恋的圈内，他的作品多歌唱对陌路女子的爱情向往当与歌人的这种境遇有关。这篇作品可以说是作者的际遇情思与时代的思想取向一致，作者的叙事才能与崇尚汉诗文学的时代潮流吻合，作品的题材与文学的永久主题：爱与压抑它的传统习惯发生冲突达到极点・死水乳交融的结晶。

注：

1 胡志昂《真間手児奈伝説歌をめぐって》(《芸文研究》第七十七号、1999、12)

2 小島憲之《虫麻呂の伝説歌について》(《上代日本文学と中国文学・中》塙書房、1964)

3 胡志昂　《大伴家持の文学思想と六朝文論》《大伴家持作歌における"興"の意味》(《奈良万葉と中国文学》笠間書院、1998)

4 池田弥三郎《万葉人の一生》(講談社現代新書、1978)

5 折口信夫《真間・葦屋の昔がたり》(《折口信夫全集》第二十九巻、中央公論社)

6 折口信夫《国文学の発生(第三稿)》《古代生活に見える恋愛》(《折口信夫全集》第一巻、中央公論社)

7 濑川清子《若者と娘をめぐる民俗》(未来社、1972)

8　胡志昂《奈良万葉と中国文学》(《奈良万葉と中国文学》笠間書院、1998)

(本文中所引用 日语文献的译文均为笔者自译， 文责由笔者自负)

第三章　《古今集》两序与中国诗文论

一、序言

《万叶集》以后，日本和歌经历了一个衰落时期，也可以说是一个转折时期。尤其是嵯峨、淳和两天皇朝（８０９－８３２）时，日本汉诗文学盛况空前绝后，三部敕撰汉诗集《凌云集》（８１４）、《文华秀丽集》（８１８）、《经国集》（８２７）相继问世，日本贵族文人宴会奉和、宦游赠答皆作汉声，和歌一度被视为“半为妇人之右、难进大夫之前”的俗流文学，文学史称“国风黑暗时期”。正如《古今集・真名序》所述：

昔平城天子(1)詔侍臣，令撰萬葉集。自爾來，時歷十代，數過百年。其後和哥，弃不被採。雖風流如野宰相(2)，輕情如在納言(3)，而皆以他才聞，不以斯道顯。

这一时期持续约有半个世纪之久，至文德天皇朝（８５０－８５７）后，和歌渐有复兴趋势，宫廷贵族中间流行一种叫做“歌合”的作歌赛会。当时不少和歌作者同时又是擅长汉诗的诗人，他们将诗文修养溶入和歌制作，使和歌风格产生显著的变化。宇多天皇宽平5年（893）菅原道真进献《新撰万叶集》所收和歌皆配汉诗，反应吟咏和歌的审美意识发生变化。宽平6年大江千里撰成歌集《句题和歌》，皆以白居易等中唐诗人诗句为题翻作和歌，集中体现了和歌吸收汉诗文学趣味的风尚。《古今集》正是在这种背

景下产生的。她的问世结束了独尊汉诗的局面，而和歌的风格也从雄浑素朴的万叶歌调一变而为理智纤巧的古今歌调，开启了日本中古王朝和歌的新风。

《古今集》全称《古今和歌集》，是纪友則、纪貫之等人奉醍醐天皇敕命于延喜5年（905）撰成进献的，是平安王朝第一部编撰体裁完整、题材分类齐全的敕撰和歌集。歌集附有两篇序文，分别由纪淑望和纪貫之以真名（汉文）和仮名（日文）写成。两序内容大体相同，可以互相参照，但又各有所长。《真名序》述理清晰，借鉴中国文论痕迹明显，《假名序》擅长叙述和歌吟制的实际，富于民族特色，两相晖映，展示了和歌融会中国古典文论，振兴和歌创作的轨迹。序是歌集编撰思想的总述，本文试通过将两序同中国有关文论加以对照，对《古今集》的基本性格作些粗略的探讨，以就教于海内外学者。

二、文学与政治

由于《古今集》以前，汉诗文学独称一时，且有相当完善的诗歌理论，《古今集序》为将和歌提升到足以与汉诗抗衡的地位，积极引用借鉴中国文论来阐述和歌理论。同时结合和歌制作的实际状况，它又竭力排除中国文论涉及政治教化的内容，表现出一种回避政治教化的，温柔轻软的文学倾向。《真名序》开卷写道：

> 夫和歌者，託其根於心地，發其華於詞林者也。人之在世，不能無爲。思慮易遷，哀樂相變。感生於志，詠形於言。是以逸者其聲樂，怨者其吟悲。可以述懷，可以發憤。動天地，感鬼神，化人倫，和夫婦，莫宜於和哥。

这段综述和歌性质意义的文字突出了和歌的抒情与修辞特点，并提到了抒发心怀与情绪感染作用。其中一些说法显然借鉴了《毛诗大序》和《毛诗正义序》的论述。《大序》曰：

> 詩者，志之所之也。在心為志，發言為詩。情動於中，而形於言。（中略）情發於聲，聲成文，謂之音。治世之音安以樂，其政和；亂世之音怨以怒，其政乖；亡國之音哀以思，其民困。故正得失，動天地，感鬼神，莫近於詩。先王以是經夫婦，成孝敬，厚人倫，美教化，移風俗。

《正义序》阐释《诗大序》，对诗歌表达情志反映时政，有利教化的思想作了进一步的发挥。

> 夫詩者，論功頌德之歌，止僻防邪之訓。雖無為而自發，乃有益於生靈。六情静於中，百物盪於外，情緣物動，物感情遷。若政遇醇和，則歡娛被於朝野，時當慘黷，亦怨刺形於詠歌。作之者，所以暢懷舒憤，聞之者，足以塞違從正。發諸情性，諧於律呂，故曰：感天地，動鬼神，莫近於詩。

比较《真名序》与《毛诗》两序，我们不难看出《真名序》在借鉴《毛诗》两序的同时，对其政治文学理论作了颇为巧妙的篡改，既吸收《大序》所述诗言情的观点，又突出和歌的修辞特点以消除《正义序》起首两句带有的浓重的政治说教色彩；既撷取《正义序》表述诗歌内容随情感而变化的说法，又将情绪变化原因归结为“思慮易遷”，从而使《毛诗》两序强调诗歌反映时政的思想消解于无形。《真名序》云“化人倫，和夫婦”，显然取自《诗大序》“厚人倫”“經夫婦”。《大序》正义解释曰：“經夫

婦者，經，常也。夫婦之道有常。男正位乎外，女正位乎內，德音莫違，是夫婦之常。”又云：“厚人倫者，倫理也。君臣父子之義，朋友之交，男女之别，皆是人之常理。父子不親，君臣不敬，朋友道絶，男女多違，是人理薄也。故教民使厚此人倫也。”这足以说明《大序》这段表述本于儒家礼教思想，《真名序》则以“化”“和”两字变其本意。《假名序》与此相应的两句可译为“慰猛者之心，睦男女之情”。可见真假名序所表述的只是和歌抚慰通情作用，与儒家礼义说教大有径庭。

《古今集序》对，《毛诗》两序的这种更改与中日两国政治文化的区异有关。《汉书·艺文志》追述古代诗歌云：

> 古者，諸侯卿大夫交接鄰國，以微言相感。當揖讓之時，必稱詩以諭其志。蓋以別賢不肖而觀盛衰焉。故孔子曰：不學詩，無以言也。

说明中国诗歌很早就与社会政治密切相关。孔子述诗，极为重视诗歌的政治教化作用。东周列国结交纷争，诗歌还被用于政治交际，成为辨别诸卿大夫见识才能，表述政见和观察国家兴衰的手段。秦始皇统一中国后，列国纷争局面虽然不复存在，但历代异姓皇朝更替，政治风云变幻，势力争斗依然十分激烈。因此，能够表述人才的学识抱负和反映民情风俗的诗赋向来为历代统治者所重视，而“诗言志”，强调诗歌文学政治作用的文艺观也始终占据着正统地位。

与此相对，据《日本书纪》《古事记》记载，日本自古代国家形成，皇位一直由同一皇族承袭，即使发生皇位争夺，也是在皇族内部进行，绝少有自下而上涉及整个社会各个层面的政争战乱，因此缺乏运用文艺作为政治辅佐手段的迫切要求。当发生于民间

的歌谣经贵族文人之手成为固定的文学样式，和歌便带上明显的宫廷文学色彩。《真名序》描述古代宫廷和歌云：

古天子，每良辰美景，詔侍臣，預宴筵者獻和哥。君臣之情，由斯可見。賢愚之性，於是相分。所以隨民之欲，擇士之才也。

这种每遇良辰美景，宴会侍臣，命制和歌的情景，与六朝初唐的游宴诗、应制诗非常相似。这里不仅表明那一时期的和歌创作主要受六朝初唐诗的影响，并且通过怀古反映出《古今集》本身的文学倾向。序文尽管提到“隨民之欲，擇士之才”，但是由于和歌作者以及吟制场合的限制，作品不可能真正反映“民欲”，也没有从民间选拔人才的社会基础。与中国古时置采诗官以观民俗察盛衰，两汉选举文学贤良方正，隋唐开科以举秀才等等文物制度完全不同，不过是受文论理论影响虚设其词而已。《假名序》便略去“所以隨民之欲，擇士之才”，甚至不提“君臣之情”，只说“賢愚之性，於是相分”。而且其中“賢愚”之说与《汉书·艺文志》所述“賢不肖”也有所不同，并无观察政治盛衰的意义，这就突出地表明了和歌吟制反映日本国情的独自特点。

最后，真假名序还提到编撰歌集目的在于歌颂皇恩，兴废继绝：

陛下御宇，于今九載。仁流秋津洲（4）之外，惠茂筑波山之陰。淵變爲瀨之聲，寂々閇口；砂長爲巖之頌，洋々滿耳。思繼既絶之風，欲興久廢之道。

作为勅撰和歌集，撰者在奉诏撰集之际，赞颂皇恩浩荡是颇

为自然的。但是对于之前和歌废绝，序文并没有明确贬责先代王泽不行之辞。其中原因一则在于历代天皇血脉相承无可指责，二则因为和歌废弃的原因在于“大津皇子（天武天皇第三皇子）初作詩賦”之后，汉诗流行间接导致了和歌相对衰落，撰者于是将其归于“時變澆漓” 世风浅薄。

自大津皇子之初作詩賦，詞人才子，慕風繼塵。移彼漢家之字，化我日域之俗，民業一改，和哥漸衰。然猶有先師柿本大夫(5)者，高振神妙之思，獨步古今之間；有山邊赤人(6)者，並和哥仙也。其餘業和哥者，綿々不絶。及彼時變澆漓，人貴奢淫，浮詞雲興，艷流泉涌，其實皆落，其華孤榮。至有好色之家，以此爲花鳥之使；乞食之客，以此爲活計之謀。故半爲婦人之右，難進大夫之前。

品味这段文字，我们不难发现所谓和歌衰落时期的和歌吟制并非低潮，反而受到汉诗艺术刺激创作活动十分活跃，只是“難進大夫之前”没有上升为宫廷文学而已。撰者颂扬当朝天皇仁惠并茂，促成和歌中兴，但没有提到利用和歌粉饰政治，维护统治的作用。相比之下，中国文论则多有将历朝兴亡与诗歌盛衰联系起来，提倡以诗文巩固统治，点缀太平盛世的论述。汉代以后，历代帝王提倡诗文以粉饰政绩，更成为惯常手段。如班孟坚《兩都赋序》云：

昔成康沒而頌聲寢，王澤竭而詩不作。大漢初定，日不暇給。至於武宣之世，乃崇禮官，考文章，内設金馬石渠之署，外興樂府協律之事。以興廢繼絶，潤色鴻業。

明确提出诗赋“潤色鴻業”的作用。《兩都赋序》见载于《文选》，《文选》及三史（史记、汉书、东观汉纪）五经（周易、尚书、诗经、礼经、春秋）都是当时的日本文人所熟悉的汉籍经典。《古今集序》中不少论述都有明显撷取这些典籍文论的痕迹。但是，真假名两序在吸收中国文论思想时所表现的选择性及其与中国正统文艺理论的差异则说明，由于两国政治文化制度不同，决定了文艺理论的区异。《古今集序》正是明确显现这种区异的最早的序论，并为这部勅撰和歌集规定了温和的非政治性的理论基调。

三、诗歌“六义”

由于《古今集》具有宫廷文学的性格，作品的题材以及作者层次受到很大限制，和歌制作偏向崇尚技巧，讲究吟玩情趣，不无游戏文学的味道。因此，真假名序在吸收、撷取中国文论时，也表现出特别注重汲取、溶化汉诗创作技巧的倾向。两序都模仿汉诗“六义”的说法，提出“和歌有六義”。《假名序》还为“和歌六義”各举例歌一首，说明和歌有六种不同的表现方法。这六首和歌是否属于原序正文尚有争议，目前无法确证。但选歌出于同一时期文人之手是无可置疑的。从中，我们可以看到平安王朝时期，日本歌人吸收汉诗文学方法的一般倾向。《假名序》云：

和歌有六義，唐诗亦有之。六義之一曰风歌，乃进献大鷦鷯帝（7）之歌。
难波津浦花冬眠，时遇阳春应争妍。
二曰赋歌。
繁花锦缀鸟迷魂，岂料矢锋将及身。
三曰比歌。

侍君一夜朝离去，郎别如霜化踪迹。
四曰兴歌。
沙漫荒砂尤可数，情绵恋恨绝无期。
五曰雅歌。
世上若无虚假意，人间情话尽欢喜。
六曰颂歌。
琉璃明瓦金辉殿，四阁三堂连玉椽。”

序中和歌六义与汉诗六义名序俱同。诗六义中，风、雅、颂是诗歌的类别。《诗大序》云：“故詩有六義焉，一曰風，二曰賦，三曰比，四曰興，五曰雅，六曰頌。”又云：“是以一國之事，繫一人之本，謂之風；言天下之事，形四方之風，謂之雅。”说明“風”是诸侯国的地方歌谣，“雅”是统治四方的天子所居京师朝廷的歌诗。秦统一中国后，这种区别不复存在，后人区分“风”“雅”主要从其诗歌表现方式来判断。《诗大序》表述“风”“雅”在诗歌表达方法上的特征时，云：

“上以風化下，下以風刺上，主文而譎諫，言之者無罪，聞之者足以戒，故曰風。”

认为“风”表达意思要富有文采，隐晦曲折，这样才能使得“言者無罪”而“聞者足戒”。“雅”多为直言。《诗大序》云：

“雅者，正也，言王政之所由廢興也。政有小大，故有小雅焉，有大雅焉。”

《说文解字》释曰：“正，是也。”“是，直也。”说明“正”

包含“直”的意思。所谓“讽喻”“雅正”便是一语道出了“风”“雅”的不同表现特色。清人刘熙载撰《艺概·诗概》云：“詩喻物情之微者，近風；明人治之大者，近雅”。“質而文，直而婉，雅之善者也。”也说明“风”以“喻微”为特点，“雅”以“质直”为主要。

和歌六义中的“风歌”以难波津地方的梅花临春开放，来讽劝大鷦鷯帝已到可以登基即位的时候了。整首和歌运用隐喻手法，与“风”诗的表达方法大抵相同。“雅歌”是首恋歌，感叹了山誓海盟后又变卦的人情虚伪，与“雅，言天下之事”的本意大有径庭。但整首和歌平铺直叙，在表达方法上接近“直言”。况且“经夫妇”也是“王化之基”，就此意义而言，称之“雅歌”可谓近似。

颂，原是祭祀祖先神明时所唱诵的赞歌。《诗大序》云：

“頌者，美盛德之形容，以其成功告於神明者也。”

在诗歌表现上，颂多有赞美形容之辞，所以摯虞《文章别流论》说：“頌，詩之美者也。”秦汉以后，颂诗也有类似引序或词赋的演变，但“揄揚以發藻，汪洋以樹義”（《文心雕龙·颂赞》）运用华美的辞藻仍是颂诗的一大特征。《假名序》里“颂歌”是首赞美皇族贵胄新建殿宇的作品，歌中运用描写花卉的“三叶四瓣”来形容亭堂迭起的富丽建筑，形成一种极尽美词修饰的表现方法，在隐喻的风歌与直言的雅歌之间，别成一体。“风、雅、颂”三歌在表现手法上的显著区别正表明撰者对和歌吟制技巧的注重。

“比、兴、赋”原本就是汉诗“六义”里的三种表现法。其中，“比、兴”两义比较容易混淆，因而历代诗家叙说甚多。《文心雕龙·比兴篇》对两者的区别解释得最为透彻。曰：

“比者，附也。興者，起也。附理者切類以指事，起情者依微以擬議。”

指出“比”是根据彼此间相类似的关系，来突出事物的某一特点，一正一喻，两相比况，以物象相似为关要；“兴”则根据事物间微妙曲折的关系，来衬托所要表达的意思，一虚一实，非即非离，以事义曲折相通为特征，所以说“比显兴隐”。六首例歌中，“比歌”用晨霜消逝比喻情郎一去不回，非常贴切，而且使用了比喻词“如”；“兴歌”则以茫茫沙滩沙粒无数寄托恋情终无穷尽，“荒沙尤可数，绵恨绝无穷”。两者在多的意义上是相通的，但没用比词，可谓尽得比兴的真髓。

“赋”是一种排铺直叙的表现方法。《周礼・大师》曰：“賦之言，鋪，直，鋪陳今之政教善惡。”“赋”至汉代发展为一种赋体韵文，词赋家以排比事类铺张丽辞构制词赋，也是赋义的一种发展。《文心雕龙・诠赋篇》云：

“賦者，鋪也。鋪采摛文，體物寫志也。”“至於草區禽族，庶品雜類，則觸興致情，因變取會。擬諸形容，則言務纖密，象其物宜，則理貴側附。”

对赋义以及辞赋的创作特点作了概括，意思说赋是通过排铺文采，铺叙事物以抒发情志的。至于草木禽兽，各种事物能够激发作者情思的，都可以成为赋的题材加以排比铺叙。唐人说诗继承了这一思想。王昌龄《诗中密旨》曰：“賦者，布也。象事布文，錯雜萬物，以成其象，以寫其情。”强调赋体诗应当“错雜萬物”，通过排比事类抒发情思。如此排比事类堆砌文采对于和歌这种只有三十一音节，十几个词语的定型短诗来说，其绝对词数比五言

绝句更少，要在其中铺写事类实非易事。然而例歌“赋歌”却三处运用一音多义的“挂词”（类似于双关语）技巧，在和歌里布置了“鸫”“鹂”“鸧”三种鸟名，描写出鸟类沉迷花香而不知矢镝将至的情景，表达了作者对于人们沉湎于欢乐而不知疾病将加己身的人生感慨，可谓是首赋歌之精品。一音两义的双关语技巧在六朝诗，尤其在南朝民歌，如《子夜歌》中有大量使用的先例。这种技巧曾经传入日本是不难想像的。但和歌六义在“赋歌”中如此巧妙地运用这种技巧来敷布物类，则不能不说是一个创造。《古今集》时代日本歌人着意吸收诗赋表现手法由此可见一斑。

汉魏以前，经学家论述《诗经》大都强调诗歌的经世意义，对“六义”中的“风”“雅”“颂”三类歌诗更加突出其经世教化作用及其内容特点。魏晋以后，随着诗歌文学的发展，文论阐述“比、兴、赋”已经颇为详尽，但对“风、雅、颂”在制作手法上的特点仍叙述得不甚了了。这主要是因为三者本来属于性质类别，尤其是风、雅主要指产生流行的区域不同，表现手法上只有相对的特色，没有绝对的区别可言。《古今集序》里的“和歌六义”则在准确地吸收“比、兴、赋”手法的同时，刻意发掘了“风、雅、颂”在表现方法上的特点，对其内容性质却弃之不顾。这种不完全或者说是有选择地吸收、借鉴说明“和歌六义”并非单纯模仿汉诗六义，而是经过斟酌、分析有效地撷取了汉诗文学在创作手法上的成就。这就表明撰者对和歌文学独自特点的自觉已达相当程度，并且也反映出《古今集》时代日本歌人吸收融化汉诗文学，吟制和歌的一般风尚。《古今集》正是以其讲究理智的制作技巧流传于后世，而“和歌六义”则集中体现了古今歌风的这一倾向。

四、诗歌品评

《古今集序》吸收借鉴中国文论有相当大的时代跨度，从《毛诗大序》到唐人诗论集序，历代丰富的诗歌理论都为真假名两序于选择扬弃中发展独自的和歌理论提供了丰厚的条件。由于《古今集》为敕撰和歌集以及汉诗长期占据宫廷文坛，中国诗文的正统思想理论自然成为两序开宗立本的借鉴对象。但是，在诗歌批评方面则受魏晋以后的文艺批评影响较深，其中原因主要是因为中国文艺批评本身是在魏晋以后才真正发展起来的。《真名序》评上古和歌云：

“但見上古哥，多存古質之語，未爲耳目之翫，徒爲教戒之端。”

明确表现出《古今集》讲究词藻修饰，认为古歌不如今歌的观点。魏晋六朝文艺批评也提到诗赋讲究辞藻修饰的特点。如曹丕《典论·论文》曰：“詩賦欲麗。”陆机《文赋》云“詩縁情而綺靡。”魏晋六朝认为诗文今胜于古的观点相当普遍。葛洪《抱朴子·均世》曰：

“今與古詩書，俱有義理，而難於兼美。”“且夫古者事事醇素，今則莫不彫飾，時移世改，理自然也。”
“文墨之改結繩，諸後作而善於前事，其功業相次千萬者，不可復縷舉也。世人皆知之快於曩矣，何以獨文章不及古邪。”

指出诗文辞藻修饰今胜于古是文艺发展的自然规律。《文心雕龙》《文选》等均持同样观点。但对古诗的义理则鲜有贬毁的。相

反，如《颜氏家训·文章篇》云："宜以古之製裁為本，今之辭調為末，並須兩存，不可偏棄也。"这种思想更为规范普遍。《真名序》贬斥古歌为"徒爲教戒之端"，则突破这一界限，突出反映了和歌忌讳政治道德说教的特点。另外序文提到和歌当为"耳目之翫"的说法可能源于萧统《文选序》云："譬陶匏異器，並為入耳之娛；黼黻不同，俱為悦目之翫。"另外第一节称和歌为："托其根于心地，发其花于詞林"也与萧统《文选》选文标准"事出於沈思，義歸乎翰藻"相似，表现出情思辞藻并重的倾向，这也是魏晋以后文艺批评发展的重要标志之一。

除品评上古和歌外，真假名两序还对平安朝前期六位代表歌人（合称六歌仙）一一作了批评，构成序文品评和歌中最精彩的一段。

> "近代存古風者，纔二三人。然長短不同，論以可辨。華山僧尤得哥躰，然其詞華而少實，如圖畫好女徒動人情。在原中將之哥，其情有餘，其詞不足，如萎花雖少彩色，而有薰香。文琳巧詠物，然其躰近俗，如賈人之着鮮衣。宇治山僧喜撰，其詞華麗，而首尾停滞，如望秋月遇曉雲。小野小町之哥，古衣通姬之流也，然艶而無氣力，如病婦之着花粉。大友黒主之歌，古猿丸大夫之次也，頗有逸興。而躰甚鄙，如田夫之息花前也。此外氏姓流聞者，不可勝數，其大底皆以艶爲基，不知和哥之趣者也。"

"六歌仙评"基本围绕"情""词""体"三位展开，表现出明确的和歌批评理念。《古今集序》歌评理论的成熟当与魏晋以后中国文艺批评的发达有密切联系。钟嵘《诗品》即已具备围绕"情""词""体"三位品诗的概念。如评魏陈思王曹植诗曰：

“骨氣奇高，詞彩華茂，情兼雅怨，體被文質，粲溢今古，卓爾不羣。”

而且一议一喻的品评以及引源溯流的批评方式也可从《诗品》里找到先例。如钟嵘评范云・丘迟诗曰：“范詩清便宛轉，如流風迴雪；丘詩點綴暎媚，似落花依草。”上品评曹植诗：“其源出於國風”，刘桢诗：“其源出於古詩”。这里不难看出《诗品》对《古今集序》的影响。

“六歌仙评”令人瞩目的是提到了歌体的雅俗之别。《诗品》品诗也往往论及诗体，如“文體華淨”，“始變永嘉平淡之體，”且有雅俗鄙野之类的褒贬。如评阮籍诗：“洋洋乎會於風雅，使人忘其鄙近。”评左思诗：“雖野於陸機，而深於潘岳。”评張欣泰・范缜诗：“並希古勝文，鄙薄俗製，賞心流亮，不失雅宗。”《文心雕龙・体性篇》虽然也提到“體式雅鄭，鮮有反其習。”但其归纳的“八体”为：

“一曰典雅、二曰遠奥、三曰精約、四曰顯附、五曰繁縟、六曰壯麗、七曰新奇、八曰輕靡。”

并无“俗体”“鄙体”之说。通观这两部六朝文艺理论巨著，诗歌的雅体、俗体、鄙体、野体等概念似未定型。至唐人选唐诗《河岳英灵集》才明确提出评诗辨体的意义。原序起首曰：

“夫，文有神來、氣來、情來，有雅體、野體、鄙體、俗體，編紀者能審鑒諸體，委詳所來，方可定其優劣，論其取捨。”

此篇序文见载于日本遣唐高僧空海所辑《文镜秘府论》，该书对日本文人影响甚深。因此，我们不无理由认为“六歌仙评”里的“尤得哥躰”“然其躰近俗”“而躰甚鄙”之类的评语直接吸收了唐人论诗的概念。这与《古今集》中的和歌受唐诗影响更为直接可以互为表里。

最后，对和歌“体”的外延概念还须做一补充。《真名序》歌评中的“情、词、体”在《假名序》里翻译为“心、词、姿”。“体”与“姿”是同等概念。中国文论中与“体”相近的术语是“势”。《文心雕龙·定势篇》曰：

> “夫情致異區，文變殊術。莫不因情立體，即體成勢也。”“勢者，乘利而為制也，如機發矢直，澗曲文回，自然之趣也。圓者規體，其勢也自轉；方者矩形，其勢也自安。文章體勢，如斯而已。”

说明“体势”互为形用，两者并举，构成诗文总体格调。和歌评“体姿”也是指作品格调的综合印象。皎然《诗式》提出作诗须“語意勢三不同”，与《假名序》的“心、词、姿”三标准极为相似。但是“势”与“姿”之为异字术语，实质上包含着文艺批评理念的微妙差别。《说文解字》释此两字曰：“勢，盛力權也，從力執聲。”“姿，態也，從女次聲。”说明“势”是强盛的力的表现，“姿”则是外表的样态。从力，讲究雄奇，从女，则崇尚绮丽。

唐人论诗与平安朝人评歌正是从这两术语用字的本义差别出现分歧。《诗式·明势》曰：“或極天高峙，崒焉不羣，氣勝勢飛，合沓相屬（奇勢在工）；或修江耿耿，萬里無波，欻出高深重複之狀（奇勢雅發），古今逸格，皆造其極矣。”表明“势”尚雄奇壮阔。平安中期歌学家藤原公任（966-1041）《新撰髓脑》云“凡歌

情心深幽，体姿清丽，饶有风趣者，乃为秀作。”《九品和歌》上品又云：秀作乃“绮丽而情有余者也”。平安后期歌坛领袖藤原俊成（1114-1204）《古来风体抄》曰：“和歌或吟或咏，当自有妖艳哀婉之情趣。”这里“绮丽”“妖艳哀婉”都是就和歌总的格调而言的。中古以后“妖艳哀婉”进而成为和歌乃至一般文艺批评的重要理念，构成日本文艺的基调。

在中国文学史上，南朝梁陈轻靡艳浮的诗风亦曾流行一时，在浩瀚的唐诗及以后的诗词里时或也有这种潜流存在，但综观中国诗文，雄浑典雅始终为文艺的至上理念，《二十四诗品》以“雄浑”冠首实非偶然。中日文学批评理念的这种区异最初可以从日本和歌批评的滥觞《古今集》真假名序里窥其端倪。这不仅表明《古今和歌集》在吸收溶化汉诗影响的同时，表现出独特的妩媚婉丽的风格。并且还说明由于民族性格、语言特点以及文学样式等诸多差异，一个民族在接收异族文化影响时，必然会有意无意地有所取舍与创造。

五、结语

《古今和歌集》两序分别用汉文和日文写成，后来配备真假名两序便成为敕撰和歌集的固定格式。用汉语撰写的真名序自然能够明白确切地反映和歌吸收、取舍中国文论影响的轨迹，假名序则更贴近和歌创作的实际，两相对照可以比较明确地描绘出和歌创作以及批评理论吸收、消化中国文论的过程。

以上本文分三节就《古今集》两序在吸收、借鉴中国文论过程中所表现的脱政教、重技巧、尚婉丽的倾向，以及借鉴文论的时间跨度做了初步探讨。两序表明的理论倾向自然与集中和歌的风格特点互为表里，由于篇幅限制，关于《古今集》和歌与汉诗

的交流关系留待以后讨论。

本文所引用的中国文论基本以《日本国见在书目录》(891)见载的汉籍以及经确认为《古今集》成书以前既已传入日本的文集为限，其中当有未尽搜讨之处，尚望补正。笔者构思此文时，曾受日本神户大学伊藤正文教授在我校讲学文稿《日中文学比较研究》不少启发[8]，在此谨表感谢。

一九八五年五月于复旦

注：

1 平城天皇，平安朝第一代天皇， 806-809在位。

2 小野篁（802-852）平安朝前期的诗人，歌人，官至参议。

3 在原行平（817-893）平安朝前期的歌人，官至中纳言。

4 神话传说中的日本国古名。

5 柿本人麻吕，生卒年不详，净御原藤原朝（673-710）歌人。

6 山辺赤人，生卒年不详，奈良朝（710-784）歌人。

7 大鷦鷯天皇，日本第16代天皇，谥号仁德天皇。

8 胡志昂、张厚泉译《日中文学比较研究》（复旦大学古典文学研究所编辑《中国文学研究·第一辑》、江西教育出版社、1999）